王度庐作品大系　武侠卷　捌

大漠双鸳谱

王度庐·著／王芹·点校

山西出版传媒集团

北岳文艺出版社

王度庐著

图书在版编目（CIP）数据

大漠双鸳谱 / 王度庐著. — 太原：北岳文艺出版社，2016.6
（王度庐作品大系）
ISBN 978-7-5378-4795-7

Ⅰ. ①大… Ⅱ. ①王… Ⅲ. ①长篇小说－中国－当代 Ⅳ. ① I247.5

中国版本图书馆 CIP 数据核字（2016）第 125747 号

书名：大漠双鸳谱	点校：王 芹	责任编辑：刘文飞
著者：王度庐	策划：续小强 刘文飞	书籍设计：张永文
		印装监制：巩 璠

出版发行：山西出版传媒集团·北岳文艺出版社
地址：山西省太原市并州南路 57 号
邮编：030012
电话：0351-5628696（发行部） 0351-5628688（总编办）
传真：0351-5628680
网址：http://www.bywy.com E-mail：bywycbs@163.com
经销商：新华书店 印刷装订：山西人民印刷有限责任公司

开本：890mm×1240mm 1/32 字数：234 千字 印数：1-5000
印张：7.625 版次：2016 年 6 月第 1 版 印次：2016 年 6 月山西第 1 次印刷
书号：ISBN 978-7-5378-4795-7
定价：32.00 元

出版前言

　　王度庐（1909—1977），原名葆祥（后改葆翔），字霄羽，出生于北京下层旗人家庭。"度庐"是1938年启用的笔名。他是中国现代文学史上著名的武侠言情小说家，独创"悲剧侠情"一派，成为民国北方武侠巨擘之一，与还珠楼主、白羽（宫竹心）、郑证因、朱贞木并称为"北派五大家"。

　　20世纪20年代，王度庐开始在北京小报上发表连载小说，包括侦探、实事、惨情、社会、武侠等各种类型，并发表杂文多篇。20世纪30年代后期，因在青岛报纸上连载长篇武侠小说《宝剑金钗》《剑气珠光》《鹤惊昆仑》《卧虎藏龙》《铁骑银瓶》（合称"鹤-铁五部"）而蜚声全国；至1948年，他还创作了《风雨双龙剑》《洛阳豪客》《绣带银镖》《雍正与年羹尧》等十几部中篇武侠小说和《落絮飘香》《古城新月》《虞美人》等社会言情小说。

　　王度庐熟悉新文学和西方现代文化思潮，他的侠情小说多以性格、心理为重心，并在叙述时投入主观情绪，着重于"情""义""理"的演绎。"鹤-铁五部"既互有联系又相对独立，达到了通俗武侠文学抒写悲情的现代水平和相当的人性深度，具有"社会悲剧、命运悲剧、性格心理悲剧的综合美感"。他的社会言情小说的艺术感染力也很强，注重营造诗意的氛围，写婚姻恋爱问题，将金钱、地位与爱情构成冲突模式，表现普通人对个性解放、爱情自由和婚姻平等的追求与呼唤。这些作品注重写人，写人性，与"五四"以来"人的文学"思潮是互相呼应的。因此，王度庐也成为通俗文学史乃至整个中国现代文学史研究中绕不过去的作家，被写入不同类型的文学史。许多学者和专家将他及其作品列为重点研究对象。

王度庐所创造的"悲剧侠情"美学风格影响了港台"新派"武侠小说的创作，台湾著名学者叶洪生批校出版的《近代中国武侠小说名著大系》即收录了王度庐的七部作品，并称"他打破了既往'江湖传奇'（如不肖生）、'奇幻仙侠'（如还珠楼主）乃至'武打综艺'（如白羽）各派武侠外在茧衣，而潜入英雄儿女的灵魂深处活动；以近乎白描的'新文艺'笔法来描写侠骨、柔肠、英雄泪，乃自成'悲剧侠情'一大家数。爱恨交织，扣人心弦！"台湾著名武侠小说作家古龙曾说，"到了我生命中某一个阶段中，我忽然发现我最喜爱的武侠小说作家竟然是王度庐"。大陆学者张赣生、徐斯年对王度庐的作品进行了大量的整理、发掘和研究工作，并给予了很高的评价。徐斯年称其为"言情圣手，武侠大家"，张赣生则在《王度庐武侠言情小说集》的序言中说："从中国文学史的全局来看，他的武侠言情小说大大超过了前人所达到的水平"，"他创造了武侠言情小说的完善形态，在这方面，他是开山立派的一代宗师。"

此次出版的《王度庐作品大系》收录了王度庐在不同时期的代表作和有影响力的作品，还收录了至今尚未出版过的新发掘出的作品，包括他早期创作的杂文和小说。此外，为了满足不同领域的读者的需求，此版还附有张赣生先生的序言、已知王度庐小说目录和王度庐年表，以供研究者参考。这次出版得到了王度庐子女的大力支持和密切配合，王度庐之女王芹女士亲自对作品进行了点校。可以说，他们的支持使得《王度庐作品大系》成为王度庐作品最完善、最全面的一次呈现。在此，我们表达最诚挚的谢意。

在编辑过程中，我们依据上海励力出版社，参考报纸连载文本及其他出版社的原始版本，对作品中出现的语病和标点进行了订正；遵循《第一批异形词整理表》（GF1001-2001），对文中的字、词进行了统一校对；并参照《现代汉语大词典》《汉语方言大词典》《北京方言词典》《北京土语辞典》等工具书小心求证，力求保持作品语言的原汁原味。由于编辑水平和时间有限，难免有疏漏之处，敬请广大读者批评指正！

北岳文艺出版社

二〇一五年六月三十日

总　序

　　王度庐是位曾被遗忘的作家。许多人重新想起他或刚知道他的名字，都可归因于影片《卧虎藏龙》荣获奥斯卡奖的影响。但是，观赏影片替代不了阅读原著，不读小说《卧虎藏龙》（而且必须先看《宝剑金钗》），你就不会知道王度庐与李安的差别。而你若想了解王度庐的"全人"，那又必须尽可能多地阅读他的其他著作。北岳文艺出版社继《宫白羽武侠小说全集》《还珠楼主小说全集》之后推出这套《王度庐作品大系》（以下简称《大系》），对于通俗文学史的研究，可谓功德无量！

　　王度庐，原名王葆祥，字霄羽，1909年生于北京一个下层旗人家庭。幼年丧父，旧制高小毕业即步入社会，一边谋生，一边自学。十七岁始向《小小日报》投寄侦探小说，随即扩及社会小说、武侠小说。1930年在该报开辟个人专栏《谈天》，日发散文一篇；次年就任该报编辑。八年间，已知发表小说近三十部（篇）。1934年往西安与李丹荃结婚，曾任陕西省教育厅编审室办事员和西安《民意报》编辑。1936年返回北平，继续以卖稿为生，次年赴青岛。青岛沦陷后始用笔名"度庐"，在《青岛新民报》及南京《京报》发表武侠言情小说（同时继续撰写社会小说，署名则用"霄羽"）。十余年间，发表的武侠小说、社会小说达三十余部。1949年赴大连，任大连师范专科学校教员。1953年调到沈阳，任东北实验中学语文教员。"文革"时期，以退休人员身份随夫人"下放"昌图县农村。1977年卒于辽宁铁岭。

早在青年时代，王度庐就接受并阐释过"平民文学"的主张。他的文学思想虽与周作人不尽相同，但在"为人生"这一要点上，二者的观念是基本一致的。

从撰写《红绫枕》(1926年)开始，王度庐的社会小说(当时或又标为"惨情小说""社会言情小说")就把笔力集中于揭示社会的不公、人生的惨淡，以及受侮辱、受损害者命运的悲苦。

恋爱和婚姻是"五四"新文学的一大主题。那时新小说里追求婚恋自由的男女主人公面对的阻力主要来自封建家庭和封建礼教，作品多反映"父与子"的冲突——包括对男权的反抗，所以，易卜生笔下的娜拉尤被觉醒的女青年们视为楷模。到了王度庐的笔下，上述冲突转化成了"金钱与爱情"的矛盾。

正如鲁迅所说：娜拉冲出家庭之后，倘若不能自立，摆在面前的出路只有两条——或者堕落，或者"回家"。王度庐则在《虞美人》中写道："人生""青春"和"金钱"，"三者之间是相互联系着的"，而在当时的中国社会里，金钱又对一切起着主导性的作用。他所撰写的社会言情小说，深刻淋漓地描绘了"金钱"如何成为社会流行的最高价值观念和唯一价值标准，如何与传统的父权、男权结合而使它们更加无耻，如何导致社会的险恶和人性的异化。

王度庐特别关注女性的命运。他笔下的女主人公多曾追求自立，但是这条道路充满凶险。范菊英(《落絮飘香》)和田二玉(《晚香玉》)付出了生命的代价；虞婉兰(《虞美人》)终于发疯，生不如死。唯有白月梅(《古城新月》)初步实现了自立，但她的前途仍难预料；至于最具"娜拉性格"，而且也更加具备自立条件的祁丽雪，最终选择的出路却是"回家"。

这些故事，可用王度庐自己的两句话加以概括："财色相欺，优柔自误"(《〈宝剑金钗〉序》)。金钱腐蚀、摧毁了爱情，也使人性发生扭曲。人是"社会关系的总和"，他的社会小说正是通过写人，而使社会的弊端暴露无遗。

在社会小说里，王度庐经常写及具有侠义精神的人物，他们扶弱抗强，甚至不惜舍生以取义。这些人物有的写得很好，如《风尘四杰》里的天桥四杰和《粉墨婵娟》里的方梦渔；有些粗豪角色则写得并不成功，流于概念化，如《红绫枕》里的熊屠户和《虞美人》里的秃头小三。

上述侠义角色与爱情故事里的男女主人公一样，也是现代社会中的弱者。作者不止一次地提示读者，这些侠义人物"应该"生活于古代。这种提示背后隐含着一个问题：现代爱情悲剧里的那些痴男怨女，如果变成身负绝顶武功的侠士和侠女，生活在快意恩仇的古代江湖，他们的故事和命运将会怎样？这个问题化为创作动机，便催生出了王度庐的侠情小说，这里也昭示着它们与作者所撰社会小说的内在联系。

《宝剑金钗》标志着王度庐开始自觉地把撰写社会言情小说的经验融入侠情小说的写作之中，也标志着他自觉创造"现代武侠悲情小说"这一全新样式的开端。此书属于厚积薄发的精品，所以一鸣惊人，奠定了作者成为中国现代武侠悲情小说开山宗师的地位。继而推出的《剑气珠光》《鹤惊昆仑》《卧虎藏龙》《铁骑银瓶》[1]（与《宝剑金钗》合称"鹤—铁五部"）以及《风雨双龙剑》《彩凤银蛇传》《洛阳豪客》《燕市侠伶》等，都可视为王氏现代武侠悲情小说的代表作或佳作。

作为这些爱情故事主人公的侠士、侠女，他们虽然武艺超群，却都是"人"，而不是"超人"。作者没有赋予他们保国救民那样的大任，只让他们为捍卫"爱的权利"而战；但是，"爱的责任"又令他们惶恐、纠结。他们驰骋江湖，所向无敌，必要时也敢以武犯禁，但是面对"庙堂"法制，他们又不得不有所顾忌；他们最终发现，最难战胜的"敌人"竟是"自己"。如果说王度庐的社会小说属于弱者的社会悲剧，那么他的武侠悲情小说则是强者的心灵悲剧。

王度庐是位悲剧意识极为强烈的作家。他说："美与缺陷原是一个东西。""向来'大团圆'的玩意儿总没有'缺陷美'令人留恋，而且人生本来是一杯苦酒，哪里来的那么些'完美'的事情？"（《关于鲁海娥之

---

[1]这里叙述的是发表次序。按故事时序，则《鹤惊昆仑》为第一部，以下依次为《宝剑金钗》《剑气珠光》《卧虎藏龙》《铁骑银瓶》。

死》)《鹤惊昆仑》和《彩凤银蛇传》里的"缺陷"是女主人公的死亡和男主人公的悲凉；《宝剑金钗》《卧虎藏龙》《铁骑银瓶》里的"缺陷"都不是男女主角的死亡，而是他们内心深处永难平复的创伤；《风雨双龙剑》和《洛阳豪客》则用一抹喜剧性的亮色，来反衬这种悲怆和内心伤痕。

王度庐把侠情小说提升到心理悲剧的境界，为中国武侠小说史做出了一大贡献。正如弗洛伊德所说："这里，造成痛苦的斗争是在主角的心灵中进行着，这是一个不同冲动之间的斗争，这个斗争的结束绝不是主角的消逝，而是他的一个冲动的消逝。"[①]这个"冲动"虽因主角的"自我克制"而消逝了，但他（她）内心深处的波涛却在继续涌动，以致成为终身遗恨。

李慕白，是王度庐写得最为成功的一个男人。

有人说，李慕白是位集儒、释、道三家人格于一身的大侠；这是该评论者观赏电影《卧虎藏龙》的个人感受。至于小说《宝剑金钗》里的李慕白，他的头上绝无如此"高大上"的绚丽光环——古龙说得好：王度庐笔下的李慕白，无非是个"失意的男人"。

在《宝剑金钗》里，李慕白始终纠结于"情"和"义"的矛盾冲突之中，他最终选择了舍情取义，但所选的"义"中却又渗透着难以言说的"情"。手刃巨奸如囊中取物，李慕白做得非常轻易；但是他却主动伏法，付出的代价极其沉重。他做这些都是自愿的，又都是不自愿的。出发除奸之前，作者让他在安定门城墙下的草地上做了一番内心自剖，这段自剖深刻地展示着他的"失意"，这种心态可以概括为三个字——"不甘心"。

在本《大系》所收"早期小说与杂文"卷中，读者可以见到王度庐用笔名"柳今"所写的一篇杂文《憔悴》，其中有段文字，所写心态与上述李慕白的自剖如出一辙。读者还可见到，《红绫枕》里男主角戚雪桥为爱

---

①弗洛伊德：《戏剧中的精神变态人物》，张唤民译，载《二十世纪西方美学名著选》（上），复旦大学出版社，1987，第410页。

人营墓、祭扫时的一段内心独白，其心态又与柳今极其相似。于是，我们看到了王度庐、柳今、戚雪桥（还有一些其他角色，因相关作品残缺而未收入《大系》）与李慕白之间的联系——李慕白的故事，是戚雪桥们的白日梦；戚雪桥、李慕白们的故事，则是柳今、王度庐的白日梦。

不把李慕白这个大侠写成一位"高大上"的"完人"，而把他写成一个"失意的男人"，这是王度庐颠覆传统"侠义叙事"，为中国武侠小说史做出的又一贡献。

玉娇龙，是王度庐写得最为成功的一个女人。

玉娇龙的性格与《古城新月》里的祁丽雪有相似之处，但是她的叛逆精神更加决绝、更加彻底。为了自由的爱情，她舍弃了骨肉的亲情。同时，她也舍弃了贵胄生活，选择了荆棘江湖；舍弃了城市文明，选择了草莽蛮荒。

对玉娇龙来说，最难割舍的是亲情；最难获得的，是理想的婚姻。她发现自己选择罗小虎未免有点莽撞，所以又离开了他。她获得了自由的爱情，却在事实上拒绝了自由的婚姻。这与其说反映着"礼教观念残余""贵族阶级局限"，不如说是对文化差异的正视。尽管如此，这位"古代娜拉"并未"回家"，而是毅然决然地踏上一条不归路。这条路是悲凉的，同时又是壮美的。

玉娇龙和李慕白都是"跨卷人物"。《剑气珠光》里的李慕白写得不好，因为背离了《宝剑金钗》中业已形成的性格逻辑。《铁骑银瓶》里的玉娇龙则写得很好，她青年时代的浪漫爱情，此时已经升华为伟大的、无私的母爱。她青年时代的梦想，终于在爱子和养女的身上得以成真，但是他们携手归隐时的心态，也与母亲一样充满遗憾。

王度庐的上述成就，都是源于对传统武侠叙事的扬弃，这也使他的武侠悲情小说拥有了现代精神。

王度庐又是一位京旗作家。

清朝定都北京之后，即将内城所居汉人一律迁出，由八旗分驻内城八区。王度庐家住地安门内的"后门里"，属于镶黄旗驻区，其父供职于内务府的上驷院。内务府是一个由满洲上三旗（镶黄、正黄、正白旗）内"从龙包衣"①组成的机构，专门管理皇家事务。由此可知，王氏当属编入满洲镶黄旗的"汉姓人"，这一族群不同于"汉人""汉军"，满人把他们视为同族②。

满人崛起于白山黑水之间，性格刚毅尚武，自立自强，粗犷豪放。入关定鼎之后，宴安日久，八旗制度的内在弊端开始呈现，"八旗生计"问题日益突出，以致最终导致严重的存亡危机。王度庐出生时，恰逢取消"铁杆庄稼"（即旗人原本享受的"俸禄"），父亲又早逝，全家陷于接近赤贫的境地。他的早期杂文经常写到"经济的压迫"，"身世的漂泊，学业的荒芜"，疾病的"缠身"，始终无法摆脱"整天奔窝头"的境况。他的许多社会小说及其主人公的经历、心境，也都寄托着同样的身世之感和颓丧情绪。这种刻骨铭心的痛楚，蕴含着当时旗人不可避免的噩运，汉族读者是难以体会这种特殊的苦痛的。

同时，王度庐又十分景仰旗族优秀的民族精神。他的作品，明确书写旗人生活的有十多部；他所塑造的许多旗籍人物身上，都寄托着他对民族精神的追忆和期许。

从这个角度考察玉娇龙，首先令人想到满族的"尊女"传统。满族文史专家关纪新认为，这一传统的形成，至少有四点原因：一、对母系氏族社会的清晰记忆；二、以采集、渔猎为主的传统经济，决定了男女社会分工趋于平等；三、入关之前未经历很多封建化过程；四、旗族少女在理论上都有"选秀入宫"机会，所以家族内部皆以"小姑为大"。③玉娇龙那昂扬的生命力，正是满族少女普遍性格的文学升华。《宝刀飞》可能是第一部把入宫前的慈禧，作为一位纯真、浪漫而又不无"野心"的旗族姑娘加以描绘的小说。作者以"正笔"书写入宫前的她，用"侧笔"续写成为"西宫娘娘"之后的她，沉重的历史

---

① "包衣"，满语，意为"家里人"，在一定语境下也指"世仆""仆役"；"从龙"，指从其祖先开始就归皇帝亲领。王度庐在一份手写的简历里说：父亲在清宫一个"管理车马的机构"任小职员，这个机构当即内务府所属之上驷院。

② 按："满人"专指满族；"旗人"这一概念则涵括满洲、蒙古、汉军三个八旗的所有成员，其内涵大于"满人"。

③ 参阅关纪新：《多元背景下的一种阅读——满族文学与文化论稿》，辽宁民族出版社，2013，第219页。

感里蕴含几分惋惜，情感上极具"旗族特色"。

在《宝剑金钗》和《卧虎藏龙》里，德啸峰虽非主人公，却可视为旗籍"贵胄之侠"的典型。他沉稳、老练，善于谋划，善于掌控全局，比李慕白更加"拿得起、放得下"。他的身上比较完整地体现着金启孮所说京城旗人游侠的三个特征：一、凌强而不欺下，一般人对他们没有什么恶感。二、多在八旗人居住的内城活动，没什么民族矛盾的辫子可抓。三、偶或触犯权势，但不具备"大逆不道"的证据，故多默默无闻。① 铁贝勒、邱广超和《彩凤银蛇传》里的谢慰臣都属此类人物。

进入民国之后，由于政治、经济原因，京中旗人的精神状态呈现更趋萎靡甚至堕落之势（《晚香玉》里的田迁子即为典型），但是王度庐从闾巷之中找到了民族精神的正面传承。《风尘四杰》实际写了五个"闾巷之侠"——那位"有学有品而穷光蛋"②的"我"，也算一个"不武之侠"。作者清楚地认识到：虽然早非"侠的时代"，但是天桥"四杰"③身上那种捍卫正义，向善疾恶，刚健、豁达、坚韧、仗义、乐观的民族精神，却是值得弘扬光大的。这已不仅仅是对旗族的期许，更是对重振中华民族传统美德的期许。

凡是旗人，都无法回避对于清王朝的评价。王度庐在杂文里认为，"大清国歇业，溥掌柜回老家"④乃是历史的必然，人民期盼的是真正实现"五族共和"。他更在两部算不上杰作的小说中，以传奇笔法描绘了两位清朝"盛世圣君"的形象。《雍正与年羹尧》里的胤禛既胸怀雄才大略，又善施阴谋诡计。他利用"江南八侠"的"复明"活动实现自己夺嫡、登基的计划，又在目的达到之后断然剪除"八侠"势力。但是，他对汉族的"复明"意志及其能量日夜心怀惕惧，以至"留下密旨，劝他的儿子登基以后，要相机行事，而使全国

①参阅关纪新：《老舍与满族文化》，辽宁民族出版社，2008，第80页。
②语见王度庐早期杂文《中等人》，原载于北平《小小日报》1930年4月5日"谈天"栏，署名"柳今"。
③民国初年，"天坛附近的天桥大多数的女艺人、说书人、算命打卦者都是满人"。转引自关纪新：《老舍与满族文化》，辽宁民族出版社，2008，第122页。
④语见王度庐早期杂文《小算盘》，原载于《小小日报》1930年5月20日"谈天"栏，署名"柳今"。

恢复汉家的衣冠"。书中还有一位不起眼的小角色——跟着胤禛闯荡江湖的"小常随",他与八侠相交甚密,又很忠于胤禛。"两边都要报恩"的尖锐矛盾,导致他最终撞墙而殉。作者展示的绝不限于"义气",这里更加突出表现的是对汉族的负疚感和对民族杀伐史的深沉痛楚。王度庐对历史的反思已经出离于本民族的"兴亡得失",上升为一种"超民族"的普世人文关怀。《金刚玉宝剑》中的乾隆,则被写成一个孤独落寞的衰朽老人,这一形象同样透露着作者的上述历史观。

满族入关后吸收汉族文化,"尚武"精神转向"重文",涌现出了纳兰性德、曹雪芹、文康等杰出满族作家,其中对王度庐影响最大的是纳兰性德。"摇落后,清吹那堪听。淅沥暗飘金井叶,乍闻风定又钟声。"①纳兰词的凄美色调,融入北京城的扑面柳絮和戈壁滩的漫天风沙,形成了王度庐小说特有的悲怆风格。

旗人的生活文化是"雅""俗"相融的,王度庐继承着旗族的两大爱好:鼓词(又称"子弟书""落子")和京剧。他十七岁时写的小说《红绫枕》,叙述的就是鼓姬命运,其中还插有自创的几首凄美鼓词。至于京剧,据不完全统计,仅在《落絮飘香》《古城新月》《晚香玉》《虞美人》《粉墨婵娟》《风尘四杰》《寒梅曲》七部小说中,写及的剧目已达九十六折②之多!作为小说叙事的有机内涵,王度庐写及昆曲、秦腔、梆子与京剧的关系,"京朝派"(即京派)与"外江派"(即海派)的异同,"京、海之争"和"京、海互补",票社活动及其排场,非科班出身的伶人、票友如何学戏,戏班师傅和剧评家如何为新演员策划"打炮戏",各色人等观剧时的移情心理和审美思维……他笔下的伶人、票友对京剧的热爱是超功利的,而她(他)们的社会角色和物质生活则是极功利的——唯美的精神追求与惨淡的现实生活构成鲜明反差,映射着

①纳兰性德:《忆江南》——当年王度庐与李丹荃相爱,曾赠以《纳兰词》一册,李丹荃女士七十余岁时犹能背诵这首词。
②由于现存《虞美人》和《寒梅曲》文本均不完整,所以这一数字是不完整的。而未列入统计对象的《宝剑金钗》《燕市侠伶》等作品中,也常含有京剧演出、观赏等情节,涉及剧目亦复不少。

人性的本真、复杂和异化。他又善于利用剧情渲染故事情节和人物情感，例如《粉墨婵娟》中，凭借《薛礼叹月》和《太真外传》两段唱词，抒发女主人公不同情境下的不同心绪，展示着"戏如人生、人生如戏"的微妙契合，极大地增强了小说的诗意。

入关以后，旗人皆认"京师"为故乡，京旗文学自以"京味儿"为特色。王度庐的小说描绘北京地理风貌极其准确，所述地名——包括城门、街衢、胡同、集市、苑囿、交通路线等等，几乎均可在相应时期的地图上得到印证。《宝剑金钗》《卧虎藏龙》主人公的活动空间广阔，书中展示清代中期北京的地理风貌相当宏观，又非常精细。玉娇龙之父为九门提督，府邸位置有据可查，作者由此设计出铁贝勒、德啸峰、邱广超府第位置，决定了以内城正黄旗、镶黄旗（兼及正红旗、正白旗）驻区为"贵胄之侠"的主要活动区域。李慕白等为江湖人，则决定了以"外城"即南城为其主要活动区域。两类侠者的行动则把上述区域连接起来，并且扩及全城和郊县。《落絮飘香》《古城新月》《晚香玉》《虞美人》等社会小说中，主人公的活动空间相对狭小，所以每部作品侧重展示的是民国时期北平城的某一局部区域：或以海淀—东单—宣内为主，或以西城丰盛地区—东单王府井地区为主，等等。拼合起来，也是一幅接近完整的"北平地图"。上述小说之间所写地域又常出现重合，而以鼓楼大街、地安门一带的重合率为最高。作者故居所在地"后门里"恰在这一区域，在不同的作品里，它被分别设置为丐头、暗娼等的住地。这里反映着作者内心深处存在一个"后门里情结"，他把此地写成天子脚下、富贵乡边的一个小小"贫困点"，既体现着平民主义的观念，又是一种带有幽默意味的自嘲。

王度庐小说里的"北京文化地图"，是"地景"与"时景"的融合，所以是立体的、动态的。这里的"时景"，指一定地域中人们的生活形态，包括节俗、风习。无论是妙峰山的香市、白云观的庙会、旗族的婚礼仪仗、富贵人家的大出丧、"残灯末庙"时的祭祖和年夜饭、北海中元节的"烧法船"，乃至京旗人家的衣食住行，王度庐都描写得有声有色，细致生动。这些"时景"与故事情节融为一体，成为展示人物性格、心理的重要手段；同时也颇具独立的民俗学价值。王度庐在小说里常将富贵繁华区的灯红酒绿与平民集市里的杂乱喧闹加以对比，而对后者的描绘和评论尤具特色。例如，《风尘四杰》里是这样介绍天桥的："天桥，的确景物很多，让你百看不厌。人乱而事杂，技艺丛集，藏龙卧虎，新旧并列。是时代的渣滓与生计的艰辛交织成了这个地方，在无情的大风里，秽土的弥漫中，令你啼笑皆非。"他笔下的天桥图景，喷发着故都世俗社会沸沸扬扬的活力和生机，嘈杂喧嚣而又暗藏同一的内在律动；它与内城里的"皇气""官气"保持着疏离，却又沾染着前者的几分闲散和慵懒。这又是一种十分浓厚、相当典型的"京味儿"！

"京味儿"当然离不开"京腔"。王度庐的语言大致是由两部分组成的：叙事以及文化程度较高角色的口语，用的是"标准变体"，即经过"标准化处理"的北京话，近似如今的"普通话"；底层人物的语言，则多用地道的北京土语，词汇、语法都有浓厚的地域特色，比一般的"京片儿"还要"土"。故在"拙""朴"方面，他比一些京派作家显得更加突出。

由于众所周知的原因，王度庐的作品散佚严重，这部《大系》编入了至今保存完整或相对完整的小说二十余种，另有一卷专收早期小说和杂文。

笔者认为，1949年前促使王度庐奋力写作的动力当有三种：一曰"舒愤懑"；二曰"为人生"；三曰"奔窝头"。三者结合得好，或前二者起主要作用时，写出来的作品质量都高或较高；而当"第三动力"起主要作用时，写出来的作品往往难免粗糙、随意。当然，写熟悉的题材时，质量一般也高或较高，否则，虽欲"舒愤懑""为人生"，也难以得到理想的效果。是否如此，还请读者评判、指正。

徐斯年

二〇一四年十一月于姑苏香滨水岸

凡 例

1.《风雨双龙剑》

本书初稿共十七回,连载于 1940 年 8 月 16 日至 1941 年 5 月 9 日南京《京报》。载毕即由报社刊行单行本,列为"京报丛书"之一。1948 年又由上海育才书局印行单行本,改为十八回;回目与《京报》本略有差异,内文稍有删改。本版采用十八回,内文据连载本印行。

2.《彩凤银蛇传》

本书最初连载于 1941 年 5 月 10 日至 1942 年 3 月 1 日南京《京报》。未见单行本。本版即据连载本印行。

3.《纤纤剑》

本书初载于 1942 年 3 月 1 日至 10 月 31 日南京《京报》。未见单行本。本版即据连载本印行。

4.《洛阳豪客》

本书初稿连载于 1943 年 1 月 23 日至 1944 年 1 月 8 日南京《京报》,原题《舞剑飞花录》。1949 年 2 月上海励力出版社印行单行本,改题《洛阳豪客》,章次、章题均与连载本不同,内文差异亦大。

本版以连载本为底本,书名仍用励力版名,附励力版目录如下:

5.《大漠双鸳谱》

本书最初连载于 1943 年 1 月 23 日至 1944 年 7 月 3 日南京《京报》(1944 年 2 月 1 日改名《京报晚刊》)。未见单行本。本版即据连载本印行。

6.《紫电青霜》

本书初稿 1944 年至 1945 年连载于《青岛大新民报》,原题《紫电青霜录》。1948 年 7 月由上海励力出版社印行单行本,改题《紫电青霜》。本版以励力版为底本。

7.《紫凤镖》

本书初稿连载于 1946 年 12 月至 1947 年 7 月《青岛时报》,署名鲁云。1949 年由重庆千秋书局印行单行本。本版以千秋书局版为底本。

8.《绣带银镖》

本书初稿连载于 1947 年 5 月至 1948 年 9 月青岛《大中报》,原题《清末侠客传》,署名鲁云。1948 年上海励力出版社印行单行本时分为二册,书名分别改题《绣带银镖》《冷剑凄芳》。本版以励力版为底本,合为一册印行。

9.《雍正与年羹尧》

本书初稿连载于 1947 年 7 月至 1948 年 4 月《青岛时报》,署名鲁云。1949 年上海励力出版社印行单行本,更名《新血滴子》。本版以励力版为底本,书名恢复原名。

10.《宝刀飞》

本书初稿连载于 1948 年 4 月至 1948 年 9 月《青岛时报》,署名鲁云。同年 11 月由上海励力出版社印行单行本。本版以励力版为底本。

11.《金刚玉宝剑》

本书初稿始载于 1948 年 9 月《青岛公报》,1949 年 2 月改载《联青晚报》。1949 年由上海励力出版社印行单行本。本版以励力版为底本。

按"金刚玉"当作"金刚王"。参见丁福保主编之《佛学大辞典》:

【金刚王宝剑】(譬喻)临济四喝之一,谓临济有时一喝,为切断一切情解葛藤之利剑也。《临济录》曰:"师问僧:有时一喝如金刚王宝剑,有时一喝如踞地金毛狮子,有时一喝如探竿影草,有时一喝不作一喝用,汝作么生会?僧拟议,师便喝。"《人天眼目》曰:"金刚王宝剑者,一刀挥断一切情解。"

又:【金刚】(术语) Vajra 梵语曰缚罗。…… 译言金刚,金中之精者,世所言之金刚石是也。…… 又(天名)持金刚杵之力士,谓之金刚。……

【金刚王】(杂语)金刚中之最胜者,犹言牛中之最胜者为牛王也。……

目录

第一回　风沙里的兄妹

　　新疆——中国各省之中最大的一省，也是一个辽远的地方。早先这是"西域"的地方，在此居住着各种不同的民族，以度着游牧生活的为最多。到了前朝清光绪八年才把它设为行省，在伊犁设了一位将军，在迪化派了一个巡抚。但是除了远戍的罪犯和飘零不幸的人们，还是很少有人西出阳关而至这里。这里缺少中原的礼俗，没有游赏的乐地，没有文化，更没有美女。可是有一段故事，就是本书中的故事。

　　这是在距今约有六十年前，正当新疆省才设之时，在嘉峪关之外，酒泉县以西，是九月初旬的天气。"凉风九月，塞外草衰"，其实这里连草都很少，满地是黑沙。一大串骆驼方才走过去，那驼铃声还叮铃当啷地在寒冷的空气里飘荡着，随在后面可就来了吱吱扭扭的车子的声音；是一辆破车，一匹老马拉着。车上本来有蓝布的围子，可是都已旧得褪了颜色，破得不成样子。最令人提心的还是那两只车轮，包着的铁都磨光了，木头也快要断了；车轴里更没有上油，所以才发出这种难听的声音。

　　赶车的人是穿着一身棉袄棉裤，都磨破了，乌黑的棉花露出来很多。但这人倒是个强壮的小伙子，二十来岁，身材之高，可高过了常人，长得非常之雄伟，而且眉目端正，头上戴着一顶破毡笠。他摇着鞭子赶着车走，走得累了，就斜跨上了车辕。

车厢呢，是有个破帘子遮着，里边坐的是一个十六七岁的乡间女子，穿得略微整齐，是大红布的棉袄、黑棉裤，梳着辫子，还蒙罩着首帕。她的眉目跟赶车的长得简直是一个样，不过因她是个女子，所以才显得清秀些。总之，都是长得不错，令人一看就知他们是亲兄妹；亲兄妹在一同走路，不是不可，只是太少见了。他们的车上除了人、破旧的被褥和两三只包袱之外，还有铁锅、案板、擀面杖、黄泥的火炉子、瓦盆等等，几无隙地，好像是搬家的；但他们可不是从近处来的，由车上跟人身上蒙的沙土可知。而且姑娘掀起车帘向外边说话了，她问说："哥哥，怎么又阴了天啦？别是要下雪吧？"她的口音简直不是甘肃省的，倒有点像山西的语调，可见他们真是不远千里而来。

这个做哥哥的壮年高身的汉子，听了他妹妹的话，他就仰面看了看天气，说："不至于下雪吧！要下也就是下雨，或是下冰疙瘩。"说着，扬鞭赶着车，更走得急；车可就颤动得更厉害，有几次都要翻了。车里的姑娘哎哟哎哟直叫，但她的哥哥依然不停地赶着车，并且嘱咐着说："你不要胆小，车翻不了，咱们只要找着个地方，就要歇下了。"于是又走，天空的阴云可就更稠密了。一会儿，车棚子上就哗啦哗啦发出了雨声，姑娘又哎哟哎哟地喊，用棉被把头都包住了，车里的铁锅、案板也叮当吧啦地直响。雨是越落越大，风也刮起来，不晓得是从哪里吹来的一些泥沙，都搅在雨里，显得雨点的分量更是沉重，打在脸上真跟冰疙瘩一样，是又痛，又凉，又湿。

但那位赶车的高身汉子仍往前走着，他看见了眼前有一大行车马，就更是加鞭，这匹马都走不动了，车轮子也快要掉下来了；可是到底赶上了前面的车马群，并且看见了更前面不远之处房屋隐隐，正是一个市镇。他的鞭子就又吧吧连抽下来，可无奈前面的车马遮住了他们的路。

本来这个地方两边虽没有什么田地，可是沙岗起伏，坑坎不平，也绝不能够走车。当中的这条路很窄，而且只有两道车辙，辙都很深，车轮非得在辙里走着才快，才平稳；若是想赶上辙来，一个不小心就能够车覆马倒。此时前面是十一辆车还有五匹马，车辆占住了两道辙，马是前面两匹后面三匹。这还是往西去的大客商，一半的车上都载着货物，并插着镖旗；不过旗子都已卷起了，看不出镖店的字号。货车上面都盖着芦席，客车上面又遮着雨布，马上的镖头也都身披油布雨衣，头戴竹编斗笠。人家是一点也不怕雨，尽可以慢慢地走；但后面这兄妹却受不了，棚车早就漏进许多的雨水，连车里的铁锅都盛了有半锅的水了，棉被也将要湿透。赶车的大汉浑身像个水鸡一般，他就大声喊着说："借借光呀！借借光呀！让我们先过去吧！"跟着车的镖头之中就有个大胡子的人，转过首来怒骂着说："他妈的！你赶过车吗？什么事情都个先来后到。你的车既在后边，你就不能够性子急，要想让你先过去，那是……妈的就办不到！"

这镖头实在是不讲理，按理说两股车辙全叫他们占着就不对，何况又开口骂人。但这个高身的汉子，一因是经受过了若干的折磨，脾气一点也不敢暴；二来是带着他的胞妹，他更不愿意惹出事来。就虽然也瞪起了眼，可是又极力抑下了这口气。前面的车马仍然慢慢地向前去行，他们的车也就只好慢慢地随着走；可是暴雨粗风并不稍减，反而更加着猛烈。同时，他想着前面只有一座小镇，客店自然不多，这帮客人一定也到那里去住。他们若是去把店房先住满了，自己倒不要紧，可是妹妹没有地方住，却太是不方便呀！所以他恨不得给马上车上都插了翅膀，一下子飞过去赶在前面。

所幸，又走了不远，忽见这帮车马全都停住了，不知为什么，竟腾出一股车辙。这高身汉子趁着这个机会就赶紧跳下了车，抬起了车轮，换到另一股辙里。他可就大声嚷着，用力挥鞭，老马拉着破车，向前疾进。马上的镖头、车上的客人都向着他大骂，说："小子，是给你让的路吗？"有赶车的还拿鞭子抽他，但是没抽着。有个肥胖的掌柜样子的人在车上探出头来，瞪圆了两只眼睛骂道："什么东西，好大胆子！把他揪下车来！揍死他！"可是这辆破车早就把他们越过去了。

高身的汉子并且留心看对面到底是什么了不起的人，在大雨中还往荒原上去走，并且使得这一帮客商镖头不敢不让路。但只见也不过是黑马拉着一辆普通的车，车后跟着一个骑马的人，穿着皮衣裳，身体非常瘦弱；可是他对着那几个镖头，大模大样的，见这辆破车直冲过来，也是只看了一眼，倒没有生气。高身的汉子无暇细看，就冒雨赶着车西行，可是那一大群车马也随后赶来，一些人还大骂着。

车已进了市镇，到了一家店房的门首就停住了。高身的汉子先下了车，进店去找房子；待了一会儿又出来，头上脸上都汪洋地流着雨水。他可是喜欢得笑了，叫他的妹妹也快下车。当那位姑娘才把蒙着身子的被褥掀开，露出脸来，恰巧那群人的车马正正赶到，有的还满嘴胡骂，抢鞭子要抽这高身材的汉子。却听他们的车上突然有人大声说："不可无礼！先让人家姑娘下车进去！你们都往后边闪闪吧！"

高身汉子一听，这个人倒还讲理，就不由得抬头看了一看，原来正是那个胖掌柜的，刚才他还骂人，说："把他揪下来！打死他！"现在这个人忽然和气了，而且他有指使这些伙计、镖头的权势。他可是真热心，穿着新缎子的衣服、新鞋，就下车站在雨里、泥中，胖脸上并且带着笑，直说："先让人家姑娘进去！你们帮助人往里搬搬东西。"当下几个车夫听了他的话，都一齐上前，有的拿起来铁锅，夹起来案板，有的是搬火炉跟脸盆。高身汉子倒觉得过意不去，连忙拱手说："太客气了！"他自己的手也不闲着。

店里伙计也出来了，原来认识这位胖掌柜，当时就恭恭敬敬地称呼着"何大爷"。胖掌柜何大爷，就沉着脸儿吩咐着说："先给人家姑娘找房间！找那干净的房间！我们这些人倒都不要紧！"

姑娘此时已经下了车，虽然是风雨沙尘，长途跋涉，但都掩不住姑娘的娇容。胖掌柜何大爷又赶紧跟人要过一柄伞来，亲手撑开，交给了高身汉子，说："千万不要淋着了姑娘！淋得病了可不好！"

高身汉子被人这样处处照顾，真被感动了，手脚反倒都慌了。自己刚要去卸那老马破车，何大爷却一拍他的肩膀，说："你先把姑娘送到里边再出来卸车也不晚！车放在这儿还能够有人偷了去吗？我看你这个赶车的大概也是外行，带着单身的姑娘走路，处处都得谨慎，你把人家先安置在房子里，那才算对！"高身汉子知道他错认为自己是个车夫了，就也不加辩驳，遂抱起来被褥往里就走；他的妹妹已被店伙引到一间房内。随后别的人又都给他送进来那一些家具，他又一一地拱手称谢。别的人却都不大理他，回过了身去就走。

那位何大爷也进来了，问说："你们是从哪里来的？"高身汉子喘着气回答说："从河东来！"何大爷说："真不近啊！"又问说："怎么姑娘只是一个人儿？莫非还有车在后面了吗？"高身汉子摇头说："不是，我们是一家的。"何大爷听了，胖脸上就现出些诧异之色，指着姑娘问说："这是你的……"高身汉子答道："她是我的胞妹。"何大爷就笑了，说："哦！……怪不得我看你们两人的模样儿长得一样呀！"说着，这位何大爷对于高身汉子就又改了一副容颜，变得更加和蔼，说："你们兄妹先歇一会吧！车，我叫伙计们给卸下来，把马喂起来就是。咱们住店的人，走了一天，应当进来就得歇着，卸车喂马都是他们店家的事。他们开的是店，就做的是这些事，不然为什么咱们除了店钱之外，临走的时候还给他们赏钱呀？"笑了笑就走出屋去了。

高身汉子就说："这个人还不错，可见到处都能够遇见好人。"他一面说着，就脱去了外面的湿衣服。姑娘是坐在炕上先盖上了一幅不太湿的棉被，在被里就脱去了她的湿衣服，换上了干衣服。

又待了一会儿，店伙又给端进一盆烧得通红的木炭。一送到了屋里，立刻就小室生春，一点也不寒冷了，并且火光照得屋子很亮。高身汉子就说："好好，这可以把咱们的湿衣服跟鞋都烤一烤了。"店伙放下炭盆出屋以后，姑娘就悄声说："哥哥！住这个店，得花不少的钱吧？"这两句话才把她哥哥提醒了，想了一想觉得也是，兄妹二人由河东来到这里，一路上投的店也不少，可是哪有这么宽大的屋子呢？屋里还有一张方桌、两条板凳，另外还管炭盆，这一定得花不少的钱。遂就不禁伸手摸了摸怀里的一个小口袋，算了算所余的钱，觉得还够，他就说："不要紧，多花二百钱也没有什么的。只盼着明天雨住，不要把咱们留在这里几天，那才好！早一日到伊犁，就早一日……"叹了口气又说："那时，我就放下心啦！"姑娘听了她哥哥的这话，脸上却不由得有些发热，她就躺在炕上歇息，仍然盖着半干的棉被。她的哥哥却坐在炕头，把湿的衣服、鞋袜全都在炭盆旁边烘烤着。

又少时，那两个店伙一同进来了，一个送来了饭，一个送来了锡灯台。饭之外还有菜，菜中还有几片肉，兄妹吃完了，身体就更暖。那个店伙放下了灯台，又给提进来一壶酽茶，并问说："客官贵姓呀？"高身汉子就说："我姓吴。"店伙说："吴大爷！"汉子摇头说："我行三。"店伙又叫了声："吴三爷。"这个吴三就像是没被人叫惯似的，觉得十分不安。

两个店伙出屋去后不大会儿的时间，就见那位胖掌柜和大爷换了一套新衣裳——小毛紫羔的皮袄，托着银水烟袋，又带着微微的笑，走进屋来。这个人年纪将过四旬，和蔼中可又带着点气派，非但像个大财主，还像是个大官。吴三见他来了，就赶紧扔下了烤着的衣服，站起，他比这位掌柜的高出一头来。吴姑娘也拥被坐起来。何大爷却笑着说："快歇着吧！不用客气，我也是才吃完饭。我到你们这屋里来，一则是故意躲一躲，好叫我那十几个伙计他们随便说说，随便笑笑；二则是来看看姑娘，没叫雨淋病了吗？被褥湿了不要紧，我那儿有干的，还都是干净的，新做的；三则是……"向着吴三就拱手，说："刚才在路上多有得罪！我真不知道你们的车上有女眷，我要是知道，早就让开路，请你们先过去了。"

吴三也拱手说："不要紧，何掌柜你太客气了。"

何大爷说："我这个人生平有错便认错。人家说，禹闻善言则拜，我何子成虽然不敢比古人，可是我对朋友最是忠心。这在甘新两省，吴三兄你可以打听去，都知道我是个古道侠肠的人！"

吴三问说："何掌柜你做的是什么买卖呀？"何子成就说："货都在外边放着了，有粗有细，粗的是茶叶水烟，细的是珠宝玉器皮货。小买卖！我只有个百十来万两银子的资本。在京都，在兰州，在安息州，在迪化城，统共不过开着八个铺子。连坐庄的，带送货的，手下有个四五百伙计，见笑得很！你们兄妹俩现在是要到什么地方去呢？"

吴三一听，不由得都发了怔了，他想不到竟会认识了这样的大富商。当下他对这何子成就更不敢轻视，恭恭敬敬地答复说："我们是走伊犁去。"

何子成笑着说："哎呀！好远哪！再有一个月，你们也到不了啊！可是……"他坐在炭盆旁的小凳上，掠起他的皮袄衣襟，抽了两口水烟，皱了皱眉，又接着问说："你们只是兄妹二人到伊犁去？那个地方，什么蒙古人、哈萨克人、缠头人、锡伯人是极多，所说的话也都不一样，你们干什么要往那地方去呢？"吴三见问，面上就不由浮出了一层忧郁之色。何子成随说着随就把眼睛去盯炕上坐着的姑娘；姑娘却转脸向里去了，然而那个红绒的辫根大辫子却使这位胖掌柜盯得更是出神。

吴三是把头低了一会儿，因为触起他的烦恼之事来了，他叹了口气，说："实不瞒你，我是送我的妹妹锦娥到伊犁去结亲。她许配给的是我的一个朋友，姓秦，那个朋友……"又叹了口气说：

"本来也是河东人，因为被人所害，才不得不到伊犁去。可是听说他在那里还很好。"

何子成就问说："在伊犁干什么事情？"吴三说："也是做买卖，不过是个小买卖，将就可以养得起家。我把我的妹妹送了去，我就算办完了一件事，因为我们只是兄妹二人，家中的一点田产，也都为朋友的事花光了；以后，我或是也在伊犁，或是到别处再找饭去！"何子成说："不过伊犁那个地方可是苦极啦！锦娥姑娘年纪多大呀？"吴三说："她今年十七岁。"何子成把眉毛都拧在一块儿了，额前的胖肉都拱起来了多高，惋惜着说："年岁还太小呀！才跟我家里的女儿同岁，到了伊犁，那种苦，怎么能够受得了呢？话可不该如此说，我想令妹丈也不是什么有本事的人。"

吴三听了这话，不由得有些生气，说："秦雄那个人的本事是第一。钱？他并不是没有，他是不肯要。他是我的好弟兄，不是为了他，我也不能够荡业倾家，只剩下一匹老马、一辆破车。这点东西，我也都搬了去，就是知道他那里一定是什么东西也没有；我去给他立个家，送我的妹妹做他的妻子。我还预备下十几两银子，路上宁可挨着饿，我也绝不使用；到伊犁见了他，我再送给他做本钱。"

何子成说："奇怪！像你们这样的交情，我可真没有见过。到底你跟那位秦雄，令妹夫，是怎么一个好兄弟呀？你是怎样为他倾了家荡了业呀？"吴三赶紧把他所问的话拦住了，更重重地叹息了一声，说："提起来话长！掌柜你也不必问了。我这个人，你也看得出，是一个血性的男子，秦雄他比我更重肝胆，更讲义气；我这个妹妹也是吃苦长大了的。"何子成说："咳！出了阁之后若是再受苦，那可就太委屈啦！"吴三却慨然说："受苦也是应当的！我早先既已将我妹妹许配给秦雄，他就是现在在天边，我也得把我妹妹送了去，哪有悔婚忘义的道理！"何子成抽着水烟，可还是摇头。

待了会儿，两人的话又转到别的话题上去了，不再提说伊犁，却说到了迪化。何子成就说："迪化比伊犁可好多了，地方富庶，人烟稠密，汉人也多。在那里要想找碗饭吃，或是想做买卖发财，可真是一点儿也不难。"又说："不瞒吴三弟说，我因为连年往各地做买卖，各地又都有铺子。所以在伊犁我也安着一份家。那个女人给我养了个女儿，跟锦娥姑娘是同岁，她们两人要是见了面，一定能够说得到一块儿。"又悄声说："这个地方名叫弱水镇，明天要是起身再往西去走，就得过金牛峡；那地方近一年来还好，没听说出过什么事。可是若再往西去，譬如说猩猩峡那个险要的地方，你们的车可就不大容易过去了！"

吴三听了这话，就要站起来，说："那地方莫非有强盗吗？那咱也不怕，这些破烂东西，随他们的便拿了去。"何子成摇头说："咳！他们要你的东西做什么呀？他们要的就是人呀！西路上有话：'出了玉门关，丑女也赛貂蝉'，何况令妹又长得那么清秀，岁数儿正轻！"吴三冷笑着。

何子成又说："咱们是一见如故，令妹跟我那个女儿同岁，攀个大来说，我见了她，就如同见着了我那女儿。前面的路上有那些坏人，我不能不预先提醒你，因为我也看出来了，兄弟你这次大概是第一回出门，江湖的阅历太少。我想是……明天是不能走了，天就是晴了，路上的泥这么多，也绝走不了车。那么过两天咱们可以一同西去。我们的人多车多，路上又熟，保你必定一路平稳。到了迪化，可以请姑娘先到我家里去住着，她小姑姑大侄女在一块玩儿，也盘桓盘桓。我的柜上又常有跑伊犁的伙计，就派个人去一趟，打听打听你那妹夫秦雄在那儿的生意到底好不好。如若生意好，就无话说，我再托几个熟人，送你们平稳地前去就亲；如若秦雄在那儿的买卖不好呢？那据我想，可还不如叫他也到迪化去帮助我，我那柜上正缺少一个能够出力的人。"

吴三听了就不禁喜欢，说："可是，怎好这样打扰你呢？"何子成说："没有什么的，咱们是一见如故，何况我也是愿意我那女儿将来能够有个伴儿。"说着就站了起来，从怀中掏出个小元宝，上面还系着红绳儿，就放在桌上，说："这是我送给姑娘买胭脂粉的，千万请代姑娘收下！"吴三真没有料到世间竟有这样的好人，这只元宝，他只得代妹妹感愧地收下了，连句道谢的话他都说不出来，他只是想着：将来我再报答他吧。

胖掌柜何子成拱拱手就出去了。外面的风沙和粗暴的雨点还不住哗哗地响着，室中的灯光摇摇，盆中的炭越烧越旺。吴三的心里跟身体同样地感受到温暖，忽然他的妹妹锦娥转过脸儿来，说道："哥哥！你看这姓何的，怕不是个好人吧？"吴三就一阵发怔，接着却笑道："哪能不是好人呢？他带着那些伙计，运着那些货物，还能不是买卖人？没有错，没有错。人要是走在外边，见了同行的人，就都觉得亲热，全好像是乡亲，何况他有个女儿又正跟你同岁！这人不过是好交朋友。"锦娥说："可是他无故就给人元宝，哪能够没存着坏心？哥哥不记得赵阎罗，也是送给过咱们许多的银子吗？"

提起来赵阎罗，吴三的脑筋不禁全都凸起。赵阎罗是他故乡的一个恶霸，如今虽已经死了，但若不是为了他，秦雄也不至于吃了一年多的官司，远走新疆；自己也不至于家败人亡。那时锦娥不过十五岁，赵阎罗就一眼看上了她，要强娶她做小老婆。如今，细想起来，刚才的那个何子成实在长得跟赵阎罗有几分相像，桌上放着的元宝也确实可疑。风大雨粗，镇市又小，他们不仅有伙计，有保镖，并且店家跟他们全都厮熟，莫不是今夜就要暗算我们兄妹吗？

想到了这里，他周身的血液就都滚涌了起来，冷笑着，对着妹妹说："咱们不怕！"说时，从那破旧的行李卷中抽出来他那一口"金背砍山刀"，刀光映着灯光闪烁。他又放下了，藏在褥子下面，淡然地又笑着说："不必多疑，可也不要大意。他如果是好人，咱受了他的好处，将来再报他的恩；如果是歹徒，是狼心狗肺之辈，那时我镇河东的弟子，八卦刀的真传，绝不受人欺负！若打到西路上就更好，秦兄弟知道，一定要来帮助咱们，他的那对虎头钩……"

说着嘿嘿地冷笑。

此时锦娥姑娘也不言语了，她相信哥哥的武艺，更想念她的未婚夫——那位少年英俊的人物，她只盼着雨快住，好快走，以便见着秦雄。但窗外的风是凄凄，雨是哗哗，连夜未止。

次日，吴三本想着走，可是雨还不住，并且有越下越大的样子，真没有法子！吴三回过身来向锦娥说："咱们只好再在这里歇一天吧！"伙计见他们起来了，就给他们打来了洗脸水，又端进来许多烧得通红的木炭。吴三就说："天气不算十分冷，用不着屋子里添炭盆。"店伙计却说："这是何大爷的吩咐！他那个人最是仗义疏财，好交朋友，你若是拂了他的美意，他反倒不高兴了。"吴三又默然了一会儿，心里觉着何子成也许不是什么坏人，在外面经商走路的人每每是这样慷慨。

店伙计又说："客官！你既然投上了他的缘，可真算是走运。你跟他往新疆去，在路上，他绝不能叫你花费一文，还敢保一路无事。不要看他只是个买卖人，他手面最宽，新疆巡抚都得听他的指使，你没看见他们这次带来的货吗？能值几十万。那几位镖头都是兰州顺康镖局的，镖局是他的钱开的，镖头就如同是他的家丁一样。"吴三听了就更觉得诧异了，心说：这不是恶霸吗？比赵阎罗还要厉害吧！店伙又说："他本人书文皆通，虽不会武艺，却颇认识不少会武艺的朋友，譬如昨日从这里才过去的那位神剑魏。"

吴三忽然想起昨日雨中，何子成等人的车马谨慎地让路，那辆小马车，那个骑着马的很瘦很瘦的人，确实可疑，遂就赶紧问说："神剑魏是个什么模样？"

店伙说："瘦得简直像个烟鬼儿！他的女儿可是美若天仙，他们都是南方人，从去年才到新疆省来，可是就出了大名啦！在沙漠里，只是父女两个人，曾杀退了七八百凶悍的强盗，巡抚大人都请他吃酒，伊犁将军派人请他，他都没去见。昨天你们来的时候，她们父女才从这里过去；别人遇见了雨都赶紧投村找店，他们反倒向荒地里去走，因为绝没有人敢劫他们。他们必是回南方去了，此后还不定什么时候才能够再来。"

吴三听了，心中就不禁惆怅，想着把一位有名的侠客交臂失去，未交一交，真是可惜！店伙接着又说着何子成，他把何子成夸得简直跟神剑魏一样值得尊敬。正在说着，何子成那肥胖的身体就走进屋来，今天换的是另一件狐腿的皮袄，笑容满面，先看着锦娥，问说："姑娘昨晚在这里睡得还安吗？"

今日，吴三对何子成可怀着点戒心了，先仔细看他的那张脸，因为一切的胖人都是显得十分忠厚，并看不出他有一丝奸狡的样子；再看他的身上，又只是阔，但他本来就是个大商人，并且他向锦娥说了一句话，没得着答复，也就没再说。

他坐在吴三的对面，也没有怎样用眼睛死盯着锦娥，只说："这场雨下得可真讨厌，不过也好，迪化城附近的麦子正缺雨，这一下，就可以收了。只是越天山走路的人可苦了，那山上不定要怎样的寒冷，同时在路上他就不免要多破费几文。"因为这条路上常有行旅的客人及发配的囚徒因寒冷，因饥饿，或因此而倒毙，向来他是只要遇见了，就必定出资买棺，并且雇人给抬埋。像这样的善事，他不知道做了有多少次了，可见他是个好人。吴三听了他的话，渐渐觉得倒是自己的不对，自己太多疑了，于是更倾心与他相交。

早饭时，何子成就在这屋里同他们兄妹一起用的。饭毕，他又叫店伙取来了他们从兰州带到这里来的美酒，与吴三细斟慢饮，毫无拘束，并述他生平之事，原来他还是弃儒学商呢，这使得吴三对他更加钦敬。他在这屋里坐了多半天，户外的风雨渐停。屋中的火烤得吴三连身上的破棉衣都穿着发痒，但是到院中，到店门外去看，只见是一堆的稀泥，行旅的人实在没有法子走。他只得耐着性就在店中住着，何子成的那些伙计见了吴三的面也不说一句话，那些镖头，走过去时还都撇嘴，只有何子成，连吴三也觉得跟他投缘了。

晚间两人又在一块儿饮的酒，兰州带来的酒真是又香又醇，吴三烦恼无聊，不禁多喝了两杯，就醉了。何子成扶着他躺在炕上，叫店伙给拿进来两床被褥，一床是布的，半新的，他就给吴三盖上；另一床被褥是绸里缎面，似未给人用过，他就带着笑，双手捧着送到姑娘的身旁。锦娥姑娘却赶紧将身子转向炕里，扭转了头，何子成这时笑出了声儿，说："姑娘！你哥哥醉了，你好好看着他。我走后你把屋门自己关上，灯自己吹了就行了，嘻嘻……万一夜里有什么事呢？姑娘你不要对我客气，叫我一声，我必即刻就来！"姑娘仍是没言语，何子成就笑着出了屋。

何子成去后，锦娥就赶紧推着吴三的身子说："哥哥！哥哥！哥哥你醒一醒！咳……"她连连推着，连连悄声地叫，她的哥哥却只是含混地答应，不睁开眼。锦娥将那口金背砍山刀交在吴三的手里，又叫着："哥哥你快醒！我告诉你话！"

吴三发热的手一触到了那冰凉的刀柄，不知怎么他就蓦吃了一惊，立时瞪大了眼，坐起来，忙问说："什么事？什么事？"锦娥便扒在他的耳边，悄声说："我看那个何子成一定不是个好人！他对咱们是过分地殷勤了，你看，他还借给咱们这两份被褥！"吴三却笑着，舌头发短地说："因为他是个好交朋友的人，我已看出来了。你就不要再多疑了！"锦娥却摇着头说："不！我总不信他是好人！"

吴三放下了刀柄，又躺下了，可是接着锦娥又说："刚才他出屋的时候向着我笑，那笑，不像是好笑！"吴三忽又问说："什么？"他又翻身坐了起来，虽然他的头晕，可是怒气夹着酒同时往胸头上涌，他暗想：莫非刚才何子成把我灌醉了之后，他立时就要调戏我的胞妹吗？这可是小看了我！想要欺负我，他可自寻倒霉！他登上了鞋就下炕，持刀向外就走。锦娥却又紧紧拉住他的胳臂说："哥哥！你不用就去惹出事来！"吴三说："我不拿着刀就是了！"遂放下了刀，走出屋去。

外面的冷风一吹，他的腹中的酒又往上涌。看看天已黑了，各屋中的灯光齐明，说话喧笑之声，也很杂乱，他迈着步，摇摇晃晃就走到了何子成的住屋之前。这窗上的灯光是分外发亮，他压着脚步，悄悄立于窗外，听见屋中是有三四个人谈话，还哗啦哗啦地摇着骨牌。听出何子成的声音来了，说的不过是什么"大五""长三""幺二""金屏"等等骨牌上的事，又说了几句买卖上的话。

吴三在窗外听不出个究竟来，怒气已渐渐没了，可是酒和胃中存积的菜饭都忍不住冒出了喉来，哇的一声，就吐在地下。这时屋中的人已经听见声音，何子成先问："是谁？窗外边是谁？"更有个人怒骂说："娘的！是谁在院里吐！少喝些酒好不好！"何子成连说："不要骂！不要骂！"当时屋里的人齐出来了，吴三却在这里弯着腰不住呕吐，连话都顾不得说。

何子成看出来是吴三在这里，他就大笑起来，说："好！三弟！原来你的酒量竟这样小，竟在这儿吐了！对不起，我真不该把那酒给你喝。"遂就赶紧吩咐人取来温茶叫吴三漱口，然后他亲自搀着吴三进了这屋。

他住的这间客房，实在更是整洁，又加着炕上的铺盖都是闪缎的，点着两盏灯，桌子上骨牌边又堆着零整的银子，映得四壁仿佛都发亮，使得吴三的两眼更花了。他被搀着坐在炕上，何子成又拍着他的肩，凑趣着笑说："三弟你可真不行啊！这么长大的一条汉子，没想到竟禁不住酒！你看我刚才还比你多饮了两盅酒，我可……你看，一点醉意也没有吧？"

吴三虽然酒都吐出来了，可是脸上更红了，他真羞愧，觉得何子成实在是个和蔼、亲诚并且颇为文雅的人，自己倒真是量小、多疑，而且自己又呕吐了，在人的面前丢了丑，他就连连抱拳，客气话可也不会说。别人又给他倒过来热茶，他将碗接到了手中就喝。何子成又给屋中的三个人向他介绍，原来除了一个名叫马广才的商人是何子成的管账的，其他二人都是镖头：一个叫白额虎苗鹏，是个身材比吴三略低，可是相貌十分凶恶的人；另一个就是昨天在雨中要打吴三的那人，大胡子黑脸，有三十余岁，原来他姓彭名彪，外号叫黑髯太岁。

经何子成一道出了吴三的姓氏，并略略说了籍贯和身世，这两个镖头就全对吴三客气了。黑髯太岁一把拉住了他的腕子，说："老吴！你学过武艺吗？练的是哪一家的功夫呀？"吴三就想：对着保镖的人应把话说客气一些，遂道："生在乡下，村子里有好拳脚的人，我们年轻人都学过几手，可是不敢说是功夫。"

黑髯太岁说："对！你不夸口，就不能够吃亏。新疆那地方虽说娘儿们少，可是会武艺的多，沙漠里常出强盗；有些犯官，发配伊犁，也都有镖师、护院的保护随行。由这往西，到处讲的是拳脚刀枪，不讲喊冤告状。昨天过去的那神剑魏，就是个有本事的人，是俺的老朋友；除他以外，就是俺这苗二哥了。你再问问何财东，他是怎样发的财！虽说有他的福大命大，可也是俺兄弟们给他出的力。咱一路走顶好，沿路你就看看，俺彭彪的名头敢保比钟撞起来还响。你的妹子，有俺保护着，敢说没人能对她起念头；你也是，无论你身上带着多少金银也保没人敢抢。"

吴三觉得这黑髯太岁是个性格粗鲁、心直口快的人，也还可交；那苗钧虽外号叫"白额虎"，腰带上插着两把短刀，可是说话总带笑，也颇为和蔼；马广才更是一位老实的买卖人。待会儿又先后出来进去的有两名镖头和几个伙计，全都是他们手下的，听着他们吩咐指使；对何子成更不必说了，何子成简直就是他们的"老太爷"。何子成既然跟吴三称兄唤弟，说说笑笑，他们有谁敢对吴三不恭敬呢？所以吴三虽然穿得比人都穷，可是被大家恭维着，款待着；他简直没受过这滋味，心中只是感愧。

何子成也请他来玩骨牌，他不好意思推辞，由何子成坐庄，推牌九；吴三把怀里藏的银子拿出来下注，连次皆赢。他虽自信是一条好汉、一位英雄，可是他真经不住这诱惑了，算了算，手中的十三两银子，一瞬时变成五十多两了，他就喜欢地心说："秦雄兄弟！我仗着你的时气，替你多赢些钱吧！赢到二百两，咱就够了，连聘我妹妹，带你娶媳妇、安家、做买卖，就全够了，就全不发愁了。"于是他就大注地去下，又赢了两次；可是再下，再赌，就都输了，瞬时又连他的十几两赌本也全输出去了，他急得脸上更红。何子成在那里推着庄，搂着钱，正是高兴，就好像没有看见他。

他急得抓脑袋，忽然黑髯太岁慷慨地拿了几块银子借给他，他接着又来，有时输，也有时赢；一连又来了几庄，结果他倒是把为秦雄预备的那十几两依然揣在了怀里，可是拖欠了黑髯太岁的有三十两银的账。他觉出赌运渐渐不济，不敢再赌了，然而欠那家伙的银子，可怎么还呢？他刚一嗫嗫地说："彭大哥！我欠你的，等我到了伊犁再想办法还你吧！"黑髯太岁立时就摆手说："算了！算了！还他娘的什么吧？你看我，今天赢的有多少？"吴三益发地惭愧，闷闷地又坐了一会儿，他就出了屋，何子成也没有顾得招呼他。

此时，雨虽已住，天上的星光也露出来了不少，但寒风更紧，直若严冬。回到了屋中，见炭盆也灭了，妹妹依然掩被坐着，问："哥哥干什么去了，这么半天？"吴三心中更加愧悔，只是说："何子成这些人还可交。"

次日，天已大明，在店里闷居了两日的客人们都忙忙匆匆地起身走了。吴锦娥姑娘在这里住着，总觉得心里不安，她就说："哥哥！今天咱们可以走了吧？"说这话时，她是带着恳求的态度，同时她可又有些含羞，因为急着去往新疆是为什么呢？不是为早些跟她的未婚夫秦雄见面吗？

吴三当时又斟酌了一下，何子成的盛意隆情实令人感激，既是应允了一路同行，那么人家今天都不走，自己可也不便就向人家告别；不过他也是着急要去见秦雄，急着给妹妹安顿好了。略微发了会儿怔，他就点头说："好！反正咱们只有那辆破车，谁管他路上有泥，好走不好走，咱们这就走吧！一定走了！不过我得去告诉何掌柜的一声！"锦娥皱着眉说："哥哥不必去见他了！咱们就套上车悄悄走吧！"吴三笑着说："那不成逃跑了？交朋友，不能那样办，再说咱们出这个门时总得被他们看见。"说着就去见何子成。

何子成是才起来，吴三抱了抱拳，说："何大哥，我们兄妹要走了！咱们后会有期吧！"何子成连忙拦阻着说："不要忙！不要忙！我也是想着今天就走，好！一块儿走就是。你先去收拾行李吧，店饭钱你全不用管了，昨夜里我已经全都开付了；车马你也都不用管，我叫人去给套。"吴三抱着拳，两只手简直不能够分开了，心中实在是说不出来的感戴。

回到了屋中，见妹妹已经在收拾东西，他就悄声说："何掌柜也正预备着走，咱们还得跟他们在一路。这没有法子！谁叫咱们在路上遇着了他呢？不过他们实在不是坏人，我们也不用多疑了！"锦娥姑娘低着头，没有说话，但心中仍未释然，吴三便也收束东西。

外面是何子成吩咐了话，当时就更乱了，一些人套车的去套车，备马的去备马，并有店伙和何子成手下用的人来给吴三搬那些破烂的东西。黑髯太岁腰挂着刀征走进屋来，大笑着问说："吴老三！你难道还坐车吗？骑上我们的马，有多痛快！"吴三又拱手说："不用！不用！我还是赶我自己的那辆车吧，马我不会骑。"黑髯太岁哈哈大笑，又溜了姑娘一眼才走出去的。

一霎时，外面的车马全已经备齐，何子成另换了一件银鼠的皮袄穿着，带笑走进屋说："三弟跟姑娘全都收拾好了吗？咱们现在可就要动身啦。"

吴三同他妹子一同出门，就见车辆已占满了一条街。他们原来的那辆破车，不但堆着他们的那些破烂家具，还装了些喂马用的草料，简直容不下人坐了。可是何子成为他们腾出来一辆新车，好马拉着，何子成并且笑说："上去吧！你们的那辆车我很喜爱，咱们换啦。"并派了个人替他们赶着。

锦娥姑娘是不说话，吴三是心中有感谢的话而仍是说不出来，只好上车吧！车上铺着很厚的被褥，还有特给锦娥预备的暖手炉，铜工做得非常精致，上罩着红缎的丝棉套，为是不至于烫手；车围跟车帘又都严密，冷风吹不进来，此外还有两匣子点心，一个暖水壶呢！这可使他们兄妹顿然变成了"阔上路的"了。

吴三也觉得何子成殷勤得未免过分了，但一来是想着何子成真是为给他那女儿找个好伴儿，才这样款待自己的妹妹；二来是想，何子成久走江湖，必定极有眼力；他已经看了出来，我并非是等闲之辈，知道我的武艺比他那些镖头强，才想收我做他的心腹，以后好保着他做买卖。"咳！"吴三想到了这里，就不由得暗叹一声，而凝视着他随身行李卷中的那口金背刀。他又想：古人说，士为知己者死，我吴三原想将来嫁出妹妹之后去做一番事业，但既遇何子成这样待我，我只好一生帮助他；他如遇有危难，我就要以死相报了！

此时店掌柜出来送客，许多人都说着："何东家一路平安！"人声渐渐又止，车轮却动了，马蹄声又响了。路上虽有稀泥，但他们走起来还都很快，不到半天的工夫，就向西出了金牛峡。此时吴三已在车里打盹了，锦娥姑娘也被车颠动得昏昏欲睡。当日晚间仍由何子成命人投镇市找店房宿下。

一连五天，同行同止，何子成对他们兄妹永远是那样殷勤，处处照顾着，可是锦娥姑娘不同他们交谈。他们已过了安西州，来到了个地方叫大泉驿。这个地方荒凉极了，只有两家小店，都是土屋子，还极其破烂，而且早有不少客人都先来投宿了。然而何子成极有办法，他叫锦娥住在店家老板娘的屋子里，吴三却只得与黑髯太岁、白额虎那些人挤在一间屋中。

到晚饭后，黑髯太岁赌起钱来了，连店中住的不认识的人都来跟他赌。白额虎用手向吴三的肩头一拍说："兄弟你来，我同你要说几句话。"吴三不知有什么事，随着苗钧出屋，立于暮色之中，苗钧就悄悄地说："我有件事跟兄弟你商量。我有个表弟三十来岁，为人极为忠厚，在迪化也开着大买卖，论家财并不在何子成之下；现在新断的弦，想要续娶一位，好生儿养女，接续后代的香烟。因为咱们也交了这些日子的朋友了，我看令妹人品、模样儿还都不错，我想替他求求亲。"

吴三摇头并拦住了他的话，说："不行！我的妹妹已经许配给人！"苗钧点头说："我也听何东家说过了，你的妹妹是给了一个姓秦的。可是那个人，我觉得……"吴三不容他说完，就又把他拦住了，并且不耐烦地说："那姓秦的是我的好兄弟，我不许旁人说他不好。再说，我是个堂堂的汉子，我又只有这一个亲胞妹，怎能够悔婚？"说了话，转身就要进屋。

苗钧却用力把他拉住，笑着说："我还没把话说完呢？你再听我说两句。你得知道人生在世，没钱没势再没阔亲是最可怜，你们兄妹到了新疆那个荒地方，去投靠谁呢？你将你的妹妹就嫁给一个漂流在外的穷汉，你对得起她吗？我这个人是生来专爱给人家捏合好事，我的那位表弟，简直跟何东家一样有钱！"

吴三却说："不管他有钱没钱！你说旁的我都不恼，你要再提这些话，我可真生气！"

苗钧也似乎翻了脸，说："你生了气，又当怎么样？你可得把眼睛睁开些了，看看这是什么地方！从此往西去，路上更没有王法，我们也护不住你带的那个招风惹事的妹子。你不要把我的良言当恶语，受了何财东的好处，不知情！"吴三夺开了胳膊发怒说："什么话！"苗钧又冷笑着说："什么话？就是这句话！"说时，右手向他抓来，左手由腰间把短刀抽出。吴三就蓦地飞起来一脚，只听咕咚！当啷！白额虎就摔了个大仰颏，短刀也撒了手扔在地下。吴三却转身进屋，气愤愤地找了个角落坐着，不住地发怔。

此时屋子里十多个人，骰子掷得正起劲，那黑髯太岁彭彪口中大喊着："幺呀！五呀！"拳头也不住向桌子上使劲地擂；赢了钱，他就双手往眼前去捞，并向吴三说："喂！小子！你为什么不也来下注呀？若没有钱，老子俺能借给你！"

少时何子成也进了屋来，托着银水烟袋，胖脸上笑容儿微微，好像他不知道到吴三把苗钧踢倒在院中之事。他也不向吴三说话，只过去看那些人赌钱。苗钧又悄悄地进屋，屁股后头满是泥，但他倒不凶了，反过来轻声告诉吴三说："你千万莫把刚才的事告诉我们财东！"指指何子成，急急又出来了，大概是更换衣服去了。这时吴三的气又有些消了，觉得苗钧是不会说话，枉想提亲，但这件事却与何子成无关。何子成看了半天掷骰子的，也回过身来，又向吴三笑着，说："我那个屋里也有几个人赌上了，这没有办法，在路上我就不得不随他们的便，但到了柜上可就不行，我那柜上订的规矩最严，除了年节，绝不许伙友聚赌，因为这能够闹出是非来！"吴三点点头，何子成又说："令妹今天倒很好，住在店家的屋里，店掌柜跟我的赶车去睡，内掌柜陪着令妹，待会儿，她们就许吹灯睡觉了。"

吴三听了这话，忽又不放心锦娥了，便站起身走出屋去，先看看那内掌柜的屋子。见门里还露着淡淡的灯光，他往那边走了走，就隔着门问说："锦娥在屋里吗？"锦娥在屋里答应着："是哥哥吗？有什么事呀？"吴三说："你把那口刀交给我！"里面又答应着，不多时，锦娥就自屋内将那口金背砍山刀拿出来，并悄声说："哥哥莫非有……"吴三摇着头说："也没有什么事，不过今夜你小心一点就是了！"锦娥益发吃惊地说："今夜我绝不睡觉，万一有事，我就大声叫你！"吴三点点头，叹了口气说："这几天我都已不疑心了！如今又使我不能不疑心起来！"锦娥说："那何子成绝不是好人！"吴三说："他倒不坏，可是他的手下有个坏东西！"摆摆手叫妹妹速回到屋里。他独自在院，来回走着，想着怎样能够跟何子成他们分开了走才好。

这时天已黑了，星光又被乌云遮隐住了，好像又要下雨，他更是忧虑。忽然觉得脚下踏着个物件，还发出来响声，便弯身拾起，一看原来是刚才白额虎苗钧扔下的那口短刀，他就赶紧去叫出来锦娥，把这交给了她，嘱咐她今夜以此防身。

吴三便提着金背刀又到那赌钱的屋子，何子成跟黑髯太岁却正要出来，尤其看见他手里提着刀，就全向后去退步。吴三说："何大哥你不用慌，你来！我要同你说句话。"何子成问说："有什么事？三兄弟你就在这儿跟我说吧！你今天是怎么啦？忽然提起了刀，脸色也不大好看，莫不是谁得罪了你吗？你告诉我，我当时就管教他们！"吴三叹了口气，说："也没有旁的事，只是我想不应再打扰你啦，明天咱们还是分开了走好些！大哥我借用你的钱，我将来再还；你待我的好处，将来再报！"黑髯太岁却突然翻脸说："你那次输了老子的钱可得还给俺！"何子成却把他推开，说："你不要说话！"托着水烟袋又向吴三说："兄弟！你是这个样子，吓得我简直不敢出屋了！我怕你多半是凶神附了体，你看你的那两只眼睛有多么可怕呀！你先放下刀，咱们到那屋里去再说！"吴三说："何掌柜！我不是跟你呀！"

这时那些赌钱的人也拥挤过来，何子成就也有些往下沉脸，对吴三说："你要跟我分开了走，那很容易，朋友可交则交，不交则罢，我还能够拦阻你吗？你要是个光身汉还不要紧，你带着个大姑娘，叫人家说我是存着什么心哪？我可不落那个名儿，你问问这条路上的人谁不认识我？"旁边的人果然都应着他的话说："何财东是好人，最爱交朋友行善，你这个人可不该这样！"

突然，那白额虎苗钧又跑过来，拉住了吴三的手大笑，说："我说出原因来吧！是怪我！因为我要给他妹说媒，嫁我的表弟，为这点事就把他给得罪了！"何子成当时就跟苗钧翻了脸，骂道："混蛋！你不知道人家妹子有婆家了吗？你又去胡说乱道！吴三兄弟是个老实人，他哪能受得住你的打耍？怪不得他急了！"苗钧又笑着连向吴三赔罪，倒弄得吴三非常不好意思；刀虽没有放下，可是态度已经缓和，就同着何子成、苗钧、马广财，到了何子成的屋内。

何子成又笑着向他解释，他就更觉得惭愧无颜，不仅把那分开了走的事情不再提了，并且进一步地讲明了自己的来历。他说：

"我吴三实在就是一个粗暴的性情，常因此得罪人，我的师父镇河东李孟飞也常劝我，秦兄弟也说我是个太直爽的人，今天本是小事，我弄大了！诸位朋友不要再见怪！"此时白额虎苗钧的神色更变，何子成也似乎打了个寒噤，因为都知道镇河东乃是一位赫赫有名的老侠，不料吴三竟是他的弟子。

当下，一天的云雾就算全都散了，何子成对着吴三是益发表现亲近，在亲近之中可又带着些凛戒之意。夜间，吴三还是同着黑髯太岁及另外的三个镖头同屋就寝，他的金背刀没有离开身，那四个人也都不摘下腰间的刀。白额虎是曾点着灯笼在院里找了半天他那把短刀，没有找着，也就没声张。一夜，小驿更声，迟迟地敲着，敲到五更，天便发明，大家都起来又预备着走。锦娥姑娘也平安无事，在老板娘的屋里梳头了。待起身时，仍然是吴三与妹子同坐那辆新车，随众西走。

走过了中午，风就刮起来了，这地方大约临近了沙漠，所以刮得赶车的跟骑马的满身都是沙子。天更昏暗，路更崎岖，附近更是荒凉而无村落，并且连树都看不见，一根衰草、一片败叶也全无有。车轮马蹄发出来怪异之声和剧烈的颤动，原来愈走越向高处，上了一遍荒原。吴三又在车上打鼾，可是锦娥就用手推他，害怕地问说："这是什么地方呀？"吴三睁开了两只睡眼，往外看了看，就说："大概快到新疆了！"说着又合上了眼睛，他的金背刀就放在他的眼旁。

又走了不知有多时，忽然一下子颤动，倒把他惊醒了，原来是车已停止。车帘从外边被掀起，出现了一个大胡子，正是黑髯太岁彭彪。吴三还以为他是又来要账呢，便问说："你来什么事？"黑髯太岁却笑着，说："你来！你来！有件好事，何东家叫我来请你！"吴三很觉得诧异，便出了车棚，下了车。只见前面的几辆车仍在走着，黑髯太岁真像是有什么喜欢的事，就拉着吴三往后去跑；到了一辆也是停着的车旁。此时风沙很大，吴三简直睁不开眼睛，黑髯太岁却推着他上这辆车。

这车上除了个赶车的之外没有别人，车里边放着个瓦盆，里边烧着炭，烤着一把砂酒壶。黑髯太岁又笑着说："上里边去！上里边去！咱们喝酒。"一掀褥垫拿出来一只酱鸡、一大包熏肉，还有煎饼，真不晓得他是什么时候预备下的。吴三见他是好意，便上了车，坐在里首；黑髯太岁就在外坐着，放下了车帘，遮住外面的狂风沙砾。车辆照旧前行，这车里就如同是间小屋子，而且很暖，又是将将地挤着坐下他两个人。对着炭盆，黑髯太岁拿起来砂酒壶就劝吴三喝，吴三忽然又怀疑了，坚持着不喝他的酒。

吴三倒不是疑惑他的酒里放着毒药，而是恐怕喝醉了又吐，或是黑髯太岁这家伙存着什么坏心。彭彪大胡子蓬松，发着怪笑，说："吴老三，我的小兄弟，你不要以为喝了酒，我就跟你要银子，连你那次借我的那三十几两，咱都算是交了朋友啦！我不要了！现在咱们已走到了猩猩峡，这个地方你看，连娘的一户人家也没有！老天爷又刮起了大风，娘的！你车上那娘儿们要是你的媳妇，俺就犯不上去搅你；她是你的妹子，你个做哥哥的也不能够跟她谈心。"

吴三心说："这是什么话？"彭彪又说："俺还拉了你来陪陪俺！有酒有肉有大酱鸡，你为什么不吃也不喝?"吴三就捏了一片肉放在口里，一边嚼着又笑，说："叫我吃可以，酒我可不敢喝了，上次还不是教训了我一回?"彭彪拿着砂酒壶自己饮了两口，指着吴三说："你可真不像是个江湖好汉，不会喝酒，倒像是个娘儿们！"说着，他就一口一口地饮酒，吴三就一片一片地吃肉。

外面的风沙更大了，吴三不放心前面锦娥独自乘的那辆车，便拱手说："彭大哥！我叨扰你半天了！你现在一个人饮吧，我还要回到那辆车上去！"黑髯太岁彭彪就把眼一瞪，说："为什么你这样离不开你那妹子呢？不怪别人说她不是你妹子。"吴三听了，不禁有些发怒，就也瞪起眼来说："你说的这是什么话？"彭彪却哈哈笑着，说："你不陪着俺喝酒，俺可就要这样说。"

此时吴三又有些生疑，因为这辆车子走得太迟缓了。轮声吱吱在风沙里单独地响着，似乎听不见另外还有车响、马蹄声与人语。吴三急说："不行！我非要下车不可！"黑髯太岁彭彪忽又狞笑着，说："你既上车来，就不能再叫你下去，老子今天有两件事要同你说！"吴三当时也沉下脸来，挽挽袖子说："什么事！你就快说！"黑髯太岁忽又笑着，手可探到怀里，说："第一件事是何财东要娶你的妹子，你为什么不点头呢？"吴三更是惊讶！问说："什么？那何子成……"黑髯太岁摆手说："朋友你且不用发急！俺姓彭的不像是苗钧，给人家说媒他不说真话，硬要造出什么表弟。俺同你实说吧，何财东早就看上你妹子了，要花一百两银子买她，另外还给你一宗钱叫你小子养老！"吴三当时大怒起来。

彭彪已将身子移动，随时就能够跳下车去的样子，又说："这样好的事，我劝你就听了吧！听了，你的妹子就穿金戴银，从此享起福来了。你跟何财东做了亲戚，俺就跟你是一家人，吃喝不分，三十多两银子俺真不要了；不然，你可休以镇河东的名声吓人，何财东早已吩咐我了……"说时抽出刀来，但话尚未接着说出，吴三已抄起来瓦盆向着他打去。

黑髯太岁彭彪一回身便跳下了车，外边有好几个人围着，并且有两口钢刀自外探向里边扎来；吴三疾忙掀起来褥垫，就当作盾牌似的向外挡。褥垫里装的是一些棉花，又软又厚，足能够禁抵住刀杀剑砍，并且因为炭都滚在上面了，已经燃烧了起来了，浓烟冒出。吴三同时还用脚使力踹旁边的那车窗，车窗不过是木棍儿安插的，跟那极玲珑的窗棂相似，里外都蒙着一层布围子，很是不结实，哪里禁得住他的大脚一下接一下地踹呢？所以只消三四下，就将车窗的左面踹掉。他将要往外去钻，钢刀又扎来了，正扎在他的右臂上。他忍着痛，也不顾流血没有，就拆了一段车窗去迎敌，同时大喊一声就向车下去跳。

外面正是风沙猛烈，那黑髯太岁彭彪、白额虎苗钧，还有另外两个镖头，全都手持单刀向他来砍。他手无寸铁，右臂又伤，但他并不逃跑，反倒奋勇向前。两三下就从一个人的手中夺过来一只刀，他舞刀迎战，对面的三个人竟不是他的对手。此时连刚才他们坐的那辆车都被赶车的人惊惊慌慌地赶走了，何子成的车跟锦娥姑娘坐的车，这时全已不见了，大概都已走往远处了。

风沙弥漫，十步之外就看不见人，吴三一面乱杀，一面咆哮着说："你们将我的妹子抢到哪里去了？快些把她送回来便没事！"彭彪说："她早已跟何财东成亲了，哈哈！"吴三狠狠抢刀向他就砍，他也以刀相应。那白额虎苗钧等人原来都预备了马，这时就齐向彭彪招呼说："快走吧！快走吧！跟他还瞎打？"说着，这三个人都上了马了，还留下一匹马给彭彪放过来，又催着他走，然而这时的黑髯太岁已于吴三打得难解难分，他是绝不肯逃。

二人交手不下四五十余回合，黑髯太岁只是力气凶猛，刀法却不见得佳。但吴三的刀法虽好，可是右臂又已负伤，只仗着左手来抢刀与他杀斗，当然十分不便利。在这风沙之中又不能够睁大眼睛，而且吴三的心急得跟一把烈火似的。两人打来打去，结果是吴三一刀砍在黑髯太岁的背上，这彭彪就一个前失扑倒在地。吴三再一刀，彭彪就喊了一声，在大风中也听不见他声音的悲惨，他就再也爬不起来了，黑髯太岁这家伙立时就算是丧了命。吴三也不暇细看他的尸体，只四下去寻找，然而刚才苗钧给留下来的那匹马，此时已不知窜奔哪里去了。吴三只得提刀往西去紧跑，跑一会儿他就得站住喘一喘气。他的右臂痛得越来越甚，血不住往下流。这倒不要紧，只可恨风沙总不停，而且迎着面吹，越吹越猛，他简直不能够快跑了，只好慢慢地走，但是走也颇为费力。

他四下里瞻望，这混混沌沌的长空大地之中，哪里有一辆车？又哪里有一匹马、一个人影儿呢？他的泪不禁汪然流下来了，自怨自恨，真不该跟着何子成同行，以至于上了他们的这个大当。自己真是个傻子，已经看出何子成不是个好人来了，竟还因循犹豫，跟着他同行。咳！何子成倒是跑不了，我追到迪化去，也能够把他寻获，也能杀了他，出了这口气；但是妹妹她，今天今夜就许遭受了污辱，咳！我怎能够对得起我的父母呀？我又怎对得起我的秦雄兄弟啊！他一面哭着一面走。风沙迷得他的眼睛都睁不开，他依旧前行。然而这广漠的大地，他行走了半天也没走出了多远，更没看见有一户人家。

暮色渐渐地垂下来了，风势更大，忽然听得在风沙之中还含有一种杂乱的声音，这声音是越来越近，也越来越大了。少时冲到了眼前，原来是一群人马。这些人多半都穿着皮衣戴着皮帽，模样都看不清楚。吴三这时也顾不得想一想这些人都是做什么的，只想是人就行，是从西边来的就可以。我只得向他们问问，看见何子成的车辆了没有？看见我的妹子没有？"于是他奋身向前，将刀一抢，大声喊叫说："请诸位住马！"

这些人马有十余骑，原来都是强盗，都不讲理，也没听明白了他的话，只见他抢着刀，便都以为他是不怀好意。当时就有三四个人都跳下马来，拔刀抢起，齐向他砍。吴三用左臂抢刀，一面迎敌，一面口中喊着说："听我来说！听我来说！我并不是要同你们作对，我却是……我却是……打听打听前面的车马，你们看见了没有？我的妹子是被人抢走了！"

此时那强盗群中有一个首领，这个人看见吴三右臂流着血，本来就觉得惊异。看见吴三的熟练刀法，跟吴三这样魁梧的身材，更觉得他不是个凡人。又听他喊出"妹子"来，这个人立时就将两个手指放在口中嗤嗤吹出来啸音。这声音极其洪亮而且尖锐，冲破了风沙与马蹄嘚嘚凌乱之声，当下那与吴三正在交手的几个人就齐都纷纷曳刀向四下去退。吴三自然也就收住了刀势，喘了几口气，他就又向这些人摆手，使着力气来说："咱们不要打！我也看出你们全是做什么的了，可是我并非要与你们作对。我是要寻找我的妹子……"

他一说出来这话，当时这些人就齐都哈哈大笑，却被那首领怒吼一声，将众人的笑声都压住，众人都不敢再笑了。这个首领把刀交给了别的人，跳下马来直到吴三的临近，一抱拳。吴三当时也扔下了刀拱手。这首领也是个雄壮的人，说话的声音很大，态度极为豪爽，他问说："朋友！你贵姓大名？是从哪一条路上来的？"吴三说："在下姓吴行三，因为送我妹妹到伊犁去就亲，不料被坏人给抢去了，并且我负了伤！"这个人摇头说："我不信你这话！我手下的兄弟们干别的事请都行，就是不准抢劫人家的娘儿们，如若犯了，我刀下不饶！"吴三说："不是你手下的人。他倒是个大商人，名字叫何子成。"强盗首领说："我不认识他。"吴三说："我想你也不能够认识他，可是你们没有看见前面刚过去一大列车马吗？"强盗首领向他的手下人高声去问，那些人全都摇头说："没有看见！"

这首领当时就向吴三说："朋友！我看你也是一条好汉，此处风太大，天也黑了，不如你到我们那里，明天我们想法子帮助你去找你那妹子。"

吴三此时倒是一点也不犹疑：一来是晓得这些江湖豪客，虽说都是歹人，但倒还都性情慷慨；二来，天已黑了，茫茫的大地，往哪里去找宿呢？于是他便点了点头。这首领命人腾出一匹马给他，他拾起来刀就骑上了马，那首领也上了马，于是一声呼啸，立刻就群马奔腾。吴三就夹在其中随他们去走，往东又往南，不知过了多少座土岗，天色已经黑沉沉的了，便望见前面有几点灯光，群马便向那边奔去，少顷来到了临近，吴三一看原来是一个村庄。当时众人齐都收住了马。吴三也下来，他为表示信任这些人，就要将手中的刀交给他人。那首领却说："刀还是自己拿着好了，到了我们这里，就得刀不离身，不然出了事，你没有一点办法！"吴三听了这话，又不由得一阵惊异。

这首领请他进了一个门中，这里的屋子都极其简陋，让到一间很狭小的黑屋子里。待了半天，才有人点来一只油灯，那豆大的光焰照着这间小屋子里。有不少的东西，什么狼皮褥子、狐皮的袍子，还有大包小拢的东西，总而言之，这些绝不是他们善得来的。吴三也想不到自己才脱离开那奸恶的何子成与那凶猛的黑髯太岁，却又走入盗窟之中了！但是这盗窟的一些人，个个倒是说话非常之豪爽，真是一见如故，齐都呼他为"吴三哥"。

这首领名叫陈永胜，论年岁他比吴三长，就呼吴三为兄弟，他说："兄弟！你不要以为我们原来就是响马，我们干这个行当还不到两年，我们大多是嘉峪关里的人，我们大都是保镖的和做小生意的，因为遭贪官恶霸所害，我们才到这里来，干这行当也是无法。可是我们第一不打劫孤身旅客，第二不枉杀生灵，第三最要紧就是不准欺辱人家的妇女。这个村子本来有些户人家，因为闹旱灾，全都走往他处去了，我们就借住了这个地方。干了这些日子，倒还生意不错。可是外边的人给我起了个不好听的外号，叫我'盖魔王'！"说着又笑了笑。

吴三却拱手说："陈兄！我现在说实话，你们是干什么的我也都不问，我只想在你们这里寄宿一夜，明天借我一匹马，我好去追我那被抢走的妹妹！"吴三说完了这话，望着户外的沉沉夜色，又不住叹气，想着妹妹这时不知怎么样了，他就急愤填胸，同时右臂的伤又疼痛难忍，他连坐都坐不住，就歪着身子倒于土炕上。

那盖魔王陈永胜命人取来了刀创伤药给他敷在伤处，又为他的身上盖了两件狐皮袄，并劝他说："兄弟你不用着急，有什么话明天再说，你能够自己追回来你的妹子更好，你若不能自己去追，咱就派几个弟兄前去，连妈的那坏人带你的妹子，全都能够弄回来！"

这些话虽然说得很粗野，可是吴三听了觉得倒很是安慰。他此时是实在什么也顾不得了。臂上的这处伤真不轻，把他这条老大的汉子简直折磨坏了。他又不愿当着这些好汉们呻吟，他就紧咬定了牙关，一夜听着户外不断的风沙之声，他也未得安眠。

次日他的心中更急，可是臂伤太重，他简直起不来了。外面的风沙不但没止，比昨日更似乎刮得猛烈了。盖魔王陈永胜叫来了他手下的几个人，大声地吩咐，叫他们骑着马快些去向西追，务必将吴三的妹子找回来，更务必将那个何子成捉到。这几个人应命去后，盖魔王就命人烧火做饭，他却在屋中与吴三闲谈。他因为吴三的仪表不俗，刀法颇高，他就向吴三细细询问来历。吴三便说了一遍，提到了师父镇河东之名，这盖魔王却不知道；吴三又提到了秦雄，盖魔王也说自己不认识此人。

盖魔王又提他自己的事，他说："我们在这一带干这行当，也没有人管。这几百里之内连个官人也没有。有，除了过往的官差，就是发配伊犁去的犯官，这些人也不来惹我们，我们也不去理他。只是……"说到这里，盖魔王这样彪悍的人物突然变了色，显出来很害怕的样子，连说话的声音全都变小了，说："我的外号叫盖魔王，我可最怕天神，新疆这里有一个天神，他还有一个最厉害不过的女儿！"

吴三听了这话，立时就连伤痛似乎全都忘了，赶紧问说："你说的这父女两个都叫什么名字？"盖魔王说："这位天神的名字叫作神剑魏！"吴三接着又问："神剑魏？我这次往西来曾听人提到这人的名头，只不晓得他的武艺是哪一派传出来的？"

盖魔王摇头说："这咱可不晓得！不过他跟他的那个女儿，全是有一身了不起的武艺，像我们这样子的二百个也敌不过他们两个；人都说他们父女在江南的时候就很有名，在京都更做过许多惊天动地的事业。自来到新疆以后行迹真是神鬼不测，你要想找他，踏破铁鞋也没处去寻他！你要是不怕他，不想躲避着他，那么就好，你快做出一件恶事吧，说不定顷刻之间，他就能够来取你的头！"

吴三听了，心中却将信将疑，因为想着自己的师父镇河东，乃是二十年来北方的唯一的英雄，他也不能令人畏惧得如此之甚，于是又向盖魔王细细打听那神剑魏在新疆所做的一些事情。盖魔王当时就说出来许多件事，可是，第一是神剑魏究竟叫什么名字，却无人晓得，他的女儿有名字没有，更是无人晓得；第二是他们父女素日行侠仗义，可绝不取人的一个钱，绝不伤害一个好人的性命。可是只要遇见了绿林豪客，他们可绝不客气了；即使不惹着他们，他们也能够用剑来索取性命。盖魔王说完了，并道："我虽知晓他们的厉害，我可还没见着他们父女的尊面，哪一天我能够见着，我想我的命大概也就完了！"言下，他现出非常忧虑的样子。

吴三却说："陈大哥！我劝您再干几天这样绿林的行当，也快改了行吧！"盖魔王却摇头说："不行！谁不知道我的名呀？我往西到迪化城，往东到兰州府；也不用到了兰州，一进嘉峪关也就行了，只要被人一看见了，好！捉住了我，我就得归天！"说到这里，他愁得眉头全都皱起来。

吴三对这个失路的豪雄、沦落的好汉倒是颇为怜悯，又想：那神剑魏父女虽然名头大，武艺或者也真高，然而自己是绝看不起他们。那次在的风雨中相遇，知道他们父女是已经往东去了，此时一定不在新省，但何子成既认识他们，他们如何能够不认识何子成？何子成既能抢去我的妹妹，早先他在这条路上还不知做过多少恶事。神剑魏却没有将他剪除，使他还敢如此为非作歹。哼哼！神剑魏跟他的女儿，能算得侠士吗？大约不是徒负虚名，便是与何子成他们勾结作恶！如此一想，心中又气，右臂的伤处更发起痛来。

吴三直在这里等到天晚，盖魔王派去的那几个人方才回来，个个都弄得满头的土，满身的沙，极不成样子，可是也没捉来何子成，更没有找回来锦娥。他们都说："风太大！路上是一个人也没有，我们走出六十多里，连几个缠头人的家和几个蒙古包里，我们都去问过啦，全都说是没有看见那做买卖的车从这里过，更没有人看见什么小姐、娘儿们，风太大！没法子找！"

盖魔王纳着闷说："莫非他们都驾着风走了吗？"这几个人说："可说不定！沙漠里真常有那些事，有时把车跟人吹到半空中，扔出了几百里地外！"盖魔王生了气，骂说："妈的，刮走了一辆车，还能把十多辆车全都刮走？妈的，你们就说你们都是饭桶、废物完了！

什么事情也办不了！明天我亲自去追，你们看我能把他们追着不能？"他手下这几个人被他骂着，全都不敢还言，各自走开吃饭去了。

这里盖魔王也与吴三一同用餐，并劝慰着说："老弟！你不用着急！明天我亲自出马，准能够把咱们的妹妹请回来。我开个杀戒，把何子成那小子碎尸万段了给你看！如果再寻不着，我拼出脑袋去陪着你走一趟迪化，无论怎样，咱也得找着那何子成，向他要回咱的妹妹。"他虽是这样说，天色可又黑了，仍然得熬过这一夜去，明天才能再说。吴三想妹子丢失已经两日了，再见了面，她就不定已成了什么样了呢？何况今生今世就许永久也见不着了呢？想到这里，他又不禁汪然流涕。但过了这一夜，他的胳臂肿得简直比房桩还要粗，血色模糊，而且烂了，化出许多白脓。他就更不能够起来了。盖魔王倒是既说出来就做，命人备上了马，就挂着刀，亲自去寻找吴锦娥，并捉拿何子成去了。到晚间才回来了，他很惭愧，只是叹息，因为他也是没追着那些车辆。

吴三这时已经有些发烧了，口中时时模糊着骂那何子成，并怨切切地叫着他的秦雄兄弟。这条长大的汉子卧在这小屋的土炕上，简直是呻吟待毙，恐怕不能够好了，急得盖魔王如同热锅上的蚂蚁一般，连呼："倒霉！倒霉！我跟他交了朋友，他就要死！"

这地方的名字原来叫"狼儿庄"，也真是名副其实，过了两日风渐渐止了，夜间却常听见野狼叫嚎。这里的众盗，到晚间都是刀不离手，一来是防范着野狼能够跳墙进屋来吃人，二来似乎他们时时恐惧有人来剿灭他们。吴三听他们的谈话，就晓得他们的对头冤家有两个。除了神剑魏父女之外，在不远之处还有一帮贼人，为首的人叫作"铁头张飞"，比他们的人还多，而且向来专和他们作对。因此吴三更是轻视那神剑魏了。就想，他来到这新疆是专杀强盗，只这一个地方的强盗就有两大批，可见他不行！

几日之后，他才能够起来，但右手仍然是不能够提刀。他去寻找胞妹的心更急，但盖魔王拦阻他又不放他走，应约过几天带着他同往迪化，去找何子成，去救锦娥，并说："老弟你就想开了吧！反正已经过了这些日子了，咱们的妹子要是个烈女，她就早已死了，如若还活着那也难讲，迟早我们帮助你出了这口气也就得了。何子成绝跑不了，他走必须走这条路，这路上永远有咱们的人，见了他，就不能再放走了他。你放心养这只胳臂，等到好了的时候，我们只求你一件事，就是去把铁头张飞那小子结果了。他的财比我们发得可大得多，现在他足趁七八万两，他连抢的带占的现在有七八个娘儿们；咱们去了，除了他之外，不伤第二个人。把他存的金银得过来大家分了，从此大家就洗手，发誓不再干这行当了，把那几个娘儿们也救啦，叫她们各回各的家！"

吴三本来很感谢这些日他们的关照之情，而且想着：帮他们去剪除了那些强盗，同时使他们也都改邪归正，这事情似乎也是应当做的；而且先去救别的被难的妇女，后再去救自己的胞妹，这也是侠义当为之事。他遂就仍在这里住着，可是却见盖魔王这些人几乎是天天出去打劫，每天要劫来不少的财货；有一天他们出去劫了许多箱子，并且听说还伤了人。吴三可就有些恼怒了，当时就向盖魔王去质问。不料盖魔王这时正在急怒着，用一杆枣木棍，向他的一个手下人没头盖脸地打，大骂着说："为什么你就杀伤那年轻人？坏了咱们的规矩，还给咱们惹下了事！那个镖头说'他们同神剑魏有交情'，难道你就没听见吗？如今惹下了麻烦了！万一要是真的，咱们可就全都得妈的完结了！"吴三听了又是吃惊。

原来他们刚才打劫了几辆车，那是官员的家眷，大概是自京都来的要往伊犁去，并且有两个保镖的跟着；他们倒没把保镖的伤了，可是伤了一个好像是少爷样子的人。镖头曾说出神剑魏之名，当时虽没把他们吓住，这时候他们一细想，可都个个胆寒。盖魔王把那惹祸的人打得头破血出，跪在地下只央求，他才住了手，转身来就又向吴三说："你说这可怎么办呀？万一神剑魏是真来了，那可怎么好呢？"

吴三却说："我想不如今天你们就散伙。"盖魔王说："散了伙可更不好办了！他若来了，我一个人更抵不住他们了！"吴三说："这可没有法子！谁叫你们做了这事？"

　　盖魔王当时就取出他们抢来的一封银两，说："老弟！咱们交了朋友一场，这算是我送给你的，你快走吧！因为我们不能够连累你，神剑魏父女若是来了，他一定不分什么好人歹人，就连你一齐杀！"

　　吴三听了这话，倒不住地冷笑，银两他是绝不肯收受。无论盖魔王是怎样的人，但自己既然在此住了许多日，跟他们成了朋友，到如今他们有了难，自己怎好就赶紧走？那不成了个冷心寡情的人？于是就说："既有你这话，我更不能够走了，无论如何我也得等着那神剑魏来。我可也并不一定是帮助你们和他拼斗，我是想到时候给你两下调解调解。"盖魔王摇头说："怕不容易！他如何肯听你的废话？你既在这里，便跟我们一样是强盗。若是打起来，我可并不是说你的武艺不高，只是你的胳臂还没有大好呢？"吴三摇头说："那都不用提！我只在此等着会会神剑魏就是了！"心里倒发愁神剑魏不能够来。

第二回　娟娟女侠飞大漠

这伙人今晚却都紧张万分。盖魔王派出了几个人到大道边去打探，吴三也要了一匹马，左手提着一口扑刀随他们到了大道边。这荒凉的大道之上，今天可没有风，天边的明月照得地面如雪。他们等了半天，又派了两个人往东边去迎。又半天，也不见有人来，吴三都有些失望了。在这时忽然听得东边来了一匹马，蹄声如连珠，直奔前来，吴三便急催马迎了过去，离着有二十余步，他就大声问说："来的是谁？"

来的这原来是他们派往东边瞭望的人，他也没有看出来吴三是谁，就大声喊着说："去了！去了！往咱们那村里去了！"吴三一听，疾忙拨马向狼儿庄里去奔，身后可没有人随着他来；大概是那几个人吓得全都逃往别处，不敢回来了。吴三迎着月色去走，马蹄腾起地下的沙土，就好像是腾起来了雪花。

在将来至狼儿庄的时候，他忽然看见了眼前有一匹马，大约是黑色的，马上的人可是穿着浅颜色的衣服，行得急速。他就一面追一面大声地呼喊着问："前面的人是谁？"那个人忽然一回首，吴三还未将那马上的人面貌看清，却听得嗖的一声，原来是一支镖，正从耳边飞过去，险些就要了吴三的命。吴三当时大怒，更往前去奔，并喊着说："神剑魏！你算什么好汉呀？使用暗器，太不光明，我吴三要会一会你！我是镇河东的徒弟，我可没见我师父使过飞镖！"

前面的人已勒住马回身，手中扬起来了白刃。吴三冲上去收住了马一看，借着月光看得是非常清楚，只见一匹枣红色的大马上，坐着一位细腰俊脸、蛾眉云鬓、二十岁上下的女子；穿的是浅桃红色的短衣长裤，是缎子的，跟她头上的金钗一齐与月光相映，闪烁发亮。她一手扬起来冷光森森的宝剑，另一只手中还拿着一支钢镖，瞪着双目看着吴三，可未发一语。

吴三明白了，就说："你就是神剑魏的女儿吧？我久闻你们父女的大名，可是你们不要来杀盖魔王；他也算是个好汉，并且他已经应许了我，说他们就要洗手，不再干这行当了！"他把话才说到这里，那女侠好像就没有听明白，反撒出手中的镖，向着他打来。吴三因为没有闪得开，这一镖就打在了他那只受了伤的右臂，真是伤上添伤，痛上加痛，他的马不得不向后去退；而侠女的人马已如一股烟似的就冲进了狼儿庄，当时那庄里就喊声四起，刀剑齐鸣，且有不少的贼人狼狈往外逃命。

吴三本来自觉是一条好汉，不愿与一个女流交手，如今见村中起来杀戮，他想着：盖魔王那些人虽都是盗贼，但他们对我都不错，我怎能够袖手旁观，不去救他们？实在吴三这时吴三右臂伤痛，自顾不暇，他可又奋身催马直进了狼儿庄。他的马就撞倒了两个人，那两个人赶忙爬了起来，又向村外跑去逃命。

那位女侠简直是虎入羊群，她连马也不下，在村中就纵横驰驱，手中的那条冷光闪闪的宝剑，高扬猛落，追着砍那纷纷逃奔的群贼。那些人手中虽也有刀棍，可是简直就不敢跟她相打。腿快的是狂奔着逃了命，腿慢的就被她砍倒而丧了生，只听得声声惨呼，地下已不知道卧倒了多少具尸首。

吴三可真怒了，以左臂抡刀迎上前去，向着女侠就砍。那女侠的马蹄践踏着尸身，宝剑是只要见着了人就砍，她也没有看清楚了吴三是谁，见吴三的刀来了，她就用剑去挡；当时双刃交磕，两马不让，对着面就拼斗起来了。女侠的剑法极精，可惜的是她臂短力弱，吴三虽用的是一只左臂，可是臂长身长，又兼着力大，所以他颇占便宜，但是也莫能将这女侠制下了马来。相戮十余合之后，女侠渐渐地惊讶了，于是借着月光向着吴三的面貌详看了一下，她就将剑法翻新。可是吴三没有工夫去细看她，只是钢刀飞舞，一点也不客气。

这时候，原来那藏在门里的盖魔王才得逃出来，他一边往村外去奔，一边回首望见了在这里交手的二人。他就停住了脚，回身喊道："吴三弟！你不要跟她打了！咱们快飘吧！"这"飘"字大概就是逃走的意思，吴三可真不想走。不料这位女侠是一点也不饶人，她一边将剑换于左手之中，丝毫不懈地应付着吴三，一边却将右手向囊中取镖；钢镖飞了出去，那边的盖魔王就立时哎哟一声卧倒于地，想"飘"都不能够了。

吴三也一惊，将身往旁边一闪，那女侠却放弃了吴三，催马奔将过去，就要杀那已经中镖倒地的贼首。吴三连拨马都顾不及了，他就跃身下了坐骑，扑奔过去，抢着刀向女侠骑的那匹枣红马就是一下，立时马嘶蹄躏，女侠也腾身离了她的坐骑，同时莲钩飞起，正踢在吴三的腕上；吴三把刀也扔了，但又向前猛勇的一扑，夺过来女侠手中的宝剑，他就与女侠相搏在一起。

女侠一被他将剑夺过去，扔了，就有些敌他不住了，因为吴三猛勇得跟一只猛虎似的。女侠是个亭亭玉立的窈窕女子，身材不算矮，但是跟身材高大的吴三一比就短了半截，她得仰着脸去看这个像个铁塔似的人。女侠虽武艺高强，拳脚功夫精湛，可是吴三不吃这一套。莲足踹在他的身子上，他一点也不动，就好像是没踹着；拳头打在他的胸上，甚至那铁钩似的五只玉指抓在他右臂上的伤处，他不皱眉也不咧嘴。气得女侠真想要走了，不跟这样的人打架啦！

可是她的坐骑已被人家砍了，而且吴三毫不谦逊，不许她不打，步步直逼，就拧住了她的胳臂，又抓住了她的后肩。女侠急得哎哟了一声，可是身子已被吴三扛起来了，就像扛了半袋米似的就给扛进了那个门中。女侠急得手乱抓，足乱蹬，极力地挣扎，可是才一进到院中，吴三就将她放下了。她将身子一挺就站住了，同时抡起玉掌吧吧就抽了吴三两个嘴巴，气得她的脸都红了，气喘吁吁地骂着："强盗！强盗！"又抡拳向吴三打来。

吴三也不躲，就叫她打、捶，好像一点也不觉得疼，只拱了拱手说："魏姑娘你先住手！你不要以为我也是强盗，我却是镇河东的徒弟，姓吴行三，光明正大，生平没做过亏心犯法之事。我是送我的胞妹往新疆就亲，遇见了你们，遇见坏人何子成，还遇着盖魔王这些强盗。我现在觉着盖魔王还算是好一点，因他颇讲义气；何子成是个色鬼，是个恶霸；而你父亲神剑魏是徒有虚名，不但不是侠义，还与恶人勾通。"

侠女说："呸！你敢看不起我的爸爸神剑魏！"吴三冷笑着说："我真是连他带你，全都看不起！"侠女更显得生气了，但是没有再抡拳打，莲足反倒向后退了几步。

这时明月已到天心，越发清朗，吴三魁伟的身躯、英俊的面貌、昂壮的态度，又正对着月光，侠女把他看了个清清楚楚，也知道他实在不是强盗，而且是一好汉，是一奇男子。侠女不禁咬了咬下嘴唇，将散乱在额前的头发掠了一掠，并且整一整钗环，揪一揪衣襟。但是她的美却一点也引不起吴三的注意，吴三仍然沉着脸说："你们只会杀强盗，却不能去剪除那比强盗更凶恶的商人何子成，我真替你们惭愧！"

侠女就急着问："你说！那何子成有什么不好？我们只知道他是个大商人，并没有不端的行为，他那人还是很客气。"吴三说："他只对你们父女客气，给你们让路，是因为惧怕你们，但他对别的人却……"他气得简直说不出一句话来了。

半天，他才愤恨而沉痛地将何子成与他兄妹在路上相遇，假意结交，趁着刮大风的时候，就将吴锦娥抢走，从头至尾细说了一遍。又说他因为寻找胞妹才认识的盖魔王，因为养伤才住在这贼窟之中，然而他觉得贼倒不像是真贼，他们颇知义气，颇帮助人；何子成也不是个真商人，却是抢掠良家妇女的歹徒恶霸；你们神剑魏父女更是徒负侠名，不做真正侠义之事。何子成敢这样的胡为多半是有你们保护着他，说不定我的妹妹锦娥还是在你们家里藏着了，因为你们这些假侠义，必贪慕何子成的财富。

侠女听了，急得更是不住跺脚，并且连连摆手说："你不要再说了！十天之内，我必把何子成的头割下来给你，并把你的妹妹送回来，你就在这里等候着我吧！"

吴三拍着胸脯又说："我也是一条好汉，武艺并不比神剑魏弱，我自己会去寻找我的胞妹，用不着你们！"

女侠又把他看了一眼，就问说："你叫什么名字？"吴三说："我就叫吴三。"女侠说："难道你就没个名字吗？"

吴三觉着这个问题问得倒很奇怪，就说："你问这个干吗？我早先也有过一个名字，还念过一本《三字经》，一本《百家姓》，可是后来不念书，也就用不着那个名字了，连我师父镇河东全管我叫吴三。"又说："你回去告诉神剑魏，不要叫他再称那假侠义，我吴三看不起他！"说着，转身就向门外走去，也不理这位侠女了。

这侠女却倒伤心似的在月光下低着头站立了半天。随后她一跺脚，一拧身就上了房。她顺着房去走，向下去看，就见吴三到外面是把那盖魔王扶起来了。那盖魔王大概只是腿上受了镖伤，并没有死，吴三很谨慎地搀扶着他，他也直说："我的伤不要紧，兄弟你不要着急！只不知道那位侠女是走了没有？"吴三却发怒似的说："什么侠女吧？她也配称女侠？只不过是那姓魏的女儿罢了！"此时女侠在房上听罢了，倒不由得真是惭愧。

这女侠等着吴三将盖魔王扶进了院中，方才跳下来到了外边。她的马是卧在地下已经不能够骑了，她的那口宝剑倒是由她找了半天，方才拾捡起来。她惭愧伤心得简直要哭，就想：跟随父亲走遍了南北，自己也曾单身孤剑制服过许多盗贼，可是哪儿吃过这样的亏？受过今天这样的侮辱呢？但今天这也不算是侮辱，是受了教训。人家吴三说的话本来对，我们在新疆有这么大的名声，自己也认为是侠客，可是就眼看着何子成抢人；对于比强盗还凶的何子成，却不能剪除，有什么脸面再见人呢？"

这女侠没精神地提着剑，就走出了狼儿庄，她也寻不着一匹马，就步行着找着了大道，往东走去。当空又望见了那朗朗的明月，明月都像在羞她。她又想起来吴三的相貌跟武技，就觉得不要说是在新疆这荒凉的地方没有这样的人，就是自己随着父亲走过了许多的地方，也没有见过那样的英雄汉、奇男子……不知为了什么，这女侠竟自忍不住对着月而落下泪来。

她走着走着，由大道又走入了一条小径，又行了十余里，就来到一个村庄里。这里比那狼儿庄的人家可多得多，房屋也都很整齐，且有巡更之声。但是女侠来此，却没有人察觉，她又上了房，踏房过屋地走着，就走到了一户人家。这似乎是本地的一家大户，她就跳将下来，到了院中，直走进了一间有灯光的屋内。看见她的父亲还没有睡眠，她就叫了声："爸爸！"神剑魏扬起来瘦脸，向女儿略看了一下，就问："芳云！你去了怎么样？"芳云答说："我去了，杀了他们许多人，将那强盗头目也用镖打伤了。"神剑魏说："越多杀越好，那些个强盗恶人，是越多剪除了越好！"

在往常，神剑魏这样的话，他的女儿是一点也不觉得诧异。但今天魏芳云姑娘的心中突然发出了一种反感。她的脸儿一沉，不由得就哼了一声，她的父亲神剑魏可还没有注意，只仍愤愤地说："咱们仗着行侠，在江湖间几年，竟不能将强盗恶人全都尽灭，可见得坏人是太多了！"芳云姑娘却摆着手说："爸爸快不要说了！说起来，哼，我也真灰心！"

神剑魏这才注意到了女儿不满意的神态。他见女儿的样子简直与往日不同，就说："你这是什么话？小小年纪为什么就说出了灰心？"芳云姑娘说："我灰心的是咱们枉负侠义之名，其实也不过杀一些毛贼小盗，真正的恶人咱们却没把他剪除！"神剑魏有点生气地说："你快说出来！哪个人才是真正的恶人？只要你说出来他的恶名恶事来，我绝不容他生在人世！"芳云说："就是那个何子成，他比谁都恶！"

神剑魏怔了一怔，就又说："你说的是那做买卖的何子成吗？他在兰州虽开设着镖店，可是他本人并不会武艺，我也没听说他纵容手下的人做出过什么恶事？"芳云也愤愤地说："他自己做出的恶事也就够了！还用得着再纵容他手下的人吗？"神剑魏说："我们虽与何子成没有交情，可是我知道他做的是正经的买卖，而且乐善好施，譬如路上常有倒毙的人，只要被他知道，他就要施棺雇人给埋了。"芳云又哼了一声，说："那算得什么，埋了死人是为沽名钓誉，他可抢去了活人，给他为婢为妾，害得人家兄妹分离！"

神剑魏一听这话，就更诧异了，他的脸色此时是极为可怕，又瘦又青，真如宝剑一般，两眼更发着可怕的光芒，仔细地望着他的女儿，并专心听女儿说那何子成的恶行。芳云就说了，但是她并未说出那被抢去的吴锦娥的哥哥是谁，也没说出刚才在狼儿庄与吴三相见之事。但是神剑魏听了哪能够不细细地问，他就问说："这些话你是听谁说的？"

芳云说："我是听狼儿庄里的一个强盗说的，他还说咱们父女是徒负侠义之名，真正的恶人倒不去剪除，真正的难女咱们也不去救，他非常看不起咱们。当时我一生气，就要了他的命。可是我细一想，他说的那话也对，本来咱们只能跟些毛贼小盗为难，却不曾看出那么坏的何子成。爸爸你还说他是什么乐善好施，我竟觉得咱们实在应当羞愧！"

神剑魏忽然问说："你是骑着马回来的吗？"这句话却问得芳云的脸儿红了，一时没有答上来话。神剑魏却蓦然站起，说："你听来的这话，未必属实，我想何子成不能做出来这种事。这其实也好办，以后我们再细细打听去吧！目前我们关心的就是胡公子今日所受的伤势，他的伤若不见好，我们即使有什么急事，也是无暇去办！"芳云姑娘听了这话，便不再言语了。待了一会儿，她就回到了自己的住屋之内去就寝。她的父亲可仍然不睡，拿着刀创药，又去看那受了伤的胡公子。

胡公子即是在白昼遭了盖魔王那伙强盗打劫并负了刀伤的那位少爷。神剑魏初非爱惜这位少爷，他所尊敬的原是少爷之父，有名的清官，有名的忠臣，官至礼部尚书，而因诡被罪，发配伊犁的那位胡大人。其实神剑魏与胡大人也无一面之识。不过因他的侠义肝胆，就决定要保护着忠良。他们闻说胡公子自京来到新疆陪侍他父亲，所以神剑魏就急带女儿往东去迎接，也是想要沿途保护；没想到他们因为彼此不认识，走在对面，也没有彼此招呼。

后来听说胡公子已经走过去了，他们父女又折回来赶紧向西来追。又因芳云姑娘也是坐着车，他们的车走得没有胡公子的那几辆车快，只迟了一步，胡公子就不幸遇着了盖魔王那伙盗贼。抢去了箱笼行李还不要紧，更不幸的是胡公子又负了重伤，这真令神剑魏的心中愧歉！他从此就侍候着胡公子，一步也不敢离开了，并且连觉都顾不得睡。那盖魔王的一伙强盗，他也无暇去亲自剿除，刚才女儿所说的何子成的恶行他更没有往心里去放。他只是恐怕那位忠臣的唯一的儿子，因这次的伤就丧了命，那可就真没有天理和公道了，他自己都得终生负疚！

现今他们住的这地方是叫"甜水儿村"。因为附近百里之内，只有本村中有一眼甜水井。本村中的大户，即是这所庄宅的主人，名叫"陈百万"，也是个富商，在伊犁、迪化和安西州等地都有大商号，素与神剑魏相识，所以他们才把胡公子连同四名仆人、两名保镖护送到这里。这一夜他就亲手给胡公子的伤处敷了三次药剂。到了次日，胡公子未见好，反倒作热发晕了起来，神剑魏心中更是焦急。胡家的几个仆人和随来的几个镖头，都求他快些到狼儿庄去把失了的那些东西拿回来，神剑魏却怒声呵斥说："那点事还算要紧吗？东西绝不能丢失！盖魔王群盗的性命也就在我的手中，但那些事现在都不忙！你们只看着你家的少爷，万一他要是有个不幸，岂不叫你家的老爷更是伤心吗？我姓魏的连他这么一个人都没有保护得了，我还有什么颜面在新疆称侠义？"但他这话被隔壁屋中的芳云听见了，她不禁对她的爸爸哼了一声。

芳云姑娘在这一夜之间也是未得安眠，她是总忘不掉狼儿庄里住的那长身的英雄汉子吴三。她不敢把吴三轻视自己父亲的事说出来，然而见自己的父亲为了一个做官的少爷竟这样殷勤关照，实在自己也对他有点轻视了。如今那何子成抢去了人家姑娘，他不定在旁处怎样的狂笑取乐，以为神剑魏都被他瞒了，而那吴锦娥不知要如何可怜。难道这件事就不比胡公子受的那么一点伤更重要吗？徒负侠名的父亲却不前去帮助。

芳云的心中越想越是愤恨，越是不平。她就要独自去做这件侠义之事。趁着此时神剑魏又到胡公子的屋里去敷药治伤，那几个镖头仆人们是在另一间屋内，商量着要仗着神剑魏的势力，到狼儿庄把昨晚失去的财物索回，没有什么人看见芳云；这魏芳云姑娘就携带着一支轻便的包袱和一支镖囊、一口宝剑，就出门去了。

门外还拴着三四匹马，是这里陈百万家中和那几个镖头骑来的，芳云就解下来一匹白马，也不备鞍鞯，她就驰出了村口。村口外的一颗槐树下可有几个人正在蹲着赌钱，其中有给她赶车的"鹅头小孟"——也就是神剑魏的徒弟，当下鹅头小孟站起来高举着臂喊说："芳姑娘！你要干什么去呀？"芳云说："我去找何子成，救吴锦娥！"鹅头小孟一阵发怔，芳云可已经催马直往西去了。鹅头小孟又大声喊问着说："师父他老人家知道吗？"离着太远，芳云没有听见，白马驮着红妆，飞驰去了，鹅头小孟也就又蹲下，专去赌钱。

少时芳云骑着马已奔向了大道。道上行人稀少，大概就因为昨日出了事，一般商贾都驻足不前了。芳云的心里忽然一动，想着，我是不是再到一趟狼儿庄，告诉那个长大的汉子说"你也不要看不起我们，我这就去杀了何子成，救了你的妹妹！"。然而这样的话昨晚也曾对吴三提出，是被他拒绝了；他仿佛是不稀罕我们去救他的妹妹，他真是骄傲非凡。"好！你等着看吧！我办完了事再去见你。我一手提着那坏人的头，一手拉着你的妹妹，倒得叫你看看我们姓魏的父女，侠义之名是实还是虚？"当下芳云的心里就堵上了这口气，便马不停蹄，荡动了沙尘，直往西去，她料定何子成在前边绝不会逃得太远。

阳光自东方升起，照在大地上，地上只有马蹄响，空中时闻鹁鸪鸣。越走，越显出新疆地方的辽远与荒漠；然而魏芳云在这里往来行走已不止一两次了，所以她倒不觉得怎样。往西行了约二十里，她的马是在高原之上，但是偶一低头，看见下面也有一个人骑着马。她走的是大道，那人走的是小径，她对于路途认识得是极熟，即使闭着眼睛也不至于走差了路。然而下面走的那人仿佛是彷徨不知所之，一上一下相里十数丈，一左一右不到半里，也差不多。

芳云看出来这人是迷了路的样子，就拨马赶到近前去看，来得近了，她便看出这人正是吴三，骑的是一匹黑马。芳云就高声叫道："吴三！"叫了出来自己可又后悔，双腮也突然发烧了。但因为天高地广，相离着还算太远。下面的吴三只想找着一条路好奔向大道，却没听见高处有人在叫他，连脸也没有抬起，这可又使芳云失望了。芳云心里替他着急，心说："这个笨人！他为什么走下面的小路，可不到原上来？"又细看吴三虽然行在自己脚底下，可是他那身躯依然显得雄壮，显得高长，并且显得他骑的那匹马太小；他的辫发盘在头顶上，身穿着那件破棉衣，右胳臂就下垂着，成了残疾似的，一动也不动，左手却提着个竹竿的短鞭，策着他的马。刀是插在马上的一支破被卷里。

魏芳云在上面看他，才离了狼儿庄没有几十里地，他就走差了路，这样怎能够找得着他的妹妹呢？自己想再叫他一声，可是又恨他昨天太骄傲，心里就解恨似的说："让你就在这条小路上慢慢走吧，我去急急地救回你的妹妹，带来给你，也省得你费事。"

当下芳云又拨马离得吴三远了一些，就催马西去；下来高原，未再遇着吴三，再回头时也看不见了，她就又急急去走。往西过了黄草岭，又过了牛头店，这都是路上的镇店，她就向人打听那何子成的下落。有的人摇头说："不知道！"有的人大概认识她是神剑魏的女儿，就先是张口结舌摆手，后来又把手向西一指，说："往西去了！是前天刮大风的时候走过去的。"芳云一听，心说："何子成好大的势力呀？他从这里走过去，都没有人敢实说，可见他是个恶人。"于是加鞭飞驰，恨不得立刻就将他们追上。

魏芳云连午饭都顾不得用，往西疾驰，又过了骆驼坡、辛家镇几个市镇。她是逢人就打听何子成的去处，只要被问的人回答得慢了些，她就愤愤地用马去撞人；但她也不敢太多耽误了时候，只得忍着气又往下走。

天色渐渐昏晦了，西边的那片彩霞都落于青山背后，秋风吹来是愈来愈劲。她知道前面有一片大沙漠，名字叫"黑沙海"。她想：今天是绝走不过去了！她将马收得缓了一些，略微喘了喘气，就向西又行十余里，眼前望见了一个很大的市镇。

一个月之前，她曾随着父亲由此行过，并曾歇宿过一晚，知道这是黑沙海东岸的大镇，望乡庄，俗名儿叫作"望乡台"。因为一来是这里的地势高，二来是自远处到这里的征人旅客，回首家乡，再也不得见了。由此再走半里便是黑沙海的旱海，生渡过去的人都不多；即使渡过了那片沙漠，也山川异形、人民异俗，与中原大不相同。可是在本地生长大了的人及走惯了新疆的客商们全无此感，反倒多半在此歇足，玩乐一天之后，明天将骆驼喂足了水再走沙漠。因此这个地方很是繁华，一条很宽的土街，两旁都是铺户，铺户里点着菜油的灯、羊油的蜡。有那酒饭铺里还有人划拳行令，并有瞎子弹着破弦子，土娼哑声唱着怪调的小曲。赌窟里更是热闹，赌急了的人就在街上乱骂、乱打、乱滚。地下不是骆驼粪便是马尿，气味是极为难闻。哈萨克人、缠头人，腰里都带着刀往来着。

因为天色已经黑了，魏芳云牵着马走在这条街上，也未惹人注意。她就找了上次随着父亲住过的那家店房，一进门将马交给了店伙，她就问说："哪间房子是闲着啦？"她的娇声细气，倒未使店伙生疑。可是店伙把房子指给了她，她袅袅娜娜地向那边一走，店伙可就看出她不是个男人来了，不由得就有点诧异；遂将马急急忙忙牵至棚下，赶过去追着看。看出来云鬓簪环，他才敢叫出来，说："大嫂！你就是一个人儿来住店吗？"芳云没有答话，却一径走进屋里去了，就隔窗喊着："拿灯来！"

这个店伙答应了一声赶紧又去拿灯，并把这件事告诉了他们的掌柜的，于是他拿着一盏灯，掌柜的拿着茶壶茶碗，先咳嗽了一声，两人才敢进了屋。掌柜的借着灯光一瞧这女客，却不由双手发颤，心说："哎呀！神剑魏老爷的女儿，怎么一个人儿又回来啦！"

店掌柜的虽然认得她是神剑魏的女儿，可是不敢用话点明，不敢对她不尊敬，就递着嘻嘻的笑容说："小姐！你不是前一个月在我们这店里住过吗？那位老爷子呢？是在后面，待会儿就到吗？"芳云坐在炕头，由衣襟解下一条手绢来，先抖了一抖，然后就擦了擦脸上沾着的尘土，说："他今天不来，只我一个人在你们这儿住，你们不要这样大惊小怪的！"

店掌柜带伙计都一齐弯身打躬说："哪里的话！哪里的话！小姐来来往往都住我们这家店，专照顾我们，就是财神爷，我们怠慢吗？"芳云摆着手说："废话不要说，我问你们这个地方，这两天都住的有什么人？快据实告诉我！"店伙计发了怔了，掌柜的可还笑着说："小姐是最圣明不过！这望乡台地方虽比不了迪化城，可是个过路口儿，店房连我们这家就有九家，一天来来往往打尖儿的、歇脚儿的，不知有多少，我们哪里数的过来？"

芳云沉着脸说："你就实说吧！何子成从这儿过去了没有？"掌柜的还故意纳闷地说："谁？小姐你问的到底是哪一位？"那店伙却在他身后边站着就摇了头，说："没有！我们都没看见他们！"掌柜的偷偷地用脚向后边一踹，那店伙也自知把话说漏了，就赶紧退出了屋。芳云将一双俊目一瞪，接着发了声冷笑，说："看你们不但认得何子成，还认得我，你们若还想要性命，就不用再瞒着啦！若是不想活，那就再替何子成拿假话来欺我！"说时，锵的一声，冷森森的宝剑已出匣了半截。

店掌柜的神色一变，往后去退，赶忙摆着双手，悄声说："魏小姐！你老人家不要生气！"芳云嗔怒说："什么老人家？"店掌柜弯身说："是！小姐！我们也不是敢欺瞒你老……是何财东切切实实嘱咐了我们的。何财东这次由此地过，住在西边太平店，他带来一个姑娘。这个姑娘在车上时，就是哭哭啼啼，下了车给硬拉进了店房，越发地哭喊。她手里还拿着一把小刀子，谁要是逼她，她不扎人，却就要扎她自己。因此，这次何财东可是烦恼极了，他命人向每家店铺送了二两银子，嘱咐后面无论什么人再来打听，都不许实说；我们倒不是贪图他那二两银子，是不便得罪他老人家！"芳云立起身来赶紧问说："他现今还在太平店里住着吗？"掌柜的说："早就走啦！前天傍晚时到这里来的，因为那姑娘闹得太厉害，他们住不安，当时就在镇上买了许多只灯笼，连夜过了黑沙海啦。"

芳云听到这里，就不禁失望了。黑沙海她是走过几次的，她真恨那个地方。那简直是无边无岸，一天也走不完；而且若没有父亲给领路，自己一个人在里边行走，她也会迷了方向。何子成那些人又是前天已经走过去了，这时都许到了哈密了。他们的人多车多马也多，半夜里打着灯笼过沙漠倒还没有什么，自己却是单身、匹马、孤剑，在沙漠里若遇着强盗还不怕，她却怕遇着狼群。新疆的狼都成群，每群多则有二三十只，遇上可就麻烦了！于是她复又坐在炕头。那店掌柜又说："魏小姐不要怪我们，我们做生意的都不敢得罪人。尤其何子成，他是有名的大财东，又是有名的善人义士，手下那几个保镖的又都不讲理，他嘱咐了我们的话，我们敢不听不依吗？可是他也没叫我们瞒着你，他只说，若有个叫吴三的人找到这里来，就说都不知道！"芳云也不耐烦再听，就摆了摆手令店掌柜的出去。

她的心里此时十分不痛快，就想：原来吴三的话半句也没有说谎，他的妹妹真是被何子成抢了去！父亲还以为何子成是个良善的商人，其实他所做的事，真比强盗还要凶恶万倍。她又钦佩那侠烈的吴锦娥，更疑惑何子成连夜渡沙漠，倒未必是恐怕吴三来追，而是多半他们把吴姑娘拉到沙漠里，不是给强迫着污辱了，就是给害死了！越想越觉得这种情形是可能的。吴锦娥不定落到了何等的地步，尸首都许已叫狼给吃净了。自己的心里实在不安，如沸着热油一般，眼前灯光摇摇，那只茶壶的嘴里，也冒着热气。窗外是秋风瑟瑟，邻屋中又人语喧哗，使她的心中更烦。

忽听得有嗒嗒敲着竹板的声音，又听有弦子弹了起来。接着是一个嗓音沙哑的女人唱起来："正月里来月轮高，家家户户闹元宵，锣儿鼓儿一齐响，小妹也想把花灯来逛哟！可惜呀情郎不见了哟！……"芳云真气急了，立时跳下炕去，把门一摔，出屋门喊说："不要唱了！不要唱了！给你钱，你们快点走！"

那个乐人没有听见，还照旧拨弄着弦子。女人是站在北房的门首，那北屋数间，里边的灯光全都极亮。有几个汉子走了出来，向那女人说："唱吧！唱吧！进屋来唱！"杂着喧哗的笑声，那女人又接着唱："二月里来龙抬头……"一边唱一边走进那屋里去了，就没有理芳云。

芳云不禁觉得又羞又怒，她真是从来也没有像今日这样烦恼过；忍住了气，回到屋里，恨不得一手抓起来那盏灯摔在地下。店伙又进屋来了，给她送来的菜饭，是羊尾巴油熬茄子，比地下的土还粗还黑。又脏又硬的大馒头，她咬一口就觉着牙碜，想咽是怎么也咽不下去，倒一碗茶冲一冲吧！咳！哪里是茶？简直是苦水煎的枣树叶。她从来也不想故乡江南，如今却是真真地怀念起来家乡来了。

她觉得爸爸做得真不对，他是只想把名声远播在异域，然而新疆这个可恨的地方，除了前夜遇见的那个吴三之外，还有谁能够算得是个人？但是这里仅有的一个正直的人、英雄汉，他就先看不起爸爸跟我，真的！我们何必还在这里自命为侠士呢？她灰心了，就加倍觉得烦恼。可是北屋里的几个人正在高声欢笑。瞎子仍然乱播着丝弦，那个唱歌的女人，还唱着很难听的歌曲。那几个光身汉，有的擂桌子，有的敲茶碗，还有的铛铛铛好像打着什么铁东西，真是发疯了！扰得人的耳根一点不得清净。

魏芳云不禁把筷子一摔，怒声又叫着："店家！店家！"但那北屋的几个人吵得太厉害了，柜房里的人是一点也听不见。芳云就愤愤着出屋，也不再叫店家了，却向北屋里怒声喊道："你们乱吵什么？别人都不用睡觉了？这个店里只是你们几个人住吗？"那屋里的人似乎已听见了院中的怒声，因为有个人影扒着窗向外面直看。可是那敲碗、擂桌子、打什么铁东西的声音，连那女人忽唱忽笑的怪音，不稍停止，反倒更吵人。

芳云心中的怒火真是不可抑制，她就将手探向囊中，取出了一支钢镖，就向那窗中吧的一声飞了去。这可真有效验，那屋里除了那女人哎哟惊呼了一下，其他的乱杂声音全都戛然停止。芳云重又清脆地说："这家店是许多人住的，别人还要歇息睡觉，你们乱吵，不是有意欺负人吗？哼！"

那屋里就有人说："嘿嘿！有飞镖，还是个娘儿们？喂喂！外边说话的人，你先不要进屋，叫我来认识认识你，看你是哪条路上的雌魔王女太岁！"屋门一开，跳出来了一个浑身都是青色的短小精悍的少年。

天际乌云里隐着朦胧的月，因此芳云把这个人看得相当的清楚，就更发怒说："刚才你说的是什么？你骂的是谁？"这人就往前走几步，用目细细观察着芳云，他就哈哈大笑说："我弄错了！我还以为是什么锯齿獠牙的雌魔王、蓝靛脸的女太岁，原来，哈哈！真想不到，黑沙海边今天会遇见了嫦娥！这么个破烂小店竟住着织女！有缘有缘！姑娘你刚才往我们的屋里打飞镖，也许是因为我们没有招呼你，你就吃了醋了吧？"

魏芳云虽然跟随父亲行走江湖这几年，她可还不明白"吃醋"这两个字是好话还是坏话，便依然沉着脸说："你少犯贫嘴！只要你们不再乱吵搅人，就得啦！真可气！"那精悍的少年人却一个箭步追上来，仿佛要揪她。她又大怒，回身一拳，同时脚也踢起，那少年人腾步躲开，拿定了拳势，点了点头，又说："大姑娘！我们几个都是在外面奔波的苦人，叫来个娘儿们唱支曲，开开心，解解闷。也是因为不知道你也住在这儿，若是知道，我们早就预备酒，作揖打躬也得请你到我们的屋里，彼此乐一乐也！"

芳云此刻才听出来这个人说的不是好话，就喊一声："呔！"抢拳跃步又打。那少年也遂翻身以拳还击。两个人往返三四回合，虽未相搏在一起，但芳云的拳一发出来，他总知道路数，总会巧妙地相迎。芳云便又怒问一声："你叫什么名字？"这人仍然笑着说："我姓秦名雄，河东人，在河东我是个黑炭头，姑娘们见了我就皱眉，来到新疆我可成了小白脸，女人们见了我就眯眯笑。"芳云越听这个人说的话越可气了，就蓦又掏出一支钢镖向他打去。秦雄呀的一声大叫，身子倒地，手脚蜷起咕碌咕碌滚出了很远。

芳云这才平下气，回身就进屋。然而还没坐下，那秦雄又来到屋门前笑着说："谢谢大姑娘给我的这支镖，我可一点也没伤着，姑娘若是不恼，我也要请教请教芳名和贵姓！"芳云大怒，抽剑跃起，向着他就砍，秦雄急退几步，站在院中又嘿嘿冷笑，说："真想要比武吗？那我可也愿意奉陪！"

芳云挺剑跳出了屋，娇躯昂然而立，本想要跟他杀斗一场，可又觉得不值得。这秦雄不过是个无名小辈，多半还是个劫人盗马的小贼，自己何必跟他惹气？今天在这店里好好歇一夜，明天还得渡过黑沙海，追上何子成，救那可怜的女子吴锦娥呢！同他惹气真不值得！这样一想，就不再挺剑向前去逼。那屋中秦雄的几个同伴也都跑出来了，有的代秦雄向芳云赔罪，说了许多极客气有礼貌的话，并应得即刻就把那唱曲的女人遣走，他们也不敢再乱敲了；又有几个人死拉活拽把秦雄给架进了他们那屋里。芳云这才又哼了一声，放下了剑，进屋就闭上了屋门。

但她的剑仍未入鞘，怒也未息，外面却万籁俱寂。莫说秦雄那些人不敢再吵，就连别的屋内的客人也没个敢高声谈话的。芳云少时即熄了灯睡眠。店内更是安静，只是北屋里还有灯光。原来秦雄的伙伴张八、崔九、小狐狸跟大老猫，因为听店掌柜跑到屋里说"这就是神剑魏的女儿！"他们害了怕，才把这场纠纷解开，把秦雄拉进了屋，也把弹弦子的跟唱曲的都赶紧打发走。茶碗不敲了，桌子也不摆了，那个铁东西，马蹬子连鞭杆都轻轻地放在一边。

直到现在他们四个人还都在低声劝着秦雄。张八探着头说："老弟你想想，她爸爸是神剑魏，咱们惹得起吗？"崔九仿佛大哥似的教训着说："本来是你不对！咱们哥们儿住土娼，叫来唱曲的，都不算什么，怎可以跟同店住的女子说那些轻薄的话？被江湖朋友们知道了，就要看不起咱们啦！"小狐狸也搭腔说："你在河东有老婆呀？你还在外边调戏人家的姑娘，岂不怕被你老婆知道了要吃醋吗？"大老猫却直摸耳朵，吸着气说："我可真害怕！刚才那位女剑侠要是再不息怒，我可真想下跪给她叩头了！明天，不用等到天亮，就赶快飘吧！"秦雄却微微地冷笑，他是一句话也不回答。这个面黑眼大而短小精悍的少年，显出来极端的烦恼，并怀着无限惆怅，因为他自有生以来，从没见过像魏姑娘这样拳剑精通、容貌艳绝的可爱的佳人。

秦雄对于这几个朋友的话都不乐意听。张八是太胆怯，莫说神剑魏还没在这里，即使真来了又当怎样？崔九他自己就是一个好色之徒，如今他却又假充正经，在这儿劝人；大老猫简直太泄气了，竟想给人下跪叩头，这有多么可耻呀！然而小狐狸刚才说的那一句话"你在河东有老婆呀！"却实在戳痛了秦雄的心。

他在屋中来回地走，好像是坐不安也立不住。后来他就用手咚地一擂胸膛，长叹了口气。旁边小狐狸又笑着说："老秦烦了，喂！喂！老秦你不要烦呀！咱们再遇着两号阔买卖，我就一定陪着你到河东接你媳妇去。你不是说她才十七八吗？因为她被人看上了要夺她，你才闹出事，才打了官司，才来到新疆，可见她长得模样必定不错。你还说过你那大舅子也是好汉子，好武艺，那正好！咱们现在还正短少一个伙计，招了他来，一同做生意一同发财，比你癞蛤蟆想吃天鹅肉，惦记上了人家神剑魏的女儿，强得多不强得多呀？"秦雄依然是一声不语，几个朋友却齐声笑他，可是不敢大声笑，怕那位女侠再往窗户里来打镖。秦雄却一头倒在炕上，合上了眼就睡；此时触动了无数的心事，他真想痛哭一场，或是痛饮一番。

他本来是个坎坷失意的少年，负罪逃生的壮士。他在河东时，原来是洁身自爱，与义友吴三肝胆相交，并且聘订了吴三之妹，那温柔妩顺且貌美的锦娥。但如今他竟流落到了新疆，也不知锦娥是生是死。他想，即使锦娥依然思念着他，可是这边疆绝城，一个弱女子怎能够来？他既不能回河东，并且无颜见义友。因为他已经与张八、崔九、小狐狸、大老猫这几个盗贼在一起混了这些日子，也染了些恶习，性情变得更为暴烈；他到处找女人、酗酒，自甘堕落。不想今天遇着了神剑魏之女，却突然摄去了他的魂魄，救起来他的良心，又增添了他的惭愧。他睡不着，暗暗地想：妈的！神剑魏的女儿我自然配不上，可是明天，非得跟她比比武不可！他睡着了。

次晨，天还没亮，大老猫真就备好了五匹马，催他跟着快走。他本来是摇头，可是听店家都说："那魏小姐也是要往西边去，你们几位既然不愿惹事，还是先走吧！"他听了却又十分喜欢，就大呼着说："好！我跟她在黑沙海里再见面！"当他们走出店门的时候，秦雄还直嚷着："黑沙海！黑沙海！黑沙海那地方你敢去吗？"急得崔九直捂他的嘴，大老猫要给他叩头。

此刻，魏芳云由梦中被这嚷声扰醒，她疾忙翻身坐起，随手就擎住了宝剑，只听群马的蹄声杂乱，似都是往西去了。她是又气又疑，想起昨晚惹的那场气，那秦雄跟那几个人不是强盗便是镖头；后来他们忽然告罪息事，必是已经晓得我是谁了。可是他们为什么要那样怕呢？许是心虚吧？帮助何子成抢吴锦娥的就许是他们吧？……对了！这里的店掌柜和伙计的神色也都很可疑。想到这里，芳云将鞋系紧，衣纽扣好，就下了地，开了屋门就叫店家。

外面的天色才五分明，晨风甚是凄紧，店掌柜送走了秦雄那几个人，才将大门顶好，听见魏小姐又叫他，赶忙着答应了一声，打着个纸灯笼，就走向这屋里来。芳云就问说："刚才走的是那姓秦的不是？"店掌柜回答着说："他们都走啦，天还早，小姐再休息吧！"芳云说："你不要说这话！我问你，他们那几个人都是干什么的？"店掌柜摇着头说："不知道！他们都是头一回住我们这家店。"芳云却含着怒气冷笑着，说："你们不知道？哼！"

店掌柜几乎要发出誓来，指着鼻子说："我们真不知道！从来也没见过他们，不过他们都带着刀跟马匹，又都很有钱，我猜着他们大概不是保镖的，就是……"芳云却发怒说："少说话吧！快些算清了店钱，把马喂好，我这就要走！"店掌柜不敢再言语了，就急忙退出屋去，到柜房里去算账，并叫个店伙快些去喂马；他也愿意快些把这位不讲理的小姐恭送出去。

少时，马就喂足了水草，芳云也将头发梳好，行李整顿完毕，就付了店钱，出门上了马。她愤愤地向西疾驰，就奔入了"黑沙海"。这时残月如一片白玉，嵌在西边的天空中，作浓青色，星光俱隐。东方已萌出了紫色的曦光，托着几片朝霞。芳云虽然心急，但马行得是越来越缓，因为地下的沙砾渐渐粗大，秋风也吹得极为猛烈。

黑沙海这个地方虽叫作海，实则百里之内，点水均无。天色渐渐亮了，就见地下完全是又黑又粗的沙砾，并且因风堆成了一座一座的沙岗。间或也有几根黄黑色的蒿草，但被马蹄一碰，当时就折断，经风一吹，连影儿也不见了。这里还有沙鸡，跟沙是一样的颜色，一群一群的，忽飞忽落。芳云早先曾听父亲说过："这是沙漠里的唯一鸟类了。"阳光云影到此处也显得变幻迷离，眼前时常有似乎海市蜃楼的那种奇景发现。

芳云知道，要渡过这片沙漠，赶着去走，也得由此时直到天黑；若是慢些，再起了大风，人跟马就许连渴带冻，全都埋骨在沙里。因此她得急急去走，并时时往前面去望，她是绝不肯放走了秦雄那几个人。不过她骑来的这白马，大概是那甜水井村陈百万家里养活的，如今是第一次走沙漠，非常的发怯；蹄铁在路上磨得又快光了，没有换新的，现在简直走不动路了，半天，方绕过了五六座沙岗。

天色更亮了，风也渐息了，四下里仍是没看见一个人。她正在走着，忽觉得一把沙子都打在她的脑后。她不由得一惊，回头去看，就见在一座沙岗之旁正站着那秦雄，骑着一匹白鼻梁儿的紫色马，手擎着一口钢刀，向着她冷冷地笑，说："姓魏的女子！我在这里等候你多时了！昨晚因为有我的朋友拦阻我，我没得跟你比武，那个地方也太狭窄。现在他们全都走了，这沙漠里除了你我就没有别的人了，地方又宽。在此地，我若是再跟你说半句轻狂的话，就算我秦雄不是好汉。可是咱们得比一比武，我要领教领教神剑魏的女儿剑法到底如何高超。"

他的话才说到这里，芳云就愤怒着将一镖打来。秦雄已经防备着了，用刀一磕，当啷一声，镖就落在沙上。他说："料你的囊中能有多少支镖？还是省着点用吧！这没有用！"离鞍下了马，擎着刀走过来，说："下来吧！你还逃得脱吗？除了你认输，叫我一声秦大哥、秦好汉！"芳云怒骂一声："呸！"马也不下，抢剑奔过来就砍，秦雄就在步下以刀相迎，当时双刃翻飞，沙尘扬起，两个人越杀越是猛烈。

杀了有十余回合，魏芳云姑娘因在马上，向下杀戮不便，就也跃下马来。她的剑如同疾风扫叶，起舞盘桓。秦雄的刀也紧凑相迎，丝毫不让。又战十余合，秦雄是气力越猛，而芳云是剑法翻新。毕竟莽力气抵不过真实的功夫，乱挥刀抵挡不住人家有套数及精熟的剑法。同时人家魏姑娘虽然腰细弱小，可是穿着粉红色短衣的身躯翻腾翱翔。你才向东边去迎，她忽又跳到西边以剑来斫。那双瘦窄的红鞋又步步进逼，有几次都是剑尖离着半寸就要扎到秦雄了。并且十分厉害，不向着咽喉，准对着胸口。幸亏秦雄还短小精悍，身子闪得快，避得急。但他越退越远，刀法更糊涂了，气也喘不过来，一张黑而发亮的脸腔，憋得像个紫茄子。

芳云仍是不让步，一剑紧似一剑，且怒声说："快说！你们帮助何子成把人家姑娘抢到哪里去了？"秦雄说："你不要混赖人！你说的什么姑娘？我不明白。抢了去，该抢，我连你也要抢。少说话，拼吧！"他拼出了命去向芳云来杀。芳云的步法更是敏捷，剑法更毒，剑向前取，拨云撩风，随去随来，忽刺忽斫，自然之极，不沾痕迹。秦雄不但刀法都错，眼睛也迷离了；他就自知不行，疾忙逃开，抓住了他的那匹马，骑上了就跑。芳云仍然喊着："你敢跑！不说出来那姑娘的下落，我绝不放你的活命！"随也过去骑上了马去追。

秦雄的马是飞快，一霎时就爬过了一道岗。芳云的马越过了沙岗又追。秦雄的马跑了不远，忽又越过一座沙堆，芳云催马再向前去赶。秦雄是挥鞭疾逃，芳云仍然不肯舍让。追着追着，芳云的这匹马就前蹄一屈，跪倒在地，整个将芳云摔了下来，剑也扔了。她哎哟了一声，秦雄回首看见了，就拨马回来，又横刀冷笑。芳云往起来爬，要去抄剑，但是腿骨极疼，还没站起就又倒在地下了。她蛾眉紧蹙，云鬓也已蓬落，仰着脸仍向秦雄怒骂，说："你杀了我吧，狗强盗！这是我的马不行，也不能算你真本领！"

短小精悍的秦雄见魏姑娘真是被马摔伤了，就也下了坐骑。这时他的刀若是向下一抡，芳云绝无法躲避，必定香消玉殒，血染沙漠；但秦雄过去弯身，将扔在一边的宝剑取了来，手捏着剑尖，将剑柄重交给与芳云手内。他又退后几步，反将自己的刀扔在地下了，恭敬地抱了抱拳，说："魏小姐！我想把你搀扶起来，你骑上我的马，回到望乡庄那店里去休养，怎么样？"芳云怒声说："呸！你敢近前来，我就用剑杀死你！"

秦雄说："我把剑交给你，是为什么？就是怕你疑心。我只扶你上马，如果我有半点轻狂，你拿剑杀我，我绝不还手！"芳云说："谁骑你那强盗的马，何子成给你的马！"秦雄摆手说："你说的这话我真听不明白，我也不愿细问；只是你的那匹马，现在腿也伤了，你不骑我这匹，你怎能够走出沙漠？岂不将饿死在这里吗？"芳云瞪着眼说："你不要管！"

秦雄说："我也不是管，更不是畏惧你的父亲神剑魏，我是钦佩你的武艺，爱慕你的剑法。刚才咱们比武一场，我自认是输了。以后我再去学本领，并且也要学剑，三年五年之后，咱们见了面，再一较高低。现在只请你骑上我的马走，我也不送你，不跟着你，不然我不算是好汉秦雄！"芳云又说："呸！如今你又称得起好汉，装起假好人来了，我看你是个坏蛋！你比何子成更坏！"秦雄摇头说"我不认得何子成是谁？"芳云说:"哼！你不认识他？恐怕你可能帮助他做坏事！"

秦雄说："你偏要把我错认了，我也没有法子辩白。我跟你说实话！我秦雄实在是个罪人，但是我的心并没坏。我跟你刀对剑，那全是想看看你的武艺。再说句实话吧！咳！因为你长得太俊俏了，你太不俗了，我这个江湖上的倒霉人，一见了你就不禁……唉！"芳云生气极了，先抓了把沙子向他去打，又往起来站，然而腿伤脚痛，站不住又坐下了。她又向囊中取镖，秦雄却摆手是："你到了这个地步，若是还想用镖打我，那你可就不是侠女了！"芳云说："我也不叫你称赞我！"秦雄说："可是侠女没遇见良驹，我真替你可惜！"

正说着，忽闻远处有悠扬的驼铃之声，秦雄就知道是有带着货物的骆驼由近处经过，他就也不顾芳云在这里是起得来起不来了，遂就急忙拾起了刀，骑上了他的马，一股烟似的走了。芳云在这里还以为他是气走了呢，心中倒很庆幸。不过觉得自己这次的受伤，倒不要怨人，都得怨这匹马，这马跟上次在狼儿庄被吴三砍伤的那匹马一样的不中用，这可叫秦雄说对了，"侠女遇不着良马"。她真是恨极了，并且要哭，自己想要拿宝剑当作拐棍儿站起来，可也不行。因为地下的沙粒很松，剑尖一插就插进去了，令她真是无可奈何！

待了不久的时候，忽见那秦雄骑着马又回来了，芳云料到他既然回来，就绝不会再怀好意，所以把剑又高举起来。但秦雄这时，马上驮着许多的东西，脸上蒙着一层凶恶之色还未褪，来到近前也不下马，就将马上的一支满装水的牛皮袋和用绳子串成串儿的干粮，还有一块干咸的羊肉，又有一件狼皮褥子——还是新的，都扔在了地上。他一句话也不说，转马又急急地走去了。芳云看出他的用意，就大声喊叫说："强盗你回来！把这些东西快拿走！你以为这抢来夺来的破东西，我就能吃它用它吗？呸！你瞎了眼！"秦雄却连头也不回，马越走越远，少时又看不见了。芳云实在生气，然而又想：我永远坐在这里，起又起不来，究竟怎么办呀？爸爸你只顾了给那胡公子治伤，怎么也不来救我呀？……她的泪汪然流了下来，又呜呜痛哭。

哭了大概时间也不多，就听耳边有人说话，并有当啷当啷的铃声，她疾忙用衣袖擦了擦眼泪，扭着头去看。见来了三个人，一个七十多岁的老头子和个三十来岁傻样子的人，都在前面走；后面还跟着一个年有十二三的孩子，拉着一大串又高又大的骆驼，最后边还跟着一只小骆驼。芳云惊讶着，还没有言语。那傻子张着两只手就往前来跑，怪嚷着说："哎哟！哎哟！他在这儿啦！他刚抢去咱们的东西，就坐在这儿吃上啦！小子你是强盗！我，我打死你！"

老头儿却用长烟袋拦住他，说："傻子你看清楚一点！人家是一位大姑娘，哪儿是刚才劫去咱们东西的那个黑小子呀？"忽又惊讶着说："怪呀！东西可都扔在这儿啦！"此时芳云就故意做出柔弱可怜之态，哭着说："连这匹马跟宝剑都是那强盗的，我也是被他抢来扔在这儿的人！"老头儿就一边叹气一边走过来，说："咳！大姑娘你真是可怜！"

这老头儿是一位很慈祥的人，他弯着腰说："大姑娘！我看你的年纪也不过十八九岁，我的孙女要是活着，比你还许大呢！新疆这地方向来是强盗多，我由二十多岁起，就在沙漠里往返地拉骆驼，被劫也不止十几次了。可是向来我不招强盗生气，他要拿什么我就叫他拿走什么；反正是无冤无仇，强盗就是凶吧，也不能够杀老实人。刚才，我可有点气儿了，那单身儿的强盗竟抢去了我新买来的狼皮裤子。这是我们掌柜的家要娶儿媳妇了，我花了四两银子才买来，为是带回去到时候好送礼，我舍不得！强盗走了一会儿，我们就追过来看，想不到就遇见你啦。你难道……姑娘我听你说话可也不是本地人，你怎么会一个人来到新疆？又被那强盗黑小子抢到这里……"说着话，他就张慌着向四下里去望。芳云却低着头只是擦眼泪，实话不愿吐出，而假话又一时难以编好，所以半天她也没有答复得出来。

老头儿一边叫傻子把地下扔着的东西都又放在骆驼的背上，又说："大姑娘！咱们也不便在这里多说话。我想那强盗不定又劫谁去了，待会儿他一定还来，把东西拿去，把你背走；不如……大姑娘你就随着我们走吧！我先把你安置一个地方，再慢慢想办法给你找投靠。因为在这儿待着不行，强盗就是不来，天黑了可也难办！"

芳云说："我倒是想跟你们去，可是……"她又呜呜哭着说："我的两条腿全都不能走了！"老头儿回头看了看，就说："我把你搀到我们那匹小骆驼上行不行？你要是不会骑，我把你拿绳子绑在骆驼身上，那就掉不下来了！"芳云说："我会骑！老爷爷你搀扶我一把就行了！"老头儿答应着，于是就将芳云由沙中扶起。这老人年纪虽迈，到底是常走沙漠卖力气的人，所以不费事就把芳云搀到骆驼的背上了。

芳云虽没骑过骆驼，然而这是个小骆驼，跟马的大小差不多，脖子可也长，背上也有隆起的双峰，也许还不到两岁，就随着它的妈妈大骆驼一起出来游逛沙漠了；这也跟小学生、小学徒一样，十分的可爱，芳云不禁又笑了。

此时那傻子已连芳云的东西都拿起来了，手中就拿着那口宝剑直耍。小孩子拉着骆驼在前，老头儿抽着旱烟，随走随同芳云谈话，傻子是持剑在后，铃铛又悠扬地一声声响了起来，走入了黑沙海的腹地。幸喜沙平风定，也没再遇着秦雄。骆驼这种笨大的东西，到了沙漠中它却比马走得快，尤其是小骆驼，它踏着沙子，就如小鱼儿游着水，快乐极了。

老头儿又说："我姓赵，傻子是我的伙计，拉骆驼的那小孩是我的孙子，我们都是帮海西边李家的。李掌柜就是那个村子里的财东，家里养活着二百多匹骆驼，雇着三十多个伙计，专替人运货，是好买卖。可是李掌柜三年前病故了，只留下一女一儿；女儿没出嫁，儿子才十四岁，下月才能够娶亲。我跟李掌柜是乡亲，都是从甘省搬来的，现在我就不能不给他看着那份家业。我可是一点也不亏心，我今年七十二啦，照旧不吃闲饭。前两天自己运了点稻子到东边去卖，回去还得忙着给少掌柜办喜事。大姑娘！我把你送到他们家里，你就放心养着，腿好了也帮帮忙，到少掌柜娶媳妇的那天你看，一定热闹极啦！慢慢地我再托人去找你的爸爸；我们的伙计很多，他们各地方都去，整年不在家，又都什么人全认识，想要找个人还难吗？"

芳云想着：自己的伤，确实得找个好地方养上三五天，可是救吴锦娥的事情难道就不提了吗？"女侠"之名就抛在沙漠里了吗？

并且吴三……想到这里，她的眼前就又幻出那身躯极高的英俊汉子，觉得已经对人家夸下海口了，若不能把他的妹妹找回，将恶人捉获，他不是更得看不起自己了吗？偏不能叫他看不起！

她在小骆驼背上待久了，认为比骑马还舒服；那老头子、小孩子、傻子也都轮流着步行一段又骑一段骆驼。沙漠里无所谓路径，更没有标识，可是他们走得极熟，天还没黑，就走出沙漠了。又走了几十里地，对面就有两只灯笼迎接他们来了，因为是听到了铃声。老头子就与迎来的两个人笑着说话，并谈到"救了这位魏大姑娘"的事，那两个人还举起了灯笼向着小骆驼照着看了一下。芳云就借着灯光看见了这二人，也都是很老的了；于是铃声又继续着响，骆驼随着灯光又向前走，就进了一家村内。犬也叫，人也出来说话，三个老头子一齐把芳云搀扶下来，送进了一家门里。

里边有一位姑娘听说了，就赶紧迎接出来，说着很清脆的甘省话："把这位大妹妹请到我的屋里去吧！"于是两只柔软的手也来帮助搀扶芳云，就进了屋，给稳稳地放在炕上，芳云的身上还挂着镖囊呢。她真不禁满面通红，愧煞了侠女！

芳云看这屋内，没有什么讲究的器具，可是有镜奁、针线盒，墙上还贴着纸剪的各种精巧的花样，可见是一间"沙漠附近的绣户闺房"。李姑娘年纪比芳云大，长得很端正，微微的胖，而脸儿是又润又红，举止也颇大方，不似是个村野的女子。她的衣服还有点素，这许是因为她的父丧还未满三年。她笑着问芳云说："妹妹你念过书吗？有学名吗？"芳云摇头说："都没有！"也笑着问说："姐姐你呢？"李姑娘说："我的乳名叫玉兰，我兄弟叫玉保，父母都故去了，家中就留下我们两个人啦，多亏这位赵老爷爷给我们经营着事情！"

赵老爷爷坐着那边抽着烟袋，笑着说："我能经营什么？家里的事还都仗着玉兰姑娘操持，玉兰姑娘是又能写又会算，掌柜的活着的时候就都仗着她！"芳云笑着说："哎哟！我可什么事情也不会！以后姐姐可别笑话我。"玉兰说："哪儿的话？我是个粗人，就生长在这儿，什么地方都没去过，一点阅历也没有！"那边赵老爷爷说："不出去走也好，现在新疆简直什么事情都有啦，各地的坏人也都来啦。这几年黑沙海里都没有强盗，如今，一个黑脸的小伙子，拿着把刀骑着匹马就敢劫人！劫了我倒不要紧，还抢来人家这么大的姑娘，这成了什么事了啊！官人是不管事，侠客也不知都哪里去啦？唉！"

玉兰姑娘走过去说："老爷爷走了这么远的路，又受了一场惊，我搀着老爷爷去歇息吧？"赵老爷爷说："不用！不用！今天在沙漠里我还算忍气，要不然，不要看是七十多了，我也能够把那强盗打了。"他磕了磕烟袋就站起来说："我还得去看看傻子，叫他莫胡抢那口宝剑，伤了人，伤他自己都不是玩的！那也是强盗留下的凶东西！你弟弟娶亲的那天，还得把它藏起来！"芳云趁着他们二人谈话的时候，就将镖囊摘下，藏在他们炕上铺着的褥子下面。

赵老爷爷出屋去了，少时又进来一个四十多岁的村妇，送来了洗脸水。玉兰呼这人为"陈大妈"，就叫陈大妈又去烧茶做饭。她将水盆放在炕前，请芳云净面；又搬来了镜奁，叫芳云自己擦胭抹粉。她坐在炕边替芳云梳头，一面谈着闲话儿。灯光照着人影，户外也听不见一点什么声音。芳云万也没料到今夜竟住在这里，这里比店房好，比沙漠更强，李玉兰姑娘这个人也很可爱；反是自己又羞愧，又伤心，想着：这几年跟随爸爸东游西荡，过的都是什么日子呀！岂如人家这种恬静而安乐的生活？

她当着这样的女子，倒感觉没有什么话可说了，同时又怕人家猜出她的来历，觉出她可怕，她就做出温和活泼的样子，笑问说："大姐！你们住在这沙漠旁边，也不害怕吗？"玉兰摇头说："不害怕，我活了这么大，还没到那沙漠里看过呢！因为我们这儿离着黑沙海还有三十多里，这里地势又高，那边起了风，沙子都吹不到我们这儿来。"芳云说："虽说是沙子吹不到，可是这个地方我也不愿意住。我看新疆这一省，简直没有什么好地方，人也是好的少，像大姐这样的人，我还是第一次见！"玉兰说："也许我生长在这里，就不觉得了，我还以为这个地方很好呢！人也是，本村里的人就全是很诚实的。"

芳云忽又笑着问说："大姐你订下亲事了吗？你的弟弟快娶亲了，你怎么还不出阁呀？"

玉兰说："因为这些年都是我操持家务，帮着我爸爸经营买卖，扶助我弟弟成人，顾不得我自己的事，因此至今还没有出阁，可是我也没把那事当作多么要紧的一件事。"说出这话来，她是非常坦然，脸也一点没有红，可又反问着说："妹妹你有了女婿没有？"

芳云摇头说："没有！谁要那东西？那有多么厌烦人！"玉兰说："不过我们女子早晚是得出阁的。"芳云说："出阁倒不要紧，那男的要是看不起你，可是真叫气人！若是再有公婆，就更麻烦了！"

玉兰笑着说："你说的这简直是小孩儿的话，除非将来你找个女婿也是个小孩儿……"说到这里，翻着眼睛想了一想，又笑着道："可惜我的兄弟媳妇快要娶啦，不然我那兄弟的年纪既比你还小，这儿也没有公婆。我虽然是个大姑子，可是过几年，等到我兄弟把买卖学熟了，他能够自己经营了，我就也得想着法儿走开；我不能叫我的兄弟媳妇说我在这儿是贪图着家里的产业！"

芳云没有言语，暗自又发着冷笑，觉着这个李大姑娘真是有眼无珠，没看出我是什么人，并且把这份产业看得这么重。什么产业？不过是几间土房子，一二百匹骆驼罢了，白给我也不要，可见她真是个世俗的女子。

少时将饭用毕，就已经是三更余了，李玉兰就与魏芳云同炕睡眠。芳云的心绪是最为复杂，辗转反侧，直到天明才睡着。醒来时，见炕前已遮着一幅蓝布幔帐，是新挂上的；微微掀起帐角，向外偷看，就见不但屋中收拾得极为整洁，李玉兰也早就起来了，头发梳得很整，衣服也极平展，就在那张八仙桌旁打算盘写账，显见得是十分忙碌。

芳云在炕上仍是不能够起来，一切的事全由那陈大妈伺候着，服侍着，她心里虽是感激，嘴里可不会说什么客气的话。因此陈大妈就不大乐意她了，在窗外对着别人说过："我不是雇的老婆子呀？我看她可怜，行行好倒成，要拿我当作用人看待，那可就是错啦！"芳云听了，一生气就对她更不客气。不过李玉兰倒是暗暗地给调解，使两个人没有冲突起来。

这位李玉兰真是可钦敬，无论老少男女，她都能够应付得周到，没有一个在背后里不说她好的。她还写算都熟，办事精慎。看她天天繁忙，可见她家中的产业实在不小。他那兄弟李玉保也常在屋里帮助她，芳云也见过，却是一个又瘦又矮的小孩，简直真不配娶媳妇。

几天之后，芳云才下了炕，手脚一切全都照常了，抑闷了许久的一颗雄心又勃然而起。可是也不好意思立时就走，因为赵老爷爷已托出许多人往各地找她的父亲去了，嘱她要在此安心等候。并且玉兰的兄弟，眼看就要娶媳妇了，她又不能不帮人家办完了这件喜事。她在这里为人布置新房跟新娘的一切衣饰用具，闲时就到门口外去看看。只见田野弥望，稍远之处还有几顷水田，无数株枯柳，这若是在春天，风景一定不亚于江南，没料到沙漠附近会有这片良田沃土。

可是这村里的骆驼也太多了，一天到晚，来来往往地不断，铃铛声简直令人听厌了。村中的人家不是养骆驼的就是拉骆驼的，而确实以李家的骆驼为最多。他们雇的伙计有甘省的、陕省的，各地的人全有，多半的单身汉。给他们做买卖，按年挣工钱，这时全都从各地回来了。个个乌黑的脸上带着喜笑，盼着少掌柜的娶亲的那天，他们好喝酒。又都瞪着一双被风沙吹得发肿的眼睛，贪婪地惊讶地时常盯着李家的这个门儿，为的是看芳云出来。

芳云把她自己的那支随身的包袱已经要过去了，那几件她平常爱穿的衣服跟小鞋儿，还都没有遗失。她就今天穿这身红的，明天又换那件粉的。李玉兰所用的胭粉头油，也都是由骆驼运来的，真有京城的名品，擦在芳云的脸上，更是加倍的艳丽。其实芳云只是天生爱美，并不是有意卖弄风流。可是这个村子，就像是由沙漠那边刮来了一阵暖风，这儿又遇到春天了，鸟儿也叫得更响，人也个个发迷，骆驼仿佛全都高兴。然而芳云的心是很天真的，她没觉出人家都对她注意，她站在门前，只是望着那长大的浮云与远处的青山，遥念着那昂壮落拓的好汉——吴三，不知彼人这时是在哪里。

光阴很快，又过了十几天，李家的喜期就到了，村中立时换了一番景象。那些骆驼都不知牵往哪里去了，一匹也看不见；拉骆驼的人也都把脸儿洗得很干净，有的还穿上了新衣。一般老婆婆、媳妇们，尤其是村里一些姑娘，都浓妆艳抹起来，仿佛今天是办她们自己的喜事。李家是不必说了，院中早搭起来了喜棚，摆设了许多的座位，由昨天晚上起，几位临时的"大司务"就都忙了起来。贺客们来道喜，在男家道完了喜，又往女家去道喜，女家也在本村内。李玉兰大姑娘今天初换上了紫色的新衣、绿裙，头上也满戴了金珠首饰，光芒彩艳，雍容大方，殷勤地接待着一些男女贺客；并有魏芳云帮助她专管应酬女客，有的人简直以为是把新娘已经娶到了，因为芳云今天打扮得真似一朵牡丹花。

那些拉骆驼的人，平常都很规矩，进了这个门都不敢说笑，今天可是都撒疯来了，把新郎拉着就灌酒。那新郎的小身躯上，穿着缎子的新袍子，头上还戴着一顶没品级的红缨帽；人家还没灌他酒，他的脸就先红了。赵老爷爷摆着双手说："你们不要把他灌醉了，今天他还有好多的事呢！"有个拉骆驼的人名叫"大瘤子"，他嚷嚷着说："他醉了不要紧，今天他有什么事，我都替他办。"由这句话，一些人又都大笑起来，把新郎拉扯得更紧，大盅的酒往他的嘴边去递。新郎简直都要大哭了。

而这时那位一身浅桃红色的绸衣绸裤的魏姑娘从屋内走出，站在阶下，就沉着脸叫着新郎的名字，说："玉保！玉保！你姐姐叫你进屋去有话说！"她这么两三句话，把那群拉骆驼的人狂欢都镇服了下去，个个把一双直眼睛又都向着她来盯，她却正颜厉色的，令人不敢冒犯。

她把新郎的围解了，也随就重进屋内。这里"大瘤子"把嘴撇了撇，说："干她什么事呀？她倒很护着新郎的，仿佛今天是她嫁人！"有人就低声说："这小娘儿们嫁人一定不知有多少次了，要不她哪儿来的那些漂亮衣裳？好闺女强盗也不能够抢，抢了，也不至于又给抛在沙漠里。连强盗都不要的货，她娘的可来到咱们这儿充人！"有很多的人都气不平，都纷纷议论。又把那个傻子拉来，细问那天沙漠里的情形，傻子也糊里糊涂地说不清楚，只撇着嘴说："我耍那宝剑，把手指头耍伤了，真痛死了我！"有的人疑惑，芳云本就是强盗的老婆儿故意来这儿做内线，想图谋李家的财产跟那些骆驼。等着看吧！这件喜事办完了还不定要出什么事。当下一般人就都把魏芳云当作了谈话的中心，而怀疑着她的来历。

门前的一顶花轿早就搁上了，轿夫跟鼓手们都聚在一堆儿赌博。天上阳光渐渐地移动，不觉预定"发轿"的时间就到了。赵老爷爷从里边传出来话。当时这些赌钱的人就都收起赌具，忙乱了起来。新郎也在许多人的笑声哄声之中，低着头走出，有人扶他上了后边的那顶花轿，遂就抬了起来。锣也铛铛地响，鼓也咚咚地敲，唢呐宛转地叫着。当时村中家家户户无论男女老少都跑出来看。

其实女家只在左近不远，由那也结着红彩的门前经过时，轿可不停住，鼓乐全出了村子，绕村一周，才又回到村里来到女家去娶。费去了许多的烦琐礼节，才把个新娘子连这位新郎官又抬出了村子，又乱处去胡游，直走到一片枯柳树的那边，这才又回来。乐器吹奏得更是起劲，新娘子的哭啼声犹时时自轿中散出，眼看就要娶回村里来了。

这时村里的人更多，那李家一些贺客也都拥挤在门首，探着头去望。李玉兰姑娘是更应当出来迎接弟媳，她盛装站立在门前，她身旁就俏立着那位——村中人全都知道的魏姑娘。芳云今天虽是帮助人办喜事，可不知为什么，自己的心绪极为不佳。她是极力忍耐着了，不忍就非得打几个人才行，那么一来心里或者才能痛快。她非常恨这些看热闹的人，心说：这有什么可看的呀？并且她见有几个仿佛是过路的人，有牵着马的，有背着行李的，还有在村外停着骡车的都来看，还有的笑，似乎是颇感觉有趣味。

有一个过路的人拉住那位赵老爷爷正在说话，赵老爷爷此刻正忙着，哪有工夫来回答陌生人呢？陌生的人跟他说的又不是闲话，却是要打听一件事情，问着问着，赵老爷爷就也有点注意了，便把手向着李家的门儿一指。陌生的人扭转过身来一看，他就看见了魏芳云，他面上就现出一阵惊异之色。

芳云也早就在直着眼睛看他，因为他这个人的身躯特别高大。此时二人的脸跟眼睛正相对，虽相隔着十余丈、许多人，但彼此都认识。芳云看出此人果然是吴三，心中突然萌出来惊喜之情，恨不得过去问说：你为什么来了？可是又不能过去问，怕他更要瞧不起，也怕这些人都不看新娘了，而来看她，但她的心弦是突然紧紧弹动。

此时花轿已来到门前了，遮断了她与吴三之间的视线。她想挤出去，可是轿子竟抬到门里来了，反把她也给挤进来。不知是谁又踏了她的脚一下，她气得要骂。可是铜锣、大鼓、唢呐都来到门里乱吹乱奏。男女的贺客齐声大笑，说："看新娘！看新娘……"挤得芳云连身子都转不开了。

她忽然一眼看见赵老爷爷进来了，她就用手去推身旁的人，可是推不开。因为这个男子还正企着脚，张着大嘴在看新人。她把拳头向这人的胳肢窝猛掘了一下，说："躲开一点呀！"这人忽然杀猪似的叫了起来。原来这个人的胳膊下生着一个肉瘤子，里面都是血，这一下被打破了，随着叫随着坐下了；可是他的惨呼声被锣鼓声遮掩，人家都注意新娘，也没人注意他。芳云就踏着他的肩膀跳出了人丛，过去就把赵老爷爷的白胡子揪住，遂拉着就走。

赵老爷爷这时可真顾不得看新娘啦，跟跟跄跄地跟她到北屋里。这里因为不是新房，此时的人又都在院里了，所以没人。芳云掩闭屋门，遮住了外面的噪音，才把白胡子松了手；赵老爷爷气得身躯直抖，指着她说："魏姑娘你，你！你中了邪啦吗？"芳云笑着说："老爷爷你不用生气，我问问你，刚才那个高身汉子跟你说了些什么？"

赵老爷爷想了半天才想起来，说："那个也是个不知好歹的人，我们这里忙着娶亲，他却问我闲话。他说他听说了咱们这儿住着个被贼抢过的姑娘，他从哈密赶到这里来特为看看，要见见那姑娘。我就把你指给他了，我说，你要看，就是那个，穿粉红衣裳的姑娘！"芳云的脸一红，问说："看了我，他又说什么呀？"赵老爷爷说："我没顾得细听，好像他是说：错啦！他就走啦。"芳云不由得生气，心说：哼！错了？他就走了？他也不是不认识我，不是不知道我为救他妹妹才独自往西来；不用管我是真被贼抢，或是假被贼抢，他总也应当走过来慰问慰问，才算对。如今见这里没有他的妹妹他就走了，好……遂又急急问说："他走往哪儿去啦？"

赵老爷爷说："他不是牵着一匹马了吗？他本来是路过此地，我看见他出了村子往东，大概是过黑沙海去啦？"芳云心里更恨恨地说："哼！我叫他去得远？我叫他走得开？"赵老爷爷又出屋去了，芳云却到炕里摸着镖囊挂在身上，又将一条绿绸的"汗巾"紧系在腰间，为是身躯利便，她就匆匆又出了屋。这时院中还照旧地吵，因为新人入新房之后的礼节仍很多，唢呐还得吹奏；加上那个"大瘤子"疼得在地下乱滚，好几个人过去揪他、拉他，问他是怎么了，因此更乱。

芳云却力排众人直向外走，门口被许多人堵着，她挤不出去，就飞身上了墙头。这么一来，众人可就把注意力都移在她的身上，齐声仰面惊喊说："哎呀！上了墙啦！"

芳云如飞鸟一般自墙头跳下，外边的人不但更是惊呼，而且各自往家中去跑。芳云也是跑，她飞跑出了村的东口，这时有两个过路的骑马的人，才在村中看完了娶媳妇的，正悠闲地挥鞭，互相笑着，一个说："可惜咱们没看见花轿里的媳妇！"另一个说："你看见那门前站的穿粉红衣裳的，还不够一眼吗？"那个人又后悔似的说："我怎么在那时候眼睛花了，没有留意呀？咱们再回去看看吧？"正在说着，芳云就在后面随跑随喊着说："前面的人！我借你们一匹马，用用就还给你们！"

这两人都一惊，回过头来一看，可又齐呆了。尚未发言，芳云就一跃上前，如同一只猫似的，扑上马来把一个人推下去，同时她就骑上了，急用拳捶马，马就嘚嘚嘚蹄声如连珠一般地响，飞似的向东疾去，一霎时就走进了黑沙海大漠。她因有上次事情的教训，骑在马上不敢不谨慎，可是这匹马浑身是铁青色，十分矫健，而且是新换的蹄铁，打得沙砾飞溅，她想收也收不住，就越过了几道沙堆，向大漠的深处走去。芳云的娇躯伏在马的背上，风将她腰间的绸巾吹得飘起，猎猎发响，如同鸟翅一般。

她向前飞奔，片刻就望见了遥遥在前的马上的吴三。她就高声喊叫着说："吴三！你站住！……"她连叫了几声，吴三并未听见。她的马又一时间赶不上，她就掏出来一支飞镖，解下腰间的绸巾，裹了几层，并且系紧，便用力飞了出去，正打中了吴三的后腰。吴三惊得赶紧回身，芳云却已把马勒住了，要笑却又赶紧沉住了脸。那吴三低头看了看落在沙上的裹着绸巾的镖，也没有怎么惊诧，没觉可笑，也没去拾起，就拨转了马头，回来说："魏姑娘，你追赶我来是有什么事？"

芳云拿眼看着他，自己的脸却有点发烧，却正色问说："我想问问你，把你的妹妹找着了没有？"吴三拱手说："承你挂念，但是……"叹了口气又说："我直追到哈密，也没有问出那何子成的行踪，简直就没有一个人看见他。我想他一定是走了旁路，没有往西边去。可是我在哈密又听个拉骆驼的人说，有人在沙漠里救过一位被盗贼掠劫的姑娘，他们给安置在黑沙海西的村里住着，我疑心那就是我的胞妹锦娥，我就连夜赶到此处。可是刚才向那位老人一打听，才知道错了，不是锦娥，原来是你！"芳云心里说：是我，你就不管？一点也不管？可是心里的这话不能说出，只能瞪了一眼，接着又发出冷笑说："哼！你要打算寻找何子成跟你妹妹的下落不是？除了我之外，别的人谁也不能晓得！"

第三回　一片情心比剑坚

吴三听了这话，立时觉得惊异，面上现出恳求之态，拱手说："魏姑娘！你既是听得我妹妹的下落，你就快告诉我吧！我好去找她！"

芳云却勒着马缰，不慌也不忙地说："何子成的手下有帮手，是一个身材不高的黑脸小子，武艺可好，怕你抵挡不过。你若去了也是白送上一条命。我们魏家父女既负侠义之名，就能做侠义之事。你最好是到西边村中暂住几天，我去了，不费多大的事，就能将你的妹妹救来！"

吴三突然露出愤怒的样子，但又不得不忍耐，就又拱手说："魏姑娘！那夜在狼儿庄里，实在是我的不对！现在我向你赔罪了，就请你快将我胞妹的下落说出，我去了，就是舍出了一条命也得救她出来！将来，令她跟她的夫婿，再向你们父女叩谢！"

芳云有点得意的笑容，说："你要是再往东去找，恐怕一辈子也是找不着。我听人说：何子成在二十天之前，在望乡镇买了许多只灯笼，连夜就渡过这黑沙海西去了！"吴三更惊诧地说："怎么在哈密城，我都问遍了，竟没有一个人看见他们？"芳云笑着说："你是个傻子！那何子成既有钱，在新疆道上又有势力，他走在哪里都嘱咐人不说实话，人家怕得罪他，即使他在你眼前，人家也不能够把他指给你呀！"

吴三说："那么据你说，他此刻是在哪里了？"

芳云说："我只知道他们是在这西边，是在迪化，是在伊犁，还是在别处，那可就连我也说不准。因为新疆的地面太大了；他又有钱，不发愁盘缠，哪里都可去得。可是我告诉你，你也不要忧愁，你的那妹妹确实是令人钦佩；她手中有一把刀，沿途她不是哭，就是喊，不然就要自戕，弄得何子成也是没有办法。这都是我在望乡镇的店中，听那里的人说的。我真钦佩你的妹妹，可是又怕……唉！她那样刚烈的人，到了何子成的手中，还能活得长久吗？"

吴三不由拭着眼泪，悲痛无语，芳云却依旧说："我为什么要装作一个被难的女人住在西边那村里呀？就因为他们那里有些拉骆驼的人，整年满处都去，这个人才回来，那个人又走了，如此往来不断；要托他们去给打听个人，是再容易不过。我现在正托他们去找我的父亲，不如你也去托他们找一找你的妹妹或何子成，我想何子成的名儿大，总容易找着。那些替何子成隐瞒着行踪的人，见了拉骆驼的也就不避讳了。只要访查到了，你再去捉他，比你这么满处瞎走强呀！你想一想吧！其实可与我不相干！"吴三听了就不住点头。

"但是……"吴三说，"我不认识那村里的人呀！"

芳云说："我可都认识，并且今天娶兄弟媳妇的那位李玉兰，跟我相好得如姐妹一般。一向他们都不晓得我会武艺，今天大概才晓得；可是我也不能就承认我是侠女，也不能说你是个没来历的流浪汉！"吴三问："那么可应当怎样说？"

芳云说："就说你也久在伊犁做买卖，跟我是表兄妹！"

吴三摇头说："我吴三生平不说假话！"

芳云说："不用你说，我去替你说。你可记住了，我是你的表妹，至于你那真胞妹的事情，倒不必告诉人，只托人打听何子成就是，说咱们跟何子成也是亲戚，是有意要投奔他；那样一来，才容易找。等我们捉到了何子成时，再跟他细细算账！"

吴三叹了口气，他觉得魏芳云为他的事实在是热心，便甚感激，可是说不出半句的感谢话。

芳云又指着那沙上说："劳你驾！把那条罗巾包着的镖拾起来给我吧！"

吴三依着她的话，将那东西拾起来给她。芳云伸出纤手接过去，要笑，却又忍住了，把明丽的眼波向吴三掠了一过；她就解开了罗巾，抖了抖，重系于腰间，镖也收起来了，然后骑马放辔走去，并点着手儿向吴三说："来吧！"少时两匹马就回到了那村中。

这时村中的锣鼓跟唢呐，虽都吹奏完了，可是那些鼓手、轿夫还都没走，跟村里的人，跟那两个被芳云抢去了马的人，正在一块儿大谈大说；忽见芳云回来了，他们都更是惊慌。芳云却飘然跳下了马，将马一推说声："还给你们吧！"那两个人吓得越发失措。同时芳云的艳装略被沙尘，她的娇艳微带气喘，吴三也牵着马进村来了，她就叫着说："表哥！把马随便拴在哪棵树上都行，在这里不至于丢失了。"又点手说："跟我进来吧！"此时不但这两个过路的人，旁人也都眼睛发直了。尤其是吴三那长大的身材，简直是一位"显道神"。有个拉骆驼的就笑着说："好！这可就热闹了！桃花女把显道神勾来了！"

那两个过路的人，也都不是小商人，一个姓刘，一个姓革，他的马送回来了，可倒都不想走，问这村里有店房没有，他们说："天色都挨到这般时候了，黑沙海也度不过去了，只好先找个地方住一夜吧！"村里也有贪便宜的人，想收下点临时的"店饭钱"，就把这两个人让到家里去了。鼓手也有住在远处的，当日回不去，跟几个拉骆驼的光身汉一块儿赌钱去了。今晚这个向来平静的小村，忽然容留了些个闲杂人，弄得没有一家能睡得好觉，都揣着惊疑之心；何况锣鼓唢呐吵了一天，至今人人还都觉着耳边嗡嗡作响，又有魏姑娘飞身上墙的那件惊人的事……

李玉兰姑娘今天也不大高兴，这原因很为复杂。第一，新弟媳虽然是同村的女儿，并且儿时还在一块儿玩过，但自从两家订了亲，几年来，二人也没再见面，常听人说："那姑娘在家里做事多能干，也会帮助她爸爸看账，将来是你的一个好帮手。"可是今天一娶过来，别人的话风就都改变了，都说新娘是三角眼，不好斗，并且脑门上有两条纹，妨夫；手粗是败家之相，肩膀瘦又是什么艰于子嗣……那两只脚，其实即是村里的人，平日谁还没有见过？可是今天因为是新娘的脚了，大家就都特别注意，加倍的笑话。

其实，李玉兰并不介意这些事，娶妇娶德，不是娶貌。然而这新媳妇见了她都没有一点客气，给贺客们敬酒时，那些拉骆驼的人拿她耍笑，她也就"大哥""三兄弟"乱叫着，哈哈地笑，不成体统，哪里像是新娘子？她比新郎高一头，年数虽仅比新郎大六岁，但却像个老母。尤其是她娘家的妈，那个本村中最有名的巫婆，在新房坐到吃晚饭时还没走，好像根本不愿把女儿给人；如今大概才走，因为那可怜的小新郎进洞房去了。玉兰对此就深为忧虑，恐怕以后的家，不能如自己理想的那么顺适快乐了。

第二原因是她觉得芳云能上墙，会骑马，太是可疑。虽然芳云今天说："玉兰姐姐！我告诉你实话吧！我爸爸就是迪化城巡抚衙门的大班头，所以我自幼就会打拳。"但，万一她爸爸跟她实在都是强盗，来图这里的财产可怎么好？她又忽然弄来个"表兄"，身材是那么高大！赵老爷爷都说："那绝不是她的表兄！不定是怎么回事啦？"现在就住在堆驼粪的那间屋里了，这岂不可怕？

第三个原因是她说不出来的，她与芳云也许有着同感；就是今天迎亲的彩轿，喜房的花烛，实在都使得她心动。她有点悲伤，自怜自悯，本来她今年已经二十多岁了，哪有二十多岁的女儿还没有婆家的呢？

她懒懒地在灯前坐着，芳云与"表兄"谈了半天话，这时才进屋，见了玉兰就笑问说："你怎么还没睡呀？天可不早啦！得啦！一天的事这才算办完。你娶了兄弟媳妇，我也无意之中遇着表兄，真是巧事。过几天我们就要走了，他一边去找他掌柜的做买卖，一边就带着人找我爸爸去了。将来我们可还能够来，因为我表兄说这地方太好了，他将来跟掌柜的分了钱，也要来这儿置房子，买骆驼，那不就成了你们的同行了吗？"玉兰一听十分惊异，觉得这话中颇有图谋她家产业的心。

这一夜，芳云倒睡得很香，李玉兰却总是没有睡着，因为院中有偷听喜的人，她总疑惑是贼的脚步声。好容易天才亮了，那赵老爷爷就来了，说："姑娘！我真一夜也没睡好！昨儿本来是一件大喜的事，可是没想到出了些别的麻烦，晚间这村里又住了些杂人。"玉兰就问说："现在都走了吗？"赵老爷爷说："倒是都走了，连那两个过路的买卖人也都走了；只是在你们家里住的这两个人……"李玉兰赶紧摆手，又指了指在那炕上幔帐里睡眠还未起来的芳云。

赵老爷爷叹了口气，说："我万也没想到，老了又办了件糊涂的事。在黑沙海，因为我一时可怜她，才把她送到你们这儿，谁想是给你们送来了魔难，她原来是个女贼呀！不是女贼哪会上墙？她把大瘤子的瘤子打破了，几乎要痛死了；把那些拉骆驼的也都惹恼了，都要给大瘤子出气，想要打她，我劝都劝不住，连那傻子都抢着那宝剑要找她来。还有她那表兄，那不是她给找来的帮手吗？一半日，不知要出什么事情啦！你说催他们走吧，那可就得罪他们了，他们什么事情做不出来呀？"

玉兰皱着眉，想了半天，又指着炕上幔帐里，悄悄地说："我看她倒许不致怎样，因为这些日来，我们俩总算处得还不错……"

赵老爷爷说："他们图的就是钱呀！你看他那个表兄，穿得有多么破烂！一定是实在没办法了，才来的……"

李玉兰说："其实我们多养活一两个闲人倒不要紧，只怕他们日久做出别的事来；若是魏姑娘还不要紧，那人是一个年轻的男人，谁晓得他怀的是什么心？"

赵老爷爷说："要不然，给他们几两银子，跟他们好好地说，叫他们走了吧！"

玉兰说："魏姑娘是个很讲面子的人，这样办，不是看不起她了吗？"

赵老爷爷说："叫女的暂时还在这儿住着，男的请他今天就走，再住就不像话了。我们这里有新媳妇，又有大姑娘，莫说他们不是真表亲，即使是真的，可也不能都住在这里。来！你给我五两银子！咱们也不少给他，我这就把他打发走了吧！"玉兰遂就取了五两银子，赵老爷爷就拿着找吴三去了。

玉兰恐怕那人还嫌银子少，同时也许发起强盗脾火，便将门推开了一道小缝，向外去看。只见那吴三已经走出了那屋，这人确实是衣服破烂，说话也跟魏姑娘不是一地的口音，但他那魁梧的体格、英俊的相貌，使玉兰又觉出来，这个人的气度可是不凡。

赵老爷爷一手托着银子，一手拿着旱烟袋，对吴三点点头，和气地问说："你起来啦？"吴三也客气地点点头。赵老爷爷又说："那间小屋倒堆着有半房子的骆驼粪，太脏了，难为你睡了这一夜！今天你能够走了吧？"

吴三听了，不由得一怔，就回答说："魏姑娘叫我在这儿住几天，因为要托人去……"

赵老爷爷不容他把话说完，就摇头说："不行！不行！魏姑娘一个人可以在这住半年也不要紧，你是个男子汉呀！再多住一晚也不方便！"

吴三点点头，认罪似的说："那么我今天准走！我实是因为无法！"

赵老爷爷说："我也看出来了，我们这儿拿出五两银子送你做盘缠；这是整整的五两，在我们这儿拉骆驼的，拉上一年也挣不了这么些钱，你就收下吧……"

吴三却面现惊诧之色，摇摇头说："我不要！"

赵老爷爷说："难道你还嫌少吗？"

吴三说："不嫌少，我深谢老爷爷你的这番美意，可是我吴三是个堂堂正正的人，不是乞丐，更不贪人家的非义之财！"

赵老爷爷说："这是李姑娘刚由箱子里取出的，是骆驼赚来的，怎么能够说是非义之财呀？"

吴三说："但我若接到手里，就是不义！老爷爷！你是轻看了我，是错疑我了，若不看你这么大年纪，我把银子能踹在地下！"他愤愤的。

这时李玉兰走出来了，说："你也不要错会了意，这并不是看不起你，是因为你表妹，我们彼此都很好，你走了，我们哪好意思不借你一点路费？"

吴三看了李玉兰一眼，便把怒气按下了些，说："我并没有什么表妹，那魏姑娘与我非亲非故，不过是为找胞妹锦娥之事……"

赵老爷爷说："你细说说！不要紧，我也看出你是个好汉子来了！"

吴三拱了拱手，就说："我在此打扰，也实在觉得羞愧！"遂慷慨爽直地说出了他自己的来历，及与魏姑娘相识的经过。他说："因为魏姑娘叫我在此处暂住几日，托求贵村的人去打听打听何子成的去处，我才无法，才什么事情都依了她。我想将来向她，向你们，全都重重地酬谢报答，没想到你们就先疑了我，现在我只好走了！"说着就要出门。

忽见芳云从屋中跑了出来，大声说："你不要走！"她蓦地蹿过去，一把揪住了吴三，用手一推，推得吴三那大汉子倒退了两步。芳云可也立时就脸红了，她是才睡醒，鬓发蓬乱，衣纽还未扣齐。她十分生气，可对赵老爷爷跟李玉兰都不好急恼，只沉着脸儿说："天下人管天下事，天下人帮天下人。吴三从远处来到新疆，因为他忠厚诚实，以至于被人抢去了妹子，他又人地生疏，遍寻无着。我帮助他，你们再出点力；倘若把一个难女救出，令他兄妹相聚，岂不是一件好事吗？"

赵老爷爷也大声说："你为什么不早说呀？我们要早知道你一个女侠，我们还许请你给我们的骆驼保镖呢！"

芳云又嫣然笑着说："我早说？怕你们就不敢叫我在这儿住了。"

李玉兰也带笑走过来说："我可不怕你！看你有多大的本事？"说着就向芳云的胸上打了一拳，芳云倒真哎呦了一声。

赵老爷爷又吹着胡子大骂，说："何子成是什么东西？竟敢明抢良家妇女！难道新疆就没有王法了吗？"又说："吴三你可不要怪我，刚才我把你看错了，是因为我老了，眼睛花了！现在我明白了，你是个好朋友，攀个大，我叫你一声老贤侄！老贤侄你若是走，你若是再客气，那算是你量小心狭，记住了仇恨啦！我七十多岁了，新疆也都走遍了，旁的不敢应你，要是打听那何子成的下落，可不费吹灰之力。魏姑娘的爸爸难找，那是因为他是侠客，侠客是来无踪，去无影，骆驼哪里追得上？若是一个大商人，像何子成，他不在迪化，也在伊犁，两个月之内我准能够把他找着。"

这时，李玉兰姑娘走过来，向着吴三，微微地笑说："再过几天，我们这里就有人走迪化，叫他们去打听，准能够打听得出来。吴三哥就不必着急了！将来把那位妹妹接回来，也是在我们这儿住些日才好！"

吴三刚才怒气填胸，这时却万分感激，他虽能够跟芳云说话，并且能够动手相打，可真不敢抬眼皮看这么温柔端丽的大姑娘。他连一句话也说不出来，脸红得过了脖子。赵老爷爷倒看出来了，就说："你到我的家里坐着去吧！这儿连洗脸的地方儿都没有。"

芳云在旁边笑着，直看得吴三出了门。李玉兰却是不笑也不语，只在脸上微微泛起来红晕。这时她的兄弟和弟媳也全起来了，出了新房来向她问安，并向芳云道谢。

这一天，在李家还算是个大喜的日子，还有人来看新娘，所以李玉兰又得穿着好衣裳接待亲友，白昼她也没有怎样睡觉。芳云倒是很安闲，一切的事物，她也帮助料理，并且面上总挂着笑容，对人愈是和蔼可亲，别人都看不出她哪一点与众不同，如人所说的"侠客"。赵老爷爷在家中腾出一间屋子，叫吴三居住，吃饭也是赵家的人给做。

住了只半日，吴三就深深地感觉不安了。并且芳云又常来找他，他想走却又无处可去；想躲着芳云，又感觉芳云的热情与盛意，因此他颇是为难。同时，李玉兰的那端重的姿容、大方的仪态也颇使他难以忘怀。吴三这诚实的汉子，生平就不大注意女人，把他的妹妹一向看作小孩，对于别人家里的妇女，他也从不多看，自己也没想到过"老婆"的问题。他虽知魏芳云是个"侠女"，但他只注意了那个"侠"字，佩服芳云的身手不错，见义勇为，只是有点惯说假话，喜欢穿红着绿，说话的声儿细些，还常笑眼看人；他可从未感到女人之魅力，与女人的那颗多情善感的心。不想自从见了李玉兰之后，他开始觉得玉兰是真正的女人了，他虽然在困苦烦恼之中，也未能将这一缕仿佛是思慕之情的东西拂掉。

他在此已经住了三日了，赵老爷爷已经嘱咐了拉骆驼走东路的黑跛子，又托付了拉骆驼走西路的烂眼韩，都去访问那何子成的下落。这天有个麻子孟，是才从黑沙海的东边回来，向赵老爷爷报告着说："没听说有个姓魏的人，女儿被强盗抢去！"

恰巧芳云过来找吴三，她听见了，就摆手说："你们不用去找我的爸爸啦！将来我自己去找他，那还许容易一点。"她慢慢地拉门，到了吴三的屋中。见吴三才从炕上爬起来，芳云就有点皱眉，问说："怎么！你大白天的也睡觉？"吴三却摇摇头，说："不是睡觉，是因为我的右臂，伤处还有些疼痛。"

芳云晓得这与狼儿庄自己打的那一镖有关，就不禁说声："咳！本地也没有什么好药！一半天我真得去一趟迪化，一来是给你买一两帖治创伤的膏药；二来，我一个女的要是去找何子成，恐怕比那些拉骆驼的还容易！"

吴三听她自称为女的，仿佛这才知道她真不是一个男人。不错，她是梳着一条黑亮的大辫子，额前还留有孩儿发，细眉秀目，染着红嘴唇，脸上还擦着胭脂，耳边带着金坠子；穿着绯色的小衣，水绿色的长裤，下着一对弓鞋，她的确是个女子，但也不过是与胞妹锦娥一般的女子罢了，小孩子而已！将来是得嫁人，但是现在还不大配。

芳云又说："你天天愁，愁死也是白搭！"吴三说："你能够拦得住我烦恼吗？我也不由我自己！"芳云说："你不会去找点开心的事吗？"吴三冷笑说："哪里有开心的事？"芳云说："你看！村外的风景有多么美！"吴三说："现在我哪还有心看风景？"芳云说："没事时找人谈谈天！"吴三说："村中的人我都不认识，跟拉骆驼的在一处，除非是赌钱，但我恨极了赌钱！赵老爷爷偌大的年岁了，也没有精神和我多谈话！"芳云说："你可以找我去呀！那儿有我，又有玉兰大姐，都可以陪着你谈谈闲话。"吴三摇头说："人家玉兰是一位大姑娘，我怎好常去找她闲谈？"

芳云说："哼！不要因为人家是个姑娘，你就看人家不起！人家比你能说会道，还比你办事情精明，每天人家里外的事情不知有多少，都办得清清楚楚，一点也不乱，一点小事也不会给忘了。她也不是心里没有痛苦的事，父母双亡，她时常思念，可是没见她流过一滴无用的眼泪。她本想给兄弟娶了媳妇，渐渐地把家产都归弟媳掌管，那时……她都跟我说了，她或是远嫁，或是为尼，绝不沾娘家的一点光。可是她的兄弟才娶了媳妇，就先夫妇不和美，刚才她就劝过了兄弟，又费了好多的话宽慰弟妇。"

芳云这样说着，吴三就十分注意地听着。芳云又指了他一下，笑着说："我说的话你可别恼，我并不是奚落、轻视你，你是太诚实了，可也太不能干了！才来到了新疆地面，就上了个大当，把个妹妹给丢了；在狼儿庄，你还把个盖魔王当作了好朋友，幸亏我去了，不然日子长了，你也得受累。你往西去，连路全不认识，不走平原，却走那坑坎不平的小路，真笑死我啦！你跑到了哈密，也是没打听出来何子成，偶尔听人说这里有个难女，你就慌里慌张地赶来；到这儿一看，又是我，不是你妹妹，你也不细问一问，当时就又往东，若不是我把你追回来，这时你都许走到河南去啦！你真是死心眼！傻人！你看看人家李玉兰，比你精明万分！我向来就自觉着能干，她比我还——不在以下，她只是不会武艺罢了！我想，将来你……"她笑着，又羞涩地说："难道不娶吴三嫂子？但愿你能够娶一位能干的人，可千万不要跟你一样！"

她脸红着过来拉了吴三一把，说："走吧！咱们找玉兰大姐说会儿闲话去吧！"吴三也觉得芳云说得对，并且益为爱慕那李玉兰，又想：那次李玉兰给了我五两银子，我没收，还发了脾气。自那次，就未同李玉兰说过一句话，一定叫她以为我是个不懂情理的人，实在应当去解释解释。

当下他们就出了赵老爷爷的家，往李玉兰家去。相离着才几步的路，芳云走路时就总是扭扭娜娜的，有人看她，她也瞪人；并且到了台阶，总是跳上去，过门槛，从来不规规矩矩地迈过。她，飘洒是真飘洒，活泼也真活泼，可是哪有这个样儿的姑娘！这与其说是"侠客的门风"，不如说是江湖的恶习。

芳云先跑过去开了屋门，向里笑着说："吴三哥看你来了！"玉兰说："请进来吧。"魏芳云笑向吴三招手，吴三就低着头进了屋，只见李玉兰才起座，安娴地问说："吴三哥这几日可好？"

这屋子里并不太低，但不知为了什么，吴三竟抬不起头来。李玉兰问他这话，如和婉的音乐在耳边响着，他可不知道应当以什么回答。芳云指着一把椅子说："坐下吧！"吴三这才坐下。

芳云又带着不平之气，指着他向李玉兰说："姐姐你看，把这个人折磨成了什么样子啦！新疆真不是个好地方！若是在别的省，无论寻找什么人，只要你一州一县去找，总没有寻不到的；可是新疆这地方就不同啦，一县管着几千里地，地大人少，什么哈萨克、锡伯人、缠头、索伦，什么样子的人全有，说话也全不同。加上这些讨厌的沙漠，可恨的草原，最叫人头痛的是天山，我已走过两次了，我真是怕走那条路了；在山南边的天气是那么热，一到了山北却又冻死人！新疆这地方真不好！"这位侠女说起她的经历来了，生长在本地的李玉兰却没有什么话可说。

吴三倒是摇头，说："也不怪地方，还是怪人！恨我对人太诚实了，又碰巧遇着了何子成那恶霸，并且，我妹妹也太命苦！"

芳云就问："你的那个妹夫在伊犁做什么呀？他不会去接他的妻吗？却叫你来送？我跟我爸爸在北京时听过一出戏，叫作《钟馗嫁妹》，我想你就是那个莽钟馗，嫁你的妹妹不走别处，偏来到新疆；怪不得遇着何子成那个鬼，把你弄得剑也不灵了，法术都没有了，袍子也破了。"芳云说完了这话，就盈盈地笑着，在个小凳儿上坐着，还斜靠着窗棂。

李玉兰却使了个眼色给她，叫她不要挖苦人。本来吴三虽是穿着短衣，可是衣服已经十分破旧不堪了；大概他从打一到新疆，就穿的是这一身衣裤，右臂上连刀砍带鞭打，血水浸蚀，早就污秽不堪，也早破了。本来是一件棉袄，现在棉花都已绽出，也全脱落，他与叫花子也相差不多了；除了脸因为常洗，没有什么泥；精神虽不甚好，但没有寒酸、卑贱之态。芳云见了李玉兰的眼色，便也觉得话说错了，脸不由得一红，同时望着吴三的落拓的样子，心中反而生出无限的怜悯。

李玉兰已经拿起来针线，低着头坐着；吴三先是无意间看了一眼，后来又故意看了一眼，芳云又问说："你的那位妹夫，他到底是干什么的呀？"吴三却不愿说出秦雄的真实来历，只说："我听说他在伊犁做着个小买卖。他原是我的好友，也因他那人太刚直了，以至于终身不走运，唉……"叹了口气之后，又说："即使能将我的妹妹找回，到了伊犁，还未必能够找得着他！"李玉兰停住针线就说："将来不如连那妹妹跟妹夫都来到这儿住，彼此也都可以照应！"吴三说："那些事以后再说，现在我愁的就是没有一点办法去救舍妹！"

少时，那位才当过新郎的玉保也进了屋，向他姐姐报告买卖上的事，玉兰又叫他见见吴三哥。玉保过去给吴三打躬，吴三也拱手还礼，二人倒是说了几句话。门外的驼铃声又断续地响着，是又有拉骆驼的人回来了，进来向李玉兰报账：脚钱是多少，宿店、叫饭的费用多少；带回来的什么布疋、零碎的东西，又一总用了多少钱；还剩下了多少钱，别人还欠着多少钱……李玉兰放下女红，就走过来，把算盘拨了几下，便全无误了；然后提笔记在账本子上了，把钱数了一数遂即收下。她拂拂手，令拉骆驼的人出去，又去做针线。吴三却觉得生平也未见过这样有本领的女子，他又坐了一会儿，便走了，觉得李玉兰在他脑里印得更深。才出门，却听身后有一种娇细的声儿说："你天天来都不要紧！"吴三回头看了看，见是芳云送他出来，他就把头点了点，走了。

这里的芳云见他回到了赵家的门里，自己才也转身进院，但自觉得心事很重。这次拉骆驼的带回来很好的蓝布，李玉兰又存着棉花，于是芳云就想象着吴三的身躯，剪裁了一套又长又肥的棉裤棉袄，她就动手缝做起来了。她也不怕李玉兰笑话，连夜地赶做，两天便已做成了，她亲自双手托着衣服给送了去。见了吴三，她就嫣然笑着说："给你这身衣服换上吧，你的那身简直太不像样子啦！真叫人笑话死了！我的活计可做得太粗，你不要挑剔！"说着为了叫吴三换衣服便利，扭身就走了。

这里吴三真是又羞又恼，觉得芳云嫌他的衣服破旧，实在是侮辱了他；又想这衣服的布、棉花连剪裁，都一定是李玉兰之功，出于那端庄而干练的姑娘的一片芳心，芳云不过帮一点忙，她是神剑魏的女儿，哪里会做针线？当下心中就对李玉兰愈是铭念。

此时芳云已经回李家去了，而李家又来一个拉骆驼的人，说是闻知何子成确在迪化。芳云一听，心中就大喜，嘱咐叫人不要向吴三去说，因为怕吴三去了，不但见不着何子成，讨不回来胞妹，还许要中计被捉，或惹祸出事；而万一锦娥若是已经死了，吴三必定更要痛心。所以这侠女就要私自替她所爱的人去办这件事，成功之后，她回来再见吴三，那时……她心中充满了美妙的期望，于是她就又找着那匹小骆驼，并逼着那傻子还给了她宝剑，还托付了李玉兰照顾着吴三。次日的清晨她就走了。这侠女随身是宝剑、骆驼、银镖，走的是沙漠、土丘、无边的草原；寒风严霜击着她的玉肤，但一片侠胆情心，使得她无畏。十余日以后，她便来到了迪化。

这建省未久的迪化城池，景况是很热闹，各地的人均纷纷来此经商，不但民族有别，省份也各异，即以汉族的人来说，就有甘陕、河南、河东（山西）及直隶省。女的固然是不多，可是女的跟男的一样，骑马的不算稀奇。有的大约是哈萨克的富家姑娘，身穿着皮子跟呢子的短衣、马皮小靴，骑着健马马的周身，铃、鞍蹬等等全是白银制成，闪闪地发着光彩。所以芳云骑着一匹小骆驼来到这儿，简直没有人注意。

不过可也有人直看她，因她生得是太美了。在此地富商虽多，年轻的所谓"王孙公子"却极少见。但她一进城，就觉出有个少年人直在后面跟着她，她不由得有点生气；回过头去，瞪起来明丽的眸子一看，见是一位衣服非常整齐的少年，长得也颇为清秀文雅，再远一点还跟着个人，好像是个书童。她心里的气就撒不出来了，只说了声："跟着我干什么？"转过头来，骑着小骆驼又走。

对面可腾起来一片烟尘，有三匹马都飞跑着来了，马上的人有一个还带着红缨帽，可知是个差官；来到了临近，才大声喊："快闪开！快闪开！"但马头已将要撞着小骆驼的头！软弱的小骆驼就要跪伏在地。芳云伸手将这个人一推，这人当时就滚下了马来，马倒是跳到了一旁，可是人还没顾得爬起来；身后那两匹马就都收不住了，蹄铁在这人的身上、头上踏了几下，就越过去了。街上见了的人齐都惊喊，那两匹跑过去了多远，方才停止，等到那两个人回来一看，他们的伙伴已经趴在地下，脸肿鼻破，痛得只剩了微弱的呻吟，红缨帽早已飞出了很远。忽然有人说："是那个骑骆驼的娘儿们把他推下来的！"当时这二人就都暴怒了起来，喊着说："娘儿们！你不要走！"仿佛赶过来就要揪她，其中的一个还掏出铁锁链子来了。

芳云是毫无惧色，向囊中就要掏镖，但这时忽然有人跑过来劝解，连说："不可！不可！人家这位小姐不是故意，你们不可欺辱人家！"芳云一看，这就是刚才一直跟随自己的那位清秀文雅的少年。那两个人也都是差官，可都对此人非常敬畏，就一齐都住了手，少年又吩咐他们说："把他抬回衙门里治一治去吧！他自己骑马不谨慎，反来怪人家吗？"又转身向芳云说："小姐受惊了！请便吧！这件事不要紧！"芳云见此人和蔼有礼，长得又不讨厌，便也点了点头，含羞地说："谢谢你啦！"

她仍骑着小骆驼走去，只觉得街上的人全都对她十分注意，她可并不看人。走了不远，忽听见有人连声叫着："小姐！小姐！"她顿然吃惊，一看，跑来的并不是别的人，他的名字叫"鹅头小孟"；这人的头上有个包儿，是神剑魏在北京时收下的徒弟，一向是又赶车又打杂，跟着他们也有好几年啦。当下芳云的心里倒很不快乐，因晓得父亲若在这里，可就不能叫自己再回去与吴三见面了。鹅头小孟已来到了近前说："我的小姐呀！您怎么骑上了骆驼？魏老爷子一向连马都不叫您骑，说那就不像是大姑娘；现在倒好，魏老爷子没在这儿，您就成了香邦女子啦！"

芳云问说："我爸爸没有在迪化吗？"鹅头小孟说："没有没有！小姐您放心，您就是骑着狮子来逛街，只要不吃人，也没有人拦您。现在我就住在北边的店里，小姐同我到那里歇一歇，我再把所有的事情向您细说，好不好？"芳云点了点头，就下来弹弹衣裳，顿着她的小鞋，指着小骆驼说："你给我牵着吧？"鹅头小孟说："好！好！我就给您拉着吧！"

此时，街上的人简直都快要把芳云围上来，争着来看，那位清秀文雅的锦衣少年仿佛还要过来招呼着跟小孟说话，鹅头小孟却看出芳云已经不耐烦了，快要发脾气了。他知道小姐一发脾气就不得了，所以赶紧向那少年摇摇头，又向旁边的人拱手，说："诸位闪一闪吧！叫我们过去吧！"又说："一匹小骆驼可有什么值得看的？你们也太不开眼了！"

他请芳云到了他的下处，原来他就住在一条横胡同里，小而整洁的一家店，坐北朝南，非常豁亮的一间屋。小骆驼牵到棚下，跟骡马在一起饮喂，姑娘的简单行李和宝剑，他全都给送到屋中，于是他就在屋中谈述芳云从甜水井村走后他们的事了。原来神剑魏十分愤恨女儿的私走，只为那位胡大相公的伤势未愈，绊住了他，所以才不能去把女儿追回。现在神剑魏是护送着那位胡大相公往伊犁去了，沿途上他曾问出何子成的恶行，大约他将来还要去惩罚那何子成；把鹅头小孟留在迪化，不为别事，就是叫他设法寻找着芳云。所以现在小孟就说了："您既是来了，我可就不能再叫您走啦！因为这是我师父魏老爷子的吩咐！"

芳云却说："你管不着我！我爱往哪儿去就往哪儿去。慢说是你，就是我爸爸回来，他也拦我不住！"

小孟笑着说："好厉害，小姐我问问您，您这么东奔西跑，不就为找的是何子成吗？这可容易！"

芳云赶紧问说："在哪儿？"

鹅头小孟却不说何子成的下落，他仍然笑着，说："小姐您看见刚才给你们劝架的那位阔少爷了没有？那就是现任巡抚大人的三公子，虽是庶出，但颇得巡抚于大人的喜爱；本来都快要中举人啦，可是于抚台就想，中了举，就得做官，不定要派到哪一省去。于抚台年老多病，什么公私的事，都是仗着这位三公子给料理，所以宁可耽误了公子的前程，也离不开身。这位公子不但办事干练，而且书画皆通，有个别号，叫郎月斋主，因此尊敬他的人，都称呼他为朗月三少爷。可是也没有人不尊敬他的，因为他那个人太好了，无论见着什么人，他都斯文有礼，而且济困扶危，怜孤惜寡；年纪虽不大，而却是一位善人。他今年二十岁了，自幼订下的亲事，未过门便已夭折，所以他就绝不续订亲事；但人家也不寻花问柳，更没有半点风流的行为。我想：这位公子可比那位胡大公子又好得多了！独怪我的师傅，他老人家为什么单把胡大公子看上啦？其实那不过是个无能的废物，自被盖魔王那伙强盗杀伤，纵使不死，也得成为残废！"

芳云连连摆手说："管不着！管不着！我也不管什么胡公子，什么于公子，我都不认识他们；我只向你问的是何子成的下落，你快说！"

鹅头小孟依然嬉皮笑脸地说："好！我快说！我就快说！我告诉您，刚才被您推下马来的那是衙门的差官，若不是于朗月少爷给排解，事情到现在也不能够完！于朗月少爷原定的是他的表妹，听说那位小姐才貌具佳，可惜未等到鸾凤相配，就先死了。至今于少爷的郎月斋中，还挂着那位小姐的遗容；少爷每日要焚香思念，立志不娶，从来也不注意街上的妇女和人家的姑娘。今天可对您……我看总是跟您有缘，所以一见，他就情不自禁；这话我可不该说，但我想总比那胡公子强呀！"

芳云一听，并没生气，心里倒觉得那个于朗月的脾气古怪，大概是个痴情的人，转又想："反正他与我不相干，我没把那胡公子看得上眼，还能够看得起他吗？"于是就向小孟说："我不许你说这些废话！我都不听！你就快把何子成的下落告诉我吧！"

鹅头小孟说："这很容易！何子成不是无名少姓的人，街上的一家大粮行、两家杂货庄，全是他开的。我听说半月之前，他曾来到这里，现在可又走了。"

芳云问说："你没听说他来的时候，带着个姓吴的姑娘吗？"

小孟说："这倒没听人说，您要打听，可以到后街双槐巷，那里有何子成的家宅。"

芳云问说："何子成的家就在这儿吗？"

鹅头小孟说："这是他的外家！他在各地，凡是有他的买卖的地方，他就置着宅子，住着老婆；他也许十年八年不来一次。这里可是最得他宠的一位太太，年纪很轻，外号叫做花大姐。"

芳云就站起身来说："双槐巷在哪里？小孟你领着我去，我见着那花大姐去问问，碰巧吴锦娥姑娘也就在那儿啦。"

小孟却摇摇头，说："小姐您可去不得！"

芳云问："为什么？"小孟说："您还不明白？那何子成既然到处都有家有老婆，并且在路上抢去了人家的闺女，可见是一个好色之徒。您是一位小姐，长得好，又年轻，若是拍门去找何子成，不用说什么话，花大姐可就得疑心了，啊！一位花枝招展的大姑娘来找何财东？"

芳云愤愤地说："我找他是要要他的命！"

小孟说："何财东没在这儿，您也没法子要人家的命！迪化城又有衙门三司，您如果拿着宝剑去搅他的家宅，官人们就许给您个麻烦；再说此事若被于郎月知道了，可也未免疑惑小姐。"

芳云怒斥着说："你怎么净提于郎月？我不认识他是谁！"

小孟说："他可认识魏老爷！您记得去年于抚台接待奇侠，在衙门里的西茶厅宴请魏老爷？那天您没有去，我可去了，从那次我认识了于公子……"芳云不待他说完，就愈是生气，由旁边抄起宝剑来，吧一下拍着了小孟的后腰。

小孟吓一跳，就跑出屋去了，到院中他还隔着一层窗纸向屋中来悄声说："小姐！我是好意！您是不知道，我师父魏老爷常跟至近的友人说，不愿您再跟他当侠客，趁着您这年岁，想给您找婆家……"屋里的芳云向着窗纸啐"呸！"小孟在外仍笑着说："魏老爷说有意把您许配胡公子，您大概也看出来了，我可觉得有点不平！像您这样的美貌侠女，怎么能够嫁姓胡的？虽然是个孝子，其实也是个废物；于朗月少爷却不但多情，而且风流豪爽。"

芳云怒声说："滚出去！"外面的鹅头小孟才走，这间店房算是让给芳云了。

芳云倒不怎么生气，只觉得讨厌，那于朗月的人物也不怎么讨厌，可是这件事情怪讨厌的。鹅头小孟尤其讨厌，他必定跟那于朗月是朋友，还很有交情，不然他不能够说这些没规矩的话。他是欺负我！等到爸爸回来，我非得叫爸爸管教管教他不可！然而爸爸又是个最糊涂的人，他既知道我应当出嫁了，可为什么不给我选找吴三那样的一个人物？

芳云的芳心难过了一会儿，但过后就忘了，又想着：鹅头小孟说的那话倒对，若是登门去找何子成，能使人疑惑对他倒是怀着好心，那可真是一种侮辱！不如索性深夜再去，吴锦娥如果真在他家，夜间也不能藏躲。何子成若是假外出，其实正在家呢，那就取了他的首级，用包裹包好，挂在小骆驼的脖子上；不等到天明，就离开迪化。如此一想，她倒心里发急，恨这个天不快一些黑了！

她叫店家给她换茶，预备饭，店家进到屋里来，虽然见所住的客人变了样儿了，可是并没有惊讶的表示；听了芳云的吩咐，当时就赶紧去做，并且知道芳云是"魏小姐"——这大约是鹅头小孟临走时把话对店家说明白了，倒没有什么可疑之处。可疑的却是天快晚了，因为户外天寒，店家就给搬进来烧着木炭的火盆，并且芳云原是说："你们厨房有什么东西，就热一些来给我吃。"她原想着像这样的店，菜饭也就是预备热汤面、蒸馍或烙饼，若是特意嘱咐他们，也许有一碟油炒鸡子。可是没料到，端上来的竟是一个汤，菜是一盘"炒腰花"，一盘"烩鱼片"，店家还说这鱼是特由兰州运来的"黄河鲤"。汤虽然是普通的鸡汤，可是里边还夹着点口蘑、海米跟海参。这可就得说是珍贵了，不要说这小小店房，就是迪化城中的各饭馆也未必都能够预备——这里的人除了牛羊肉之外，别的东西简直不容易吃到，富商们请客摆酒席，当中都是一盘木头做的假鱼，海味更是少见；那么除了抚台衙门，还谁有这些东西？再看，饭食是精米白饭，还有一盘飞罗白面和池盐蒸成的千层小花卷；匙箸也都那么讲究，不似店中常用的。芳云本来是很生气，心说：这是什么意思？给我好吃的，我就能够感激他吗？但后来又噗嗤笑了，心说：这正好，管他是谁送给我的，我就吃！叫我感谢他，理他，看得起他，可是休想！可是做梦！"于是她就一句话也不问，就吃了。

饭后，她令店家将盘碗端走，再沏茶来，把茶尝了一口，觉得也很清香，心说：还许是西湖龙井呢。她遂又细细打听出双槐巷何子成的房屋式样。店家走后，她将屋门闭紧，灯也不点，就装作睡觉。至二更后，她才略略地紧束利便，携带宝剑、钢镖，出了屋就飞身上了房，在星稠月暗之下，去往双槐巷。

双槐巷，何子成的外家是很容易找到的，因为这条巷里都是一些小门小户，只有这一家的门是大的，房子也很整齐，似是新盖的。而且芳云是在房上行走，她看见别处全都漆黑的没有灯光，独有这所院落里，尤其那北房，里面灯烛闪耀，窗上的鬓影摇摇，还有妇人向门外叫着说："张妈！"张妈没有答应，芳云已自房上一跃而下，她也用不着什么蹑足潜踪，就拔出来宝剑，直进北屋。

这屋里就有两个妇人，见了她，一个惊问说："你是找谁的呀？"另一个却哎呀一声喊叫起来。芳云把剑一晃，寒光吓得两个妇人都向旁躲藏，芳云就怒容怒声说道："不许嚷！也不许说话，否则我杀了你们！"

这两个妇人的衣饰都很讲究，那年轻的大概就是何子成的"外室"，长得并不如何美，可是打扮得十分妖媚，头上还戴着不少的绫绢花，她那"花大姐"的外号大概即是由此而得；另一个好像是她的妈，又像是个鸨母，年纪有五十岁上下了，可还擦了一脸的粉和胭脂。这个"半老徐娘"把芳云的客貌仔细看了一看，她可就不怕了，并且发了脾气，过来拿手指着说："你！你！你是什么人？哪儿来的野丫头、疯娘儿们，半夜到我们这儿来吓唬人！你也不打听打听这是谁的家！"

她想要过来推芳云，芳云将剑又向她的头下一晃，她就双手抱着头，向下一缩身子；芳云抬起脚来，向她的腹上一踹，并没有用力，她可就咕咚一声坐在地下了，于是哭喊起来："有了贼！有了女贼啦！快来人吧！"芳云大怒，抢剑向她的肩上膀一拍，吧的一声，这半老的徐娘并没受伤，可是吓得浑身哆嗦，真不敢言语了。

此时外面有个仆妇刚要进来，就又回身跑，却被芳云一手揪住，说："你不要害怕！我不是贼，也不是强盗，我只要跟你们打听一件事，你们可得说，实说！第一，你们这是何子成的家不是？"仆妇点头说："是！是！是何财东的家，这儿住的是他的五太太跟他的丈母娘！"芳云又瞪着眼问："何子成现在哪儿啦？实说！"仆妇颤颤地说："是前半个月走的，往南疆和阗县采玉去啦！"

这时忽然那花大姐又从屋里出来，指着仆妇说："张妈，你多嘴！好，你多嘴，掌柜的在南疆若是出了事，将来可就得由你担！"

芳云仍然逼这仆妇，说："你快把实话告诉我！何子成抢来了一个良家女子名叫吴锦娥，他给放在哪儿了？给怎样处置了？"她问得很急。

那花大姐却发出来冷笑，说："得啦！你也不用再吓唬我们啦！我也明白啦，你是神剑魏的女儿魏大姑娘，是不是？"

芳云诧异着说："你怎么知道的？"

花大姐说："何财东没告诉我，我可听他跟人说了。魏大姑娘，咱们可无怨无仇，我还顶佩服你们的；因为何子成是不怕爷不怕娘，也不怕我这个他花了钱置来的老婆，他只是怕神剑魏，还最恨一个叫吴三的人。往常他把货运到省城，至少得在我这儿住三四个月，过了年才能走，一年到头就指着他来的这几个月，叫他给我置穿的、戴的、使用的；可是这次来了，没他妈的住了三天就走了，因为他又弄了个比我还年轻的小老婆。这话我可也说得过分啦，我也不该恨人家，因为人家是个大姑娘，就是吴三的妹子。倒霉，不知怎么硬被他给抢来了；人家并不从他，人家有一把小刀子，时时想要自尽，他得派人时时看着。他是个猫儿，越得不到手，他就越眼馋，有时吓唬硬逼，有时又软求，又欺哄，应得给人家置什么金的，买什么翠的；在这儿才不过住了两三天，可就把我差点没气死，我就跟他闹，闹也是不行。

"后来他听说他的这件事被侠客神剑魏知道了，神剑魏正往西来要抓他，神剑魏的女儿更是厉害，就把他急得跟热锅上的蚂蚁一般。幸亏有人给他出了个主意，叫他往南疆去，说是南疆的地方大，神剑魏追不到，找不着；和阗又出玉，何子成去了住半年，办点货再回来，那时也许就没事了，还能发一笔财，做一档子好买卖。因此何子成就去了，他去可是去，带着他的亲随马广财、白额虎苗钧，还在这城里请来有名的镖师"南疆虎"，他们一同走了，可是他舍不得扔下那吴姑娘，就也把人家强逼着带了去。现在走了已经半个月了，大概都过了吐鲁番了！我想：魏大姑娘呀！你要能够追到南疆，把那吴姑娘救了，连我跟我的妈都得谢你，可是你千万不要把何财东伤了，他人虽不好，可是像我们……还有不少别的人，都是指着他穿衣吃饭，他若是一死，我们可就都苦啦！"

当下这妇人絮絮地说着，不住地央求，并且还流了几滴眼泪。她的那个妈，鸨婆似的，起来也直哀求，并说："张妈！不用害怕了！快给这位大姑娘倒茶！你看看！人家这姑娘比我的女儿长得还俊！"芳云却一言不发，回身就出屋，飞身上房，回往她住的那家旅店。

回到了店内，还没有跳下屋去，却见院中有个人正在来回踱着，芳云惊讶着想："这个人不进屋去睡觉，可在这儿干什么啦？"她一时看不出来是谁，自然不便蓦然跳下房去，但趁着这个人倒背着手往东面去走的时候，就由房跳到了墙，悄悄地下来了；那个人还拿脊背对着她，并没有回头。她就急速而无声地拨了门走进屋去，以剑在前晃了一晃，知道没有藏着什么人，她就将屋门闭严，轻轻上了插关，然后将剑放下，就坐在炕边，就着那炭盆中的余火来烤手。

待了片刻，就听见脚步声来到窗外了，还是两个人，声音不大地一问一答，正谈着话。一个是很生疏的语声，问说："怎么还不回来呀？"那一个却是鹅头小孟，说："三爷不用忙！待一会儿她准回来，这时大约她准在双槐巷里了。"

那被呼为"三爷"的，当然就是刚才倒背着手在院中走的那人，也就是新疆抚台的公子，半夜里来到这店里候着女侠，未免可笑，因此芳云更注意地向外去听。这于朗月就似乎叹息着，说："你给我出的这个主意不大好，我来此冒昧了！倘若她回来不肯理我，或是反倒生了气，那岂不于我的面上更难看？"

鹅头小孟说："也比白天强些！她的脾气是忽然好忽然坏，连我也摸不透，不过试着办。等到她少时回来，我先说一说您对她的倾慕之意；如果她并不生气，那可就好办了，我叫您去同她谈话，我也就躲开了。"

此时芳云听着，气得站起身来，心说：鹅头小孟原来这么坏！真该杀！她竟掏出镖来要向窗外去打，可是听那于朗月说："你不躲开也无妨，我对她也没有什么背着人的话。我只要求她在省城多住几日，然后差人往伊犁请回来神剑魏老爷，家严再托出人来提亲；至于非礼之事，败人名节之事，我绝不为。实因今天我一见着了魏姑娘，便觉得仿佛前世有缘，永不能忘，何况又知道她是一位侠女，使我更是钦佩不已！"

鹅头小孟说："若不是三爷你的事，我也绝不管；我师父若是无意给女儿择配，我也不敢给这样撮合。我想，只要我师父还没有答应把女儿给那胡相公，就一定能够答应您。因为我师父虽携着女儿遍历江湖，可轻易也不愿他的姑娘抛头露面，不然为什么他的姑娘连骆驼都会骑，房也能蹿，他可不许她骑马永远叫坐车呢？就是他想把女儿许配给个读书识字有前程的人！"于朗月没言语。

芳云在屋里听了，又生气又觉得心里有点难过，她想不到世间还有像于朗月这样痴心妄想的人。他的痴心倒是很可怜，也许世间另有这么一种多情的男子；他的妄想却真可怜，凭他一个书呆子，能配得上我？尤其可气的是鹅头小孟说的那些话，将来要叫我的爸爸允婚！芳云一细想，觉得父亲实在是那样一个人，他绝看不上吴三那穷汉，八成能够应允于朗月这个请求；幸亏他没在这儿，假若他在，那可就不好办了，我做事就一点也不能由着我了，我还是赶紧走了才好！

于是她生着气，摸着了引火之物，就突然打开了火，将蜡烛点上。屋里一亮，可就把窗外的人都吓呆了。少时，鹅头小孟赶到窗前来，悄声带着笑说："小姐原来都回来啦？您把屋门开开，我跟您有点事情要商量！"芳云一点也不给他好气儿，就说："有什么事你就在外面说吧！"鹅头小孟的声音更小，更带着笑，就说："先请小姐不要生气，我才敢说！就因为白天我提说过的那位于抚台的三少爷，他一看见了小姐，简直，简直他就梦寐不忘……"芳云却怒声说："你小心点！你要是再说这话，你可知道我的镖能够隔着窗户打出！"她并未向囊中取镖，但听外面脚步之声踉跄，大概是小孟很害怕，向后没有退利落，跌坐在地下了。

又过了片时，小孟仿佛是蹲在窗户外，又向里说："那么，请小姐多在迪化住几天，等候魏老爷回来，好不好？"芳云说："我一天也不能多待！明天早晨我就走，因为我还要往南疆去追何子成！"她说出来这话，外面可就不言语了，也不知鹅头小孟跟于朗月是什么时候走的。不过芳云倒觉着这件事可笑，觉着那于朗月太傻，真是个书呆子，又可谓为情痴。她也没怎么往心里放这事，吹灭了灯便即睡眠。

次日起来时，太阳就已经升上来了，她梳洗打扮，又费了一些时间。她想吃罢早饭再起身，遂就叫店家给做菜做饭；等到端上来一看，简直是比昨天更为丰盛的酒肴一桌，她一个人绝吃不了。叫店家给算账，店家说是："抚台衙门的三相公已经开发过了！"

正说话时，鹅头小孟又来了，说："小姐不是要往南疆去吗？要骑那小骆驼可太慢了，过天山时也太不方便。现在我们给你备下了一匹好马，这是朗月三少爷花了八百两银子买来的，真正的千里驹；慢说在新疆没有第二匹，各地也都少见！"芳云一听，却忍不住出屋去看。

见院中果然有一匹马，浑身雪白，矫健绝伦，全新的鞍鞯已经备好，鞍旁并挂着一只红绸的包裹，里面大概都是当地的名产土物，这当然全是于朗月给预备的了。芳云的心里不由得有些感激，然而故意连多一眼也不看，回身就进到屋里。鹅头小孟又说："小姐莫恼，容我再说几句话。这都是朗月三少爷的一片诚意，他知道小姐要急着走，虽然心里很难过，但他不敢勉强挽留；这匹马就请小姐骑走，那匹小骆驼，只要你说出地方来，我们就能够给送去。"芳云说："不用送了，将来要有由黑沙海那边村子来拉骆驼的人，你们就交给他，没错。"

小孟"是是是"地连声答应，又说："朗月三少爷敬祝小姐一路平安，诸事顺心，并说将来若是有缘，就请小姐来迪化再会一面；若是无缘，也就算了。不过他说，他永世也不能忘了小姐，这样美貌，又侠义无双，真是古今罕有的女子。他并说'曾经沧海难为水，除却巫山不是云'，从今以后，他益坚誓不再娶妻，不用眼去瞧别人家的姑娘、小姐，我怕他早晚还要出家当和尚！"

芳云刚沉下脸来，却又忍不住要笑出来。她始终也没有表示出来什么态度，鹅头小孟又说了好几句什么"朗月三少爷……""抚台大人的公子……"她就作为是没听见，不理。饭毕，漱过了口，她便走出屋，不客气地就把宝剑挂于那马鞍之旁。小孟走过去，又递给她一根新的马鞭，她也接了到手中，遂就牵着马出店。

到了街上，她就跨上了马，稍微侧目一看，就见那位服装华贵、相貌端正文雅的于朗月恭敬地立于道旁，是特地来送别的样子。芳云的心未尝不觉着有点"过意不去"，而怜爱这个痴情的人，但她一想起吴三，却又把她的心硬起来；到底也不理，连看也不看，更不致什么谢意，挥鞭就走。

少时就出了迪化城，她更加紧挥鞭。那匹马真好，果真是侠女遇着了名马了，蹄动如飞，极快地东去；但芳云思见吴三之心更急，她还嫌这匹马慢。不到四天，她就又来到了黑沙海西，村中李家的门首。有人看见了她，都说："哎呀！回来啦，骑着马回来啦！这么好的马，小骆驼可没回来！"芳云下马就跑了进去，一到屋里，却见吴三正在这里，与李玉兰对面坐着，屋中也没有别人，二人正在谈说——可不知说的是什么。

李玉兰见她回来啦，就赶紧放下了针线的活计而站起了身。芳云却笑着说："姐姐你不想我吗？我去了这些日，你一定以为我是回不来了吧？"又转脸看那已经穿上了她亲手裁做的棉衣棉裤的吴三，见他依然是那么愁眉不展。"白长了那么高的身材，跟骆驼似的！"她就半笑半嗔地说，"得啦！你就不必再愁啦！我已经到迪化打听得千真万确，何子成是又往南疆和阗采玉并且避祸去了，把你的妹妹锦娥也带走了。我想事不宜迟，我的马在门外还没有卸下鞍鞯，你赶快也牵了你的马来，咱们当时就走；快些越过了天山到南疆，不容何子成把你妹妹带到和阗，咱们就得将他追上才好。南疆我走过，路径我多半还熟，我带着你去绝没有错，快！快些！咱们立刻就走吧！"

李玉兰说："你才回来，为什么不歇一歇呢？"芳云摇头，喘着气笑说："不！我不歇！"吴三也说："你稍等一会儿，我就去备马。"他急急地就走了。

这里李玉兰倒十分不放心似的，问说："南疆还有多远啊？天山容易过去吗？准能够追得着何子成？没有人给他保镖吗？"芳云却说："有我帮助吴三哥，办这件事情是一点也不难！"当下李玉兰就不再言语了，但似乎是有一些不大高兴的样子。芳云却不能坐下歇息，口渴得又很厉害，她就去倒茶饮水。

此时吴三回到了赵家，刚要去备马，赵老爷爷一眼看见了，就问他要往什么地方去。他回答说："为去找我的妹妹，要同着魏姑娘过天山去往和阗县。"赵老爷爷一听，就惊讶得什么似的说："哎呀，你要过天山？你知道天山上头有多么冷吗？凭你这一身薄棉袄棉裤，魏姑娘那么单薄的衣裳，就能走？现在都立冬了，我还没看见你们穿上棉鞋呢！我不能眼看着叫你们上山去冻死。无论你们有什么忙事、急事、要紧的事，也得等两天；我跟李大姑娘给你们预备好了皮衣、皮裤、棉鞋，那时才能让你们走，谁叫咱们认识了一场呢！你又是个老实人的人，我不能眼见你去冻死；要光是魏姑娘，我可犯不着管，她去冻死，那是她的命！"吴三见赵老爷爷虽是固执，但究是一片好意，自己纵然心急，也不能够不听不顾立时就走。

赵老爷爷就当作一件大事似的，当时就去找李玉兰，不到半日，弄得全村里的人也都知道了此事。村中的人都说吴三要上那姓魏的丫头的当！那个丫头妖妖娆娆的，会上墙又会使宝剑，她把吴三骗到天山上，不定是想干什么啦？大瘤子的那般朋友，一些拉骆驼的又都说："趁着魏丫头还没有走，咱们就收拾她！要不然将来她还能够回来搅咱们！"有那小气的人，就说："魏丫头必是把那小骆驼卖了，她又不知由哪里拐来了一匹马？"有的色鬼却又羡慕吴三："到底是长个子的吃香呀，她怎么不叫我陪着她走呀？"

这个时候，赵老爷爷已到了李家，连芳云也被他给拦住了。芳云见吴三都不争这一两日，自己又何必太急。说实话，自己已由迪化跑到这里，也够累的了，何况脑里又还没有忘那温文恭谨的于朗月，也实在应当休息一半天，使体力恢复恢复，使思绪清楚清楚。她就把那匹白马牵到院里，叫来那傻子，吩咐好生地替她喂着。她把于朗月送给她的那些礼物，就假说是自己在迪化买来的，分送给了李大姑娘跟赵老爷爷。这样丰富的礼物，村中的人哪里见过！因此又传开了，都说："这次魏丫头跑到迪化是发了一笔外财！"

芳云曾偷眼细细品察着吴三的容貌，她觉得一万个于朗月也比不上吴三这么一个人，因此把那抚台之子、多情的少爷的影子忘得干干净净，一点也不遗留；她只准备着像个妻子似的，服侍着吴三过那巍峨险峻的天山。

李玉兰现在是给她跟吴三找出来皮衣，给吴三找到的是李老掌柜在世时所穿的羊皮袄，是"滩羊"的，十分轻暖，面子还是缎子的呢！但玉兰还要拆改，使它务必合得吴三的躯干！送给芳云的是她自己的一件青绸子面的银鼠小皮袄，她向芳云说："我这件衣裳，你穿着也许不合适，你自己去改一改吧！"芳云说："我倒用不着什么皮衣裳！"就扔在一边，她也不预备穿。吃完了晚饭，就到幔帐里的炕上睡觉去了，她是头一沾枕，就睡着了。

二更以后，李玉兰还在灯下为吴三改做那件皮衣呢，但她时时地停针发愣，又暗暗叹息。窗外月色凄清，万籁俱寂，她的兄弟跟新弟媳也都安息了，家中再没有旁的人。但这时候忽听外面有人叩门，李玉兰吃了一惊，急忙放下了针线，先向那垂着的幔帐看了一眼，便轻轻地走了出去。她走到门前，隔着门缝，就悄悄问道："谁打门呀？"外面却说："我是吴三，你是李大姑娘吗？你也不必开门了，我只在这里跟你说几句话吧！"

李玉兰此时的心情却是欣喜中还带着惊悸，隔着门，就听吴三那粗大的声音极力地压着，说："李大姑娘！前两天我那句话你可不要介意；我说你是个能干的姑娘，令我的心服，实没有别的意思。我吴三漂流在这里，自己的妹妹自己都不能去找，要是再有心调戏你，那我可真不能算是人了！可是，李大姑娘！你那天说的话我也记住了，我愿意，真的！若能走一步运，我吴三绝不辜负你。可是若叫我长在这里，帮助你管买卖、吃闲饭，那又使我愧煞！今天白昼，我不能跟你谈话，现在我来告诉你吧！我同魏姑娘一路赴南疆，绝保无半点私情。到南疆追上何子成自难免斗一场，死了无话说；若是活着，我必定要强，找个出身，一二年后回来再见你。话说完了，你也歇息去吧！我走了！"就听咚咚的脚步声，吴三果然走了，这里李玉兰在门里不禁用衣襟拭泪。

她回到屋里，虽然眼边仍挂着泪，虽然打着哈欠，虽然灯光已暗，窗前的月色更清，她依然不息地改做那件皮衣。到半夜里，忽然帐中的芳云说梦话，还是带着笑说："你看你这个傻子！连天山你都没走过吗……我问你，你知不知道我对你的心？"李玉兰更是吃惊着。

冬夜漫漫，好容易才算过去。到了次日，李玉兰已经把一件皮袄改做好了，叫赵老爷爷给吴三送去。赵老爷爷一回到家里，却见芳云正站在吴三的屋门外向里边催着，说："不如你就在这儿享福吧！我一个人也能够过天山去追何子成，也能把你的妹妹找回来！"吴三被激得愤愤出屋就要备他的马。赵老爷爷却说："无论怎么着，你们还得在这儿歇一天。皮袄是预备好了，可是干粮还得现烙，不然你们走在路上，到哪儿买去？上了天山，不冻死也得饿死呀！"

魏芳云说："不要紧！老爷爷你不用多虑了，我们这是去办急事，并不是什么游山玩景，路上虽没有卖吃食的，可是我会去找，到了没法子的时候，我也能够用镖打死山里的野兔，我们连皮带骨囫囵着吃。天山虽说高、远，我可也走过一两回啦，到如今我也没有饿死！"

她这几句话，把这位赵老爷爷噎得无话说了，心里却叹息：好好的吴三，一定得叫你害了！吴三却也说自己去救胞妹的事急，不能再在此多留，于是他就备马，又去向村中认识的人一一辞行。芳云也回去都预备好了，就见吴三与李玉兰作别时，那二人仿佛有点依依不舍似的，她却不禁在心里讥笑。

村中人都出了门，眼望着他们的双马走去。吴三的背后赢得的是一片称赞声，说："这个人老实、忠厚，有血性！"但芳云的背后却有不少人在撇嘴，还有人向空抡拳，骂道："狐狸精！可他娘的走啦！"这也难怪，如今他二人是冲着寒风去走远路，后边马上的吴三穿着李姑娘给他的那件皮衣，头上仍戴着一顶破毡帽，就老老实实地走；而前面小白马上的魏芳云却偏逞能干，只穿着桃红色的棉袄和水绿色的绸袷裤，乌云似的发上罩着绣花的手帕也就可以的啦，她还在鬓边斜插着一支绢做的玫瑰。她在马上常回首，闪着星眸，做着嫣然的笑，说："你倒是快走呀！真是的，叫我遇见你这么个慢性的人！"吴三可是一言也不发，他似乎是故意避免着跟芳云多谈话。

由黑沙海西往南疆去走，是顺着驿道过木垒河，再到奇石县的旧城，他们一天半就走到这里了。见有一条街，有些卖吃食和用具的铺子，芳云在这里买了六斤干烙饼、三斤腊羊肉，都盛在一个竹篮里，放在鞍后，他们就向南去走；天山的山容在眼前也愈来愈清楚。这座山的顶上，无论冬夏，永远是银色的；越离着山近，气候就越寒冷，冷得芳云也不得不披上李玉兰给她的那件小皮袄了。

他们在离着山脚尚有三十余里的一个小镇上投店住宿，照例吴三是与一些商客挤在一块，叫店家给芳云腾出一间屋。半夜寒风吹来山上的积雪，沙沙地响，在这里也绝找不着炭盆，冻得吴三一夜都没睡好觉。次晨，寒气触面如刀割，此地住的客商全都起来走了，然而人家有往东的，有往西的，并没有一个往南的。他们却各自骑着马，挥鞭向正南走，紧闭着嘴，鼻孔都往出冒白气，他们就走到了山脚下。

这是天山，吴三从来没见过这样高而峰岭绵延无尽的大山，这里地下全是冰，仰面也见不到阳光，天仿佛被这座山裁去了一半。芳云却还笑着，找着了一条山路，就以鞭招呼吴三随着她向上去走。山路十分崎岖，虽不甚陡峭，可是地下太滑，马简直不能快走；顺着悬崖又刮来呼呼的寒风，风里搅着无数雪屑。吴三简直睁不开眼睛了，但见芳云拉开了纱帕，遮住了半面，依然在马上挺着身向前去走，吴三不能示弱，便紧紧随行。转过了几重山峦，越过了七八道峻岭，风势更大，芳云却哎哟一声，笑着说："这可怎么走呀？"

她把马勒住等着吴三，吴三走到前来说："魏姑娘！你为我的事这样辛苦，叫我的心里如何能安！"芳云回转过脸儿来，问说："据你说，我应当怎么办？"吴三说："魏姑娘，你已经将我带领到了这里，你帮助我到了这地步，也就够了！你可以转马回去，或再回李玉兰的家中去住！"芳云说："那又不是我的家，我去倚赖人家一辈子吗？"吴三说："你也可以去找令尊呀？"芳云不高兴地说："我不去找他，因为我爸爸他不明白我的心！"吴三又说："我一人可以由此冲风冒寒，一直过山，追上何子成，救还我胞妹，将来，有朝一日我们再能见面，我必设法报答。"芳云摇头说："我不稀罕！"吴三又说："因为你是一位女侠，我是个男子，将来再见面时，利益所限，也许我们不能交谈一句。可是我吴三，连我的胞妹带妹夫，敢说终身难忘姑娘的大德！"他这话却使芳云难过，又有些生气，她就说："你不用管！你走你的，我走我的，我到南疆去也有我自己的事！"吴三说："那么姑娘你可以慢慢地走，我的心急，我得急行！"芳云简直要哭出来，说："好啦好啦！咱们就分开吧！"说着话她就把马后的竹篮摘下，向着吴三一摔，干馕跟腊肉洒了一山路，芳云却扬鞭催马含怒地走去了。吴三还不知她是为何发怒呢，就下马来，一个一个地向篮里拾那些食物。

寒风更紧，芳云已骑着马又过了一重山岭，她原希望吴三追她来解释、央求，谁料那个硬汉子，傻人，在后面竟一点影儿也不见了，她也犯不上又回去。好在只是这一股山路，自己走出了山口再等着他，也准能够见面，于是就策着马慢慢行走。越走山越深，岭越高，她又觉得饥饿，可是干粮全没剩下，她只好快些前行。走到一座空谷之中，记得早先这里有石头盖成的屋子，住着三四户猎户，但如今只剩下几堆乱石，人家都不知移往哪里去了。她又向前去走，同时想，像吴三那样的傻人，我怎样才能够使他明白我的心呢？话又不能由我自己说出！因此心中又很感痛苦。

她惘然前行，不知又走了多远多高，可是竟于山路上的残雪坚冰之间看见了许多人的脚迹。她吃了一惊，暗道："莫非这附近住着人吗？天也不早了，我应当去投宿了！"于是一边张望着一边走，忽听高处有人叫了一声："呔！骑马的！你是干什么的？"

芳云抬头一看，见是一块连着山峰的大石之上站着一个人，穿着也不知说一种什么皮的破袄，脸上泥污得难看极了，手中拿着一口生着铁锈的刀，发威地说："下来！下来！哪里来的娘儿们？有什么东西都快拿出来！免得叫老爷费事！"芳云心中气极了，暗自说，这么荒凉的山里还有你这样的穷贼？竟敢来劫我？这可真是找死！"于是就说："你等一等，我把金银掏了出来就都给你！"说着探手于镖囊之内，掏了出来，就扬手打去。上面的贼人哎呀一声叫喊，身子就跌倒在山石上了，那口刀却当啷啷落在山道之上，芳云心中才出了一点气，却听得咕咚咕咚由更高之处掷下来了许多的石块，原来那更高之处，还有贼人。

芳云就也不暇再仰面去瞧，只催着马快走，躲开了那纷纷的乱石；同时她抽出了宝剑，才又走过了半重山岭，见眼前有七八个强盗齐抢兵刀将她挡住了。她愤怒地舞起了宝剑，向前直冲，然而前面忽有人大声喊说："不要乱动手！让我来吧！我跟她是熟人！"芳云也突然将马勒住，一看，见原来是望乡镇的店中曾相遇，黑沙海里也交过锋的那个短小精悍的盗贼秦雄。芳云哪里惧他，就喊一声："好！原来是你在这里了！"

那秦雄现在双手持的是一对闪闪发光的护手钩，先把他旁边的几个穷强盗驱开，就说："姑娘！你的本事可也真算不小，想不到我们在此相遇。这么冷的天，你也能到这里来了，姑娘先容我跟你说几句话吧！"

芳云就瞪着眼睛说："说什么？你就自管快说吧！"

秦雄一见姑娘的这番怒容，怒中带着美，气里更显着俏，他又有一些销魂似的，就叹了一口气，说："在黑沙海里你已受伤，我都没对你发出什么歹意，后来你骂了我，我就去了，可见我不是个没脸的人！"

芳云说："有脸你会在这儿当强盗？"

秦雄摇头说："我没有当！我跟我那几个伙伴张八、崔九、小狐狸、大野猫，全都分散了。那天在沙漠里劫骆驼，是我最后的一回，以后我就洗了手啦；可是我又没有地方去住，只好到这深山里。这几个人都是被我打服了的，我只借他们的地方住，却不帮助他们劫人。"

芳云说："那，今天你为什么又帮助他们来劫我？"秦雄仿佛被问住了，有点惭愧，但又说："我实告诉你吧！我是个穷小子！一边得到处找饭吃，一边我还要练学剑武门，我想你再斗一场！"芳云说："就斗吧！"秦雄又说："我剑还没有学好，双钩可是我本来的武艺，今天请姑娘留点神，我秦雄可要对你不客气了！"

芳云真是气，就说："我最恨你这种脸皮厚的人，我跟你本来不认识，以前我还疑惑你是何子成的人，现在我才知道,你还不配叫他雇帮助他作恶呢！谁有闲工夫跟你斗打？我管你使刀还是使钩？反正你是贼！今天我见了你就不能够叫你活！"说着催马向前，抢剑向秦雄就砍。

秦雄也怒了，立时就以双钩相迎。双钩本来是一种最厉害的东西，两面是刃，等于宝剑，上边是钩，可以钩压对方的兵刃，下边是戟形的护手，别人不能伤他。柄下又尖锐，等于持着短刀，而且是两把，分持在左右手，相互呼应着来杀，比刀剑紧凑凶猛而且难防。

当下他与芳云交手了十余合，一点不觉力弱，芳云那狠毒的剑法也不能施展。芳云可认识了出来，他使用的是一种名曰"雪片钩"的钩法，拉、锁、带、拿、拴、捉，颇称熟练，并可以看出他是急于要将芳云钩下马来。芳云却不禁冷笑，心说：天都晚了，谁有工夫来跟你瞎斗？遂就转剑法，抢剑急砍了几下，秦雄才向旁边一闪，她就催着马跃了过去。那几个穷盗贼齐迎着头截她，她却掏出镖来，连发两支，就有两个贼又中镖倒地。

她头也不回，催马急走。然而当她向岭下去的时候，后面的人在上面又投下来石块，她的马就中了一石，把蹄子掀起，芳云就跌下马来。然而她只是蹲下了，身躯一挺，随即又站起，并且掏出镖来，又向上飞了一镖。她囊中的镖已不足五支了，就舍不得再打，同时那秦雄站在上面举起双钩，口中虽直喊叫，却也没有往下来追，她就不便再去争斗，跑下岭来，先抓住马再骑上，然后缓了口气，便寻找着路径又向前去走。

这时的天色已近黄昏了，山中气候更冷，风从山头刮来那些积雪，一团一团地向她打来，比那贼人们投的石块更是难防。她把小皮袄的纽扣全都扣上，但也御不住寒风。腹中既饿，口里又渴，身体更疲倦，马也怯于前行了。山中只是乱石乱雪，树都少，草也全无，没有一声鸦鸣雀叫，更看不见一点灯光、一个人形。只有那风是愈刮愈大愈猛，呼呼地响着，极为可怖，有如虎啸狼嗥。芳云收了剑，用袖子遮住了脸，她真已支持不住了，然而她的心头仍是充满着酸苦热情的，她更是不放心吴三，暗想：那个傻子，不知他这时在后边干什么了？也许他已遇着了秦雄那群强盗，已被害死了吧。

在寒风里、深山中，她徘徊了一夜，一夜也没有下马，马也没有停蹄。到次日她才无意之中闯出了山口。这时太阳已高升，天山之南的天气确实暖和得多，她身上的小皮袄又穿不住了，她觉得鬓边用手一摸就是一些尘土，玫瑰花也不知丢在哪里了，自己的样子不定如何难看了，饥困得她的两眼都睁不开，马也累得抬不起头来了，茫茫的大地，她又向前去走。

走了又十余里，才看见有树木、田亩和茅庐，原来这里是有些汉人，都是自他省移来的，在这里筑了房屋，开辟了田亩，利用春夏之交山上流下来的融化的雪水，灌溉田地，所以这里的人家都很殷实。芳云来到，他们是非常的欢迎，芳云就住在一户人家里。这里的人给她烧洗脸水，做饭，喂马。

芳云吃完了饭，就在人家的一位老太婆的屋里歇着，老太婆在炕头闭着眼睛念观音咒，她却叫这家的男人给她在门前注意着，有没有骑着马的长身汉子从北边来。托付完毕，她就身盖着小皮袄卧在炕里，不知不觉地就睡去了。这家的男人喂过了马，就在门前闲坐着。天过正午的时候，果然见由北边来了两匹马，是相并着走；右边的那个人真是身体硕长，可是随行的那短小汉子，鞍边挂着一对护手钩，那种神色跟相貌很令这人家的农人害怕，所以就没当时跑回去告诉芳云。

直到傍晚时，芳云醒来起来了，才知道吴三已经走过去了，并且一听随着吴三的那人年貌，分明就是盗贼秦雄，这使得芳云既惊且恨。匆匆地用毕了晚饭，留下了银两，给这家人作为酬谢，她就骑着那匹也歇息够了而精神活泼的小白马，冲着暮色向南去追。她倒要明白明白吴三和秦雄为什么会在一起。

此时吴三与秦雄已在前面六十里地之外投店住下。原来那秦雄是因为与芳云争斗了一场，结果被芳云走去，白伤了几个山中的强盗，那些强盗本来都在后岭的石窟里住，都是猎户，有的活了二三十岁了也没出过山。他们的生机艰难，又都不知道王法，没见过外人，所以什么事情他们都做，没想到今天竟吃了这个大亏。连他们所敬为"大豪杰"的这使护手钩的秦雄，也没有一点办法，他们就对秦雄有怨言了。秦雄也自觉得惭愧，而且烦恼，正站在山道旁跟那些人讲话，说："你们不要忙，早晚我必定替你们做档子好买卖！"不料北边又有人来了，也是骑着马的，他就抡双钩率领众盗向前去劫，抬头细细一看，他可就更是惊讶。

这马上的人原来正是秦雄的义兄吴三，当年他们同在河东，肝胆相交，道义相助，真如同胞的弟兄一样。后来吴三且将胞妹锦娥许配于他，他本来是发奋要强，想找个正当的出身，安排一个美满的家庭，不料就因恶霸赵阎王垂涎锦娥的貌美，强要娶她作妾，因此秦雄才被逼闯祸，逃到新疆这遥远的地方来；离开了他的义兄和未婚妻，并且流落新疆。今日此时，他做梦也想不到会能与吴三见面。

吴三的身长，他容易认得，吴三可都不认得他了，拔出刀来下马就要与他们斗，并厉声骂道："狗强盗！你们竟敢在这里劫人？"秦雄却扔了双钩，叫了声"大哥"，随即跪倒。吴三却更是惊异，认明了是秦雄，就一手拉他起来，别的话全都不向他问，只问他现在住在什么地方。秦雄回答说是住在这几个贼人的家里，也就是岭后的石窟里。吴三当时就叫他领着到了那里，一看，这里的石窟住着的人也都有老小，洞里边放着猎户的用具，还有打来的兔子肉跟野狼的皮。吴三对秦雄面色才稍见缓和，但是秦雄刚要跟他说话，就被他怒声止住了，他说："现在什么话也不用说！出了山，我再细问你！"秦雄吓得也不敢再言语了。当夜，吴三只在这里的石窟内避了一夜的风，连一碗水他也没喝。这里的盗贼因为他的身躯高大，又见连秦雄都这样怕，便都更是畏惧，都躲着他。

次日吴三晓得秦雄有马寄在这里，便叫秦雄备好了，随着他去走。秦雄也就贴耳顺服，离开了盗窟，领着吴三出山。二人并马向南去走，秦雄时时偷眼看着他的义兄，希望吴三跟他说几句话，甚至于命他去死，他也就能够当时自尽，可是吴三对他就简直不理。他的心里更愧了，更难过，而且不明白吴三为什么一个人到这里来。莫非把锦娥留着河东？或者锦娥已经死了吗？话堵在他的喉间，他却不敢发言去问。

此时吴三的心里也有许多的话想说，却不知先说哪一句才好。他的心里比秦雄更难过，秦雄太使他失望了，他因为听人说秦雄在伊犁做买卖，虽不是什么大买卖，可是已走入了正路。他才不辞辛苦，翻山跋涉，把妹妹送到这里来想要就亲。如今，可是妹妹已经被何子成抢去了，但即便没有被抢去，这秦雄实在已不配做自己的妹夫了。更难过的是，自己多年诚心与他相交，把他当作了一个好汉，谁晓得他却是这样没有出息的人！

在路上既不闲谈，两匹马只管向南去走，所以觉得很快，当日晚间他们便来到了"吐鲁番"地面，这里是天山南麓最繁华的地方，有回汉二城，汉城名曰"广安县"，有两条热闹的大街，开设着许多的商铺。他们来到北关，天色就已黑了，可是店房里还正忙乱着，店伙招待来投宿的客人，唱曲的来这里找主顾，什么卖羊头肉卖馒头的小贩也在院里嚷嚷。吴三找了一间店房，与秦雄同去歇息。他只叫店家沏了一壶茶，吃那干馕和腊羊肉。秦雄如一个做了错事的儿子似的站在一旁，连头都不敢抬起。

　　半天，灯已点上，吴三忽然看了看他，就发出一声叹息，说："兄弟，你叫我说你什么！我原以为你是在伊犁做买卖了，谁料到你却在天山中为盗！唉！"秦雄把头低得更向下了，小声地说："我实在是无法！因为跑到新疆来，想不出一点生计，我就——唉，但我现在已改悔前非了！"

　　吴三不理他这话，却又问说："你知道这次我来，是带着锦娥吗？"秦雄吃惊说："是吗？那么她现在哪里？"吴三见问，也面现惭愧之色，说："被人骗去了，抢去了，如今生死还都难说，不过知道她是被人给带到南疆去了！"

　　秦雄突然昂起头来，握着拳头，恨恨地说："咱们兄弟来到新疆，岂能受这样的侮辱？大哥你快告诉我，锦娥现在什么地方，是被哪一个小看我们的人抢了去的？"吴三说："是被何子成抢去的，但也怪我，交友不慎！"秦雄听了益发吃惊，因为何子成之名，似曾听那个侠女说过。当时，芳云的丽容又在他的脑中一闪，他觉得丢失了未婚妻真是多报应，该当！自己为什么来到新疆不务正途，见了那位侠女还废寝忘食地迷恋了多日？

　　旁边吴三又有头有尾地叙述了锦娥丢失，以及魏芳云帮助自己来南疆寻她的详细之事。秦雄于忏悔中加上愤恨，又加上感激，他觉得魏芳云真不愧一位女侠，人家为去救自己的未婚妻受尽了千辛万苦，自己反倒三次与人家为难，调戏人家，梦想人家，这岂不是恩将仇报，禽兽不如！这种悔恨之情，使他心中更加难过，可是又不能对吴三表明。

此时吴三就又叹息着说："在天山里，因为我无意中说话得罪了魏姑娘，她就生着气走了。她是有本领的人，走在什么地方都不要紧，我们倒尽可放心；只是锦娥，我怕等我们捉住了何子成之时，她也许就已经死了！"秦雄在旁听着，不发一言，脸色却是十分阴惨。

第四回　铁腕上的胭脂印

　　当下，吴三也不再说什么了，只向秦雄拂拂手，表示叫他睡觉去吧。秦雄就走到炕旁，一倒身就头向着里睡去了。吴三又在灯旁闷坐了些时，叹了口气，便也就寝。次晨吴三起来却已不见了秦雄，赶紧叫来了店家询问，据店家说："天色还未明时，那位客人就起来，自己到棚下去备了马，带着他的双钩走了！"吴三听了，不由得一惊，想秦雄必因羞愧愤怒，而急着奔赴和阗去了，他去了必然不顾一切，就去拼命。何子成有镖师南疆虎保护着，而那个人又必极为难惹，秦雄去了，未必能抵得过。于是吴三就付清了店账，赶忙备马出店，离开了吐鲁番的汉城，再往南去。

　　离着背后的天山已渐远，天气也渐渐地热，跟新秋的天气差不多，大地上遍生着蒿草，那些游牧的人们在此畜养几千万匹的牛马，牛在草里一群一群地吼叫，马在山岗上乱纷纷地跑着。有的地方还有野生的葡萄，那羽状的绿叶弥漫无边，也不搭着架，就随便任凭行路的人采着解渴。那些葡萄多半是浅绿色的，一串一串，晶莹可爱，行路的人还有把篮子装满，把包袱压得提不动，却也没有人来管。吴三觉着这里的风俗很是奇异，他只是策马前行，并不拾取路旁的一点东西。他顺着驿道行去，沿途的费用他极为俭省，可怎奈他身边的钱本来就不多，而南疆的路程又太遥远了。

走了八天，过了天山的支脉那林喀拉山，又过了库尔车，来到了焉耆县，可是离着和阗还极远。焉耆县这个地方，既产名马，又出宝刀，靠近着博斯河。因为离着沙漠也很近，所以气候十分寒冷。吴三这时腰间就已没有一文钱了，未追上秦雄，未擒获何子成，也未救回来胞妹，他的刀跟马无论如何是不能当卖的。他只好脱下来身上的那件皮袄，插了一根草标儿，就在街上卖，他也不曾争价钱，结果被一本地的商人只出了三两银子零一串钱，就给买了过去。当他把这件皮袄交给人的时候，他想起来这不但是李玉兰赠送的，还是她一夜给拆改做好了的，如今真辜负她的一片心了，叹息着。在黄昏暮色之下，他找了家店房便去投宿，跟无数的人都挤在一间大房内，车也在屋里，杂乱的行李跟别人的货物也在屋里。他的身子又长，连躺着的地方也没有，只靠着土壁坐了一夜，可是他睡得很沉，也不知睡到什么时候，忽然被人给推醒了，他就揉了揉眼睛睁开一看，只见那件皮袄，还有几块银子，全都放在他的眼前。

旁边的客人们都正在睡得沉，有的坐着，有的卧着，呼噜呼噜的鼾声，乱七八糟的呓语，咬牙，放屁，各种声音和气味，无不应有尽有。有的人身旁还燃着烟灯，那暗淡的光照着屋中的一切情形，然而，是谁推醒的吴三呢？却已看不见了，纸窗，蓬户，被外面的风撼得沙沙地响。

待了会儿，院中就有鸡啼了，原来天色已经黎明。吴三收拾了银两，拿着这件皮袄反复地看，见正是昨天卖去了的那一件，但怎么又返还来了呢？莫非昨天买去我的衣裳那人是位侠客，他看出来我是条好汉，怜我的困顿？或是他查出那皮袄上有可敬的姑娘的针线痕迹？所以他才不忍得要，才趁着深夜返还，并且资助我路费；他又施恩不望报，因此才推醒了我，他便走了？——吴三就这样想这样相信了，觉得新疆这地方确实也有不少的好人，可是我受了别人的这许多恩德，将来若不能报答，岂不令我愧煞！

他不能够再睡了，看得窗纸的颜色又发白了一些，他就起来，到院中自己去备马。少时给了店钱，他就离开了焉耆县又往南走，行二日便到了塔里木河的北岸。这道河是南疆最大的川流，河水激荡滚涌但船只绝无。吴三就沿岸向西去走，走了有一天多，才到了一个市镇，这里也有街道，有店房，往来的车马极多。吴三看见几辆车的上面插着镖旗，他就过去找着个人打听，知道这是兰州"龙家镖店"的镖车，保的是和阗县知县的家眷，吴三就心中甚喜，说："我也要往和阗县去，咱们搭个伴走吧？"

这个跟他谈话的人却说："我既不是保镖的，也不是跟官的，我做不了主。你要想搭伴走，你先跟他们去商量商量，吴老爷的家眷在这店里边啦。管事的人叫毛大爷，他若不答应，我们不敢带着你；要不你就跟那两个保镖的商量去，他们一个姓崔，一个姓尹，正在对过那酒铺里呢。"吴三却想：不必跟他们去说明，只消他们走时我也走，他们歇我也歇，便可以不至于迷路而一直走到和阗。

此时天色已经不早了，这几辆官车和镖车也是正往里边卸。吴三到旁边的店里去找房子，可是附近的店现在都因为那边住着官眷，又有镖头的嘱咐，都不愿收留单身的客人。他找了半天也没有找着个住处，心中既急，又渴又饿，牵着马徘徊在街头。天色已经快黑了，两旁的铺户只有那酒铺里还灯光照耀、人语噪杂，他叹了口气，就将马拴于那门前的桩上，走进了酒铺。

这酒铺里，人乱哄哄，有的在吃，有的在喝，有的是吃着喝着还大谈。屋子本来就低，吴三进来，头就顶着顶棚了，惹得旁边的人全扭头看，还有人说："喝！这大高个子！"堂倌见吴三穿的皮袄很阔，就让他到了里首，在一张桌旁坐下。堂倌就把这张桌子擦得发亮，然后急忙去拿酒菜，一小碟一小碟，足摆了有十几个碟子，什么酱羊肉、炖马脯、盐蚕豆、腌萝卜、菜豆腐等等，然后就问吴三要喝什么酒，是喝白干还是喝黄酒？吴三却摇摇头说："都不要！你们这里有锅饼吗？"

堂倌却勉强地笑着说："这儿可不预备那些粗吃食，有的只是馒头跟羊肉包子。"吴三说："那你们一定卖得都很贵？"堂倌冷笑了笑，说："我们这家铺子是这安乐镇上最出名的买卖。你再往南，得走二十多天的大沙漠，往北也是些荒地，除了您过天山到了迪化，再也找不着我们这样儿的一个买卖了。我们的总号也是在迪化，这儿是分号，向来南来北往的达官、大掌柜们，一到了我们这儿，就得照顾一回。"

吴三点头说："我也看出来，你们这儿的买卖不错。"堂倌说："不但不错，来我们这儿照顾的一些老爷们吃吃喝喝，还都从来没计较过钱，你瞧那边……"他怒了努嘴说："那边的两位是保护和阗县太爷眷口的，那位师傅，您瞧瞧人家，再瞧瞧这个桌上。"他笑了笑，又说："来到我们这儿的人没有光吃饭不喝酒的。"吴三觉得这堂倌直是辱骂了他，心中十分生气，但又不得不忍，就说："好吧！来一点酒！越少越好，既然没有锅饼跟烙馍，就来，来馒头吧！"堂倌才转身走开。

这里吴三没有好气，扭头看了看那两个保镖的人，见都是衣服整齐，神情昂然，腰间都别着刀子，可是脸都红中透着紫，早就都喝醉了，可是二人仍旧在喝。又待了一会儿，见这两个人都起身来招呼，叫道："毛大爷！我们等候了半天，你怎么这时候才来？菜可都没给你留！"外面进来的这人是个"跟官的"打扮，虽然穿着灰布衣服，可是羔子的皮袍，可见是很讲究，在"老爷"的跟前一定是很得信任。这人年约四旬，脸很瘦，眼睛虽小而闪闪发光，鼻子是勾形的，如同雕隼的嘴，带着笑走进来，就向那二人说："不要紧！菜没了咱们再另叫。"摇晃着身子走了过去，就拿筷子敲碟子，嗒嗒嗒地直响，叫着："堂倌！堂倌！"那两个镖头也捶着桌子怒喊："堂倌！堂倌！"堂倌此时却正给吴三送来馒头跟酒。

这堂倌一个人顾不过来两边的事，那边的两个镖头可就气了，都站起来，要过来打这个堂倌，吴三倒赶紧说："我这里你不用管了，你快点到那边去伺候吧!"他推着堂倌快往那边去。那边有一个紫脸凹鼻子的镖头，还气犹未息，咚地就给了堂倌的胸口一拳，骂道："你做买卖的是挑着人伺候吗?看俺像没钱的吗?"还要用脚去踹，吴三便忙走过去劝解。他说的话十分客气，劝这镖头不要跟一个做堂倌的一般见识，这凹鼻子的镖头把他瞪了一眼，才算止住了手，但全屋里的人此时莫不对吴三注意了。

那堂倌依然坐在地下了，吴三用手搀扶他起来，这堂倌痛得还鼻涕眼泪都直往下流，腰都直不起来，走也走不动。吴三仍搀着他，慢慢走到了柜台旁边要叫他坐下来，歇一歇，却不料这堂倌就把头一低，哇的一声，一口鲜血咳在地上。旁边喝酒的人全都大惊，但那边的两个镖头和那"毛大爷"却饮得吃得正高兴，掌柜的只得亲自过去殷勤地伺候他们。这里吴三不由就把面色一变，扭着头，眼向那边瞪着；依着他自己的性情，就不能任凭那凹鼻子的镖头将这个堂倌打得这么重，但现在可有什么法子呢? 自己今晚连睡觉的地方都没有，还跟人家惹什么气呀? 所以他就把这堂倌放在板凳上，自己回到座位去吃馒头。

屋中的一般客人这时都不大谈话了，用完了酒菜，就付了钱赶紧走了。那掌柜的刚在这张桌旁算毕了账，又得跑到那边去收钱，忙个不休。那两个镖头跟那名唤毛大爷的还要酒，添菜，十分频繁，掌柜的应声稍迟了一些，那边就咚咚地擂桌子，暴躁地大骂。吴三此刻已经拿定了主意，只要那个镖头连这掌柜的也打，他可就不能够再看着了，非得把那两个人管教一番不可。幸亏，这个掌柜的到底不愧为掌柜的，手脚儿敏捷，嘴耳都快，东照看，西答应，一会儿全都照顾得周到了。

酒客已都散去，只留下了那边的三个人，都跟醉老虎一般。还有这边的吴三，虽然已吃饱了，可是因无处可去，还不得不坐在这里。又待了片时，那边的毛大爷说是附近有一家"花烟馆"，里边有个娘儿们是这沙漠边的一朵野花儿，很是有名。当下说得那两只醉虎、镖头，全都更高兴起来，哈哈大笑，也没付酒账，他们就一同歪歪斜斜、推推拉拉、嘻嘻哈哈地都走了。屋中只留下了吴三一个，他这才向掌柜的商量着，要在此寄宿一宵的话。

他说明了自己在此投店不着之意，并说自己是要往和阗县去寻找一个人，自己确实是个规矩本分的人，只在此寄宿一宵，明天一早必走，还要给几个钱作为店资。这酒铺的掌柜的为难了半天，就说："给钱不给钱倒不是要紧的，我们这酒铺也时常留客人住，可是对门店里就住的是县太爷的家眷。"

吴三不由得有点愤然说："知县不过是个七品官职，他的家眷住在什么地方，就能使得客店酒家都不敢留往来的人吗？"

掌柜的却咋舌地说："知县的官在别的省份不算什么，可是一来到新疆，就大得不得了啦！何况对门住的这位吴太爷的家眷，人口又多，两个镖头又都横，他们那个管事的人毛大爷更是……"

吴三就说："我实因没地方住了，才想在你们这里寄宿，难道还能够给你们惹下什么是非吗？"

这时候那扒在柜台上的受伤的堂倌，却央求他的掌柜，说："就留下这位客人在咱们这儿住下吧！"掌柜的又想了一想，才点了头，但是这里可没有地方寄存马匹，马仍然得在外面系着，吴三就找了些生炉子用的干草，又端了一盆水，出门去喂马。门外的天色已经黑了，冷风嗖嗖，街上没有一个人，对面的店门也将大门关上了。吴三就将马在桩上又系得牢固一些，他便又进来，于是掌柜的就关门、熄灯，叫吴三在外屋将桌子连在一块，就睡觉。

这酒铺里只有三个人，一是这掌柜的；二是那先前对吴三很倨傲，这时又很感激他的那个受了伤的堂倌；三就是一个专管做各样酒菜的厨子，早就睡着了。至街上的更鼓敲过了三更以后，吴三仍是不能入梦，听见了门外的马还打嘟噜，跺蹄子，他就放心；若是半天听不见什么动静，他就疑心马是被人盗走了。可是至天色将明的时候，他听见外面吧吧吧有几声鞭子的声音，同时又听他那匹马在门外嘶叫。吴三急忙翻身起来，同时抄刀，把门开开；刚一出屋子，就见一条人影往南跑去，少时又听见蹄声嘚嘚，很轻缓地就消失了，自己的马仍然在桩上拴着未动。

冷风愈烈，天色微明，而对门的店里却有许多人乱嚷嚷起来，不知是什么事，颇使吴三惊异；而这时那酒铺掌柜的又在里边咳嗽，吴三就赶紧进来，轻轻地又将屋门关上，慢慢地再躺下了身，可是他更睡不着了。直到天明，门外的行人渐渐多了，马蹄声、车轮声也纷乱了起来，更有不少人在纷纷谈话。吴三只注意去听，听出来原来是对门店中住的那个镖头，在今天黎明之时，丢失了一只耳朵，现在那人已昏晕过去了。吴三听了，就更为惊异，觉得这暗中必定有一位侠客高人。

酒铺很晚才把门开开，那掌柜的现在对吴三是又害怕又敬仰，直催着劝着他快些走；那堂倌是更感激而更慌张，他们认定吴三就是今天黎明时在对门店房里削掉了那个姓崔的镖头一只耳朵的人，他们就称呼吴三为"侠客"。那掌柜的怕吴三的盘缠不够，还要拿出钱来送他，弄得吴三倒有些莫名其妙了。因为自己觉得那匹马拴在门外桩上，很叫人注意，所以他就收拾了随身的东西，并匆匆开发了昨晚用的酒饭钱。他就向掌柜的跟那堂倌都拱拱手，说声："再会吧！"他出了酒铺解下马来，就忙忙地走了。

顺着大道沿着河岸又往西去走了不远，便望着了渡口，于是他在那边就渡河往南，一直走进了大沙漠。他走进这沙漠中，觉得与那黑沙海有些不同，因为那里的沙是发黑色的，这里的沙却有些发白；沙岗起伏，一望无边，人迹绝无，景况是更为阴惨。什么水、草、干粮，他都一点也没有预备。他原想这至多也就同黑沙海一样，快些走上一天，一定就可以渡过了；却不料走了许多时，天上又阴云密布，也不知是过了正午没有，但觉得越走越没有尽头，同时风也渐渐猛烈了起来。这可又与山里的风不同，这风中卷着无数的沙石，都打在他的脸上，他睁不开眼，也抬不起头，可是他依然挥鞭策着马去走。那匹马冒着风沙向前奔驰，走了又不知有多远，马就昂首长嘶，然而它的嘶叫也难为吴三所听见，后来它就向前一蹶，两只前蹄全都跪倒了。幸因吴三的身体利落，赶紧就跳下马来，可是禁不住一阵大风，把他那铁铸一般的身躯吹得都有点摇晃；他就蹲了下去，待了许多的时间，他才缓过来气。

那阵大风虽已刮过去了，他的两脚却未埋在沙里；再看那匹马，四条腿都跪着埋在沙中。他赶紧拿手扫去了头上落下的沙子，又抖抖衣裤，然后先拔出自己的两腿来，再将马也搀起，叫马又歇了半天。他也不敢骑了，就牵着向前去走，但这广大的沙漠，他用脚去走，更是走不到边涯。

不多时天色就黑了，在大漠中仰面去看，连一颗星也没有。他此时倒不觉得饿，可是口渴得实在厉害，马在先前还嘶叫，越叫越无声。他勉力前行，直走到天色漆黑，他已精疲力尽，这才连马都卧倒在地下，就将大漠作为了旅店。但风未停，水和干粮一点也不能寻到。好容易才过了这一夜，天色微明时，他起来牵着马又往下走。又勉强走了一天，仍然未遇着一个人，未得到一滴水，他跟马都如同得了大病一般，齐卧倒于地上。

吴三现在走的这沙漠，在新疆本地的人呼为"大戈壁"，番名叫作"塔克拉玛干"，是本省最大的沙漠；东西长六千多里，南北的最长之处也得走两三个月，甚至一百多天，从古至今可以说绝无人走过。但中间流着一道"和阗河"，河的东西两岸都是沃土，都有耕种的人家和驿站。可是吴三他不知道，其实他要是横着向西去走，走不到二十里地就可以望着那道河了，但是他只知道直走，所以越走越没有尽头。如今他才走了两日夜，他就渴得，饿得，连他带马全都起不来了，卧在风沙之中，连眼都不能够睁开。

也不知又过了多少时候，他忽觉得身旁有人，又觉得身旁的那马也在动了，他就问说："是谁呀？"并哀求着说："救命呀！"就又觉得有清凉而甘甜的水，灌进了他的干渴的喉中。他就赶紧张着大嘴咕嘟咕嘟地饮下，有些水都灌在他的鼻子里，他一连打了几个喷嚏，忽就听眼前有人噗嗤的一声笑，并温和地拉了拉他的手，还清脆地说："一直冲着你的刀尖儿去走！"他长长地缓了口气，也一时答不出话来，忽然眼前这个人把手夺开，仿佛就不见了。

他用力地睁开了两眼，见天色漆黑，伸手不见掌，也不知救活了他的那个人是谁。他这时可以说是更生了，精神渐渐地长起，只是还有些饿，所以站起来觉着两腿发软。又过了些时，天就亮了。他隐隐看出那匹马也站起来了，马的旁边还扔着一只很大的牛皮口袋，里边装的大概是水。他饮完了，又饮完了马；人家还把那水袋口儿系紧了，给他留在这里才走的。吴三真感激那位救命的恩人，惊人的奇侠。

他又细细地看着，自己的马上本有一只空的竹篮，但此时的篮里竟放着一只羊腿。他过去拿起来就啃着吃，还是盐水煮熟了的，虽然上面沾了许多沙粒，他也不顾得，就吃着来解饿。同时又见沙地上端端正正地摆着自己的那口刀，刀尖儿所指的方向，虽然还辨别不出是东是西，还是南北，但他忆来起刚才耳边的那句话："一直冲着你的刀尖儿去走！"这是领路之意，是救人救到底之意，但是又一细想，就仿佛那一句话的声音是很熟，很清脆，似是女子的语声。吴三一想到这儿，不禁惊讶了，心想：莫不是魏姑娘吗？但又想：绝不能够是她，她在黑沙漠里都曾跌伤过腿，如何能有这样大的本事，这样高的武艺，到这里来？这一定是另一个人。他叹了口气。

此时天光已经大亮了，他就要去牵马，但忽然发现自己左手上有一抹娇红色的胭脂痕迹。吴三想着：这一定是那个人救我的时候，灌下水去叫我饮，同时水也流在她的手上；她又用手一拉我的手，所以她手上的胭脂也就染在我的手上了。手上既有胭脂，自然是个女子了，而且必是个最好打扮的艳丽女子。于是吴三不由忆起芳云的容貌，觉得芳云的脸上确实是常擦胭脂，擦胭脂时手上也必染红，那么一定就是了。连第一次将皮袄送还，并贻我银两；第二次在那里削了那镖头的一只耳朵，必定也是她了；但是……吴三总不相信魏芳云会有这样大的能耐。他将皮袄上沾的沙子抖了一抖之后，忽然因这件皮袄又想起来李玉兰那一幅端重的影子，又把芳云那风流的模样在他的脑中打消了。他更断定这不是芳云，而假定是芳云，那芳云也只是可钦佩，值得感谢的一位女侠，并不是可以爱慕的女人。

当下吴三收束了东西，就拾起刀来，牵着马，向着那指定的方向走去，因为马虽不渴了，可是还没喂什么草料，所以走起来还是不快，如此行了多时，他忽然就看见了田野和人家的土屋，并有一道河流曲折如带，在眼前荡漾着，他就不禁惊喜，心中却又懊悔说："我可真是傻子了，这里本来有河有人家，我却不知道往这边来走，只管在那沙漠里来回转，真是傻子，无用！"他来到河边，进了个村落，见这里的人家很多，还都是很殷实之家。这里的人看他这个样子，就晓得他是在大沙漠里走迷了路的，于是就有人把他让到家里，他的马匹也有人去给喂。他在这人家是洗了脸，并吃过两碗小米粥，又睡了一个觉，他的精神和体力已完全缓过来了，就跟这人家的兄弟二人闲谈。

这里兄弟二人都是由肃州迁来的，在此务农为业，都有了一群子女，生活颇为快乐。他们就说那大沙漠时常有人迷路，不过观音老母也常在那里显圣，救渡生灵，所以又常有人从那里边渴饿得都快死了，一来到这里可又活了。听了此话，吴三又泛想了半天，他觉得观音老母显圣之事，也许是有的，但救了自己的那人，一定不是神灵，而必定是人，还必是个女人。或者在那沙漠中原来就有一位专救人危难的女侠，那女侠的仁心、奇技在神剑魏之上，尤非魏云芳所能企及，这也许是有的。他暗暗地感念，而长长地叹气，当下他就问这里离着和阗县尚有多远，是不是曾有一位巨商何子成由这里走过。这里的兄弟二人全都点头说："不错！何财东是五天前由这儿走过去的!"

这话是那个兄弟说的,他的哥哥还瞪了他一眼,意思是不叫他再往下说了;然而这个当兄弟的却兴高采烈,一提起何财东来他就羡慕不止。他说:"人家那才真叫有钱哪!向来到和阗县采玉的人,全都是那些个穷蛋,哪有大掌柜的亲自出马去采玉的啊!可是人家何财东,也许是一半想到南疆来玩玩,车就有四辆,马更是七八匹,连伙计带保镖有十三四个人,还带着娘儿们……"

吴三听到这里,就赶紧插言问说:"怎么?何子成去采玉,他还带着妇女?"这个兄弟就说:"可不是!有钱的大掌柜无论走在哪儿,也得带着老婆,为的是怕在路上寂寞。可是这次何掌柜带着家眷,他真受了家眷的累了,听说他那个女人才十几岁,是新买的,一来到南疆就病了,病到这儿可就不能走了。在我们这村里住了有八九天,那女人才稍微好了一点,本来他有个老妈子伺候着,由我们这儿走的时候,又带去了西邻柳老二的老婆,沿路去伺候。柳老二真是交好运,他老婆去上两三个月回来,还不得赚几十两银子吗?再置上二十亩地还算难吗?"

吴三知道他所说的那个女人,就必是自己的胞妹锦娥,他想:原来锦娥并没有死!唉!这些日来,她必定已经为何子成所辱了!心中悲伤而且愤恨。

这时那个哥哥也搭话了,说:"何子成的为人是多么慈祥、和蔼,只是跟着他的那些人大都坏极了!尤其是镖头南疆虎,那家伙是最凶横,在这村里住了不到十天,他把张家的姑娘给调戏了,把柳老二的老婆也……"说到这里,他就跟他的兄弟争论起来。他说柳老二的老婆家里还有孩子,本来不愿意出外雇佣,可是那南疆虎逼着她非走不可,因此还把柳老二打伤了。柳老二现在把孩子抛了,也下落不明了,不知是寻了死,还是追他的老婆去了。那兄弟跟他的哥哥所认识的却不一样,他总说柳老二也是跟着发财去了,不到两个月,人家夫妇一定满载而归,能置三十亩五十亩的地也说不定。

吴三此时急躁得实在再也待不住，他就向这兄弟二人问明了向南去的路径，留下了一块银子作为酬谢，当日就骑着马携着刀走了。循着这道河流去走，沿途都有村镇和人家，路上的行人也往来不断，他几乎是只要遇着人就打听，都说是"何财东才走过去"。于是他越发心急，马就越快，走了五六日就来到了一个大地方，这里有数百户人家，屋舍是鳞次栉比，街道也很宽阔，各种的买卖和店房也很多，人烟极为稠密，吴三来到这里就又下了马，向人打听这里是什么地方。

吴三听人说："这个地方叫做穆门镇，和阗河到了这个地方分为两支，往东叫作玉龙河，往西叫作哈喇河，可是都得流过沙漠，只是往南的沙漠虽也很宽，需走七八日，但是玉龙河的两岸都有青草，行旅尚称方便。过了沙漠就是和阗县城，那可是个宝地，出玉，不用说了，还出产蚕丝、甜瓜、棉花、绸缎、毡子、毯子。"吴三注意地向街上去看，见往来的载货的骆驼跟车辆果然很多，腰别钢刀雄赳赳的镖行中人也颇不少。

吴三想找个铺子钉一钉马蹄，他就顺着大街往南去走，不想他忽然看见迎面来了两个人，其中之一颇为眼熟，就是何子成用的那个管账的先生，姓马的，马广财。吴三就想：他既在这里，何子成当然也不能够远了，好！好！如今这才冤家走到对面了！他故意不让马广财看见，就转身，背着马，并且低下了头去，看街上一个摆着些破烂货叫卖的摊子。

待了一会儿，他又扭头去看，见马广财同着一个仿佛是官差样子的人走进了一家大客店里，那门前停放着不少的车马。吴三刚要过去看看，打听打听，忽见里面又大迈着步出来了四个人，都是里面穿着短衣，外面披着大皮袄，气态骄横。吴三看了就更是惊愕了，原来这四人，一就是在沙漠北边那酒铺里见过面的镖头之一，姓尹的；二就是那个"毛大爷"；三就是何子成的保镖"白额虎苗钧"；四却是秦雄。吴三真不由得不惊异，赶紧又将身蹲下了，挑选摊子上的破烂货，做出要的样子，同时留心着身后边。就见那四个人说说笑笑都由他的身后走过去，而进了南边的一座酒楼。吴三这才慢慢地站起了身来。摆摊子的人就问他想买什么，他却把头摇了摇，牵着马就往南去；经过酒楼的时候，他就听见了秦雄的声音在那里嚷嚷着，他也没敢扭头。

往南去了不远，就进了街旁的一家店房，将马交给了店家，他拿着刀跟简单的行李，就找了个单间的屋子进去了，坐在凳子上发呆，心想：秦雄来此，跟那些人混在一起是何用意？

少时，店家给他送进来洗脸水，他就问说："大商人何子成，跟和阗县的官眷，现在全都住在这镇上了吧？"店家答应说："可不是吗？这几天，我们这镇上可热闹了！客人你要是再迟来一天，就连这么一间房子，也准保你找不到。"吴三问说："这却是因为什么？"店家就说："因为南边的沙漠里这些日出现一个歹人，那人可是剑法高强，吓得人都不敢往那边走了；现在只等着南疆虎大镖头，把那个歹人除掉，这里的人才敢放心往和阗县去。"吴三听了，只是愕然地发呆。

吴三可是真猜不出沙漠中的那个歹人是谁了，赶紧就问："是男是女？"店家先笑了笑说："歹人还能够有女的吗？哈！女的至多了卖娼，无论怎么着也不至于当歹人呀？"说出了这话，他好像蓦然又想起了什么事情似的，颜色一变，把头摇了一摇说："可也说不定呀！我不敢说女的里没有有本领的呀！"

吴三听了这个店家说话是前后矛盾，就很觉得可疑。他净过了面，遂就躺在炕上歇息，他的脑中却不断想着如何下去捉何子成，又如何去救胞妹。躺了一会儿，忽觉得外面有咕隆隆的杂乱脚步声，并有人急急说着："快出去看看！"惊得他又赶紧起身下了炕，往门外去走。只见在这店里住的许多的客人全都往外去跑，他到了门前，见人拥挤得把门都堵严了，个个都伸着脖子探着脑往外去望，外面也是吵吵嚷嚷，仿佛是有人在打架了。

吴三虽然身体高长，可是也看不见外边的景况。更因为他身体长，又怕挤出去被人看见了，所以他反倒退步。只听别的人纷纷地谈，原来真是打架的事。就听有人说："哎呀！打得可真不轻呀！"又有人说："你看打人的那个叫白额虎，他跟南疆虎全是何财东雇用的镖头，真比老虎还厉害啊！"还有人赞叹着说："到底是何财东呀！连这样老虎一般的汉子都得听他的指使呀！可是那个劝架的精悍小伙子又是谁呀？"有人又说："那是他们的朋友，那小子武艺一定很好，心可也慈善，你看！把那个受伤的人搀走了！"

吴三虽未看见，但也知道了这必是秦雄。至于外面打架的原因，此时人们也纷纷地谈着，原来就是那个柳老二，因为老婆跟着南来，伺候何子成的那个病女人，但柳老二并不愿意，乃是为南疆虎强迫着来到，所以柳老二也追着来要他的老婆。他没看见那南疆虎，却知道白额虎苗钧等人正在酒楼上，他就去央求着苗钧给他说几句好话，央求那南疆虎把他的老婆还给他。不料苗钧听了就不耐烦，又因已喝得醉了，就从楼上将柳老二直打到街上，他还不肯停手。那姓尹的镖头也帮助打，毛大爷是站在旁边瞧着开心，幸亏秦雄看不过了，上前劝解，才把个遍体伤痕的柳老二送到南边的一条小巷里，这场风波才算暂时息止。

一般看热闹的人全都夸赞白额虎的身手高，而没有一个同情那倒霉的柳老二的，吴三心里却是怒不可遏。当时他没有言语，到了晚饭后，天色又黄昏了，他就携着单刀，走出了店房，去到南边的那条小巷里。只见地下坐着那个柳老二，呻吟不断，伤的已经爬不起来了，吴三就过去细问情由。

柳老二见有人来问他，他就哭着说："我家里也不是没有饭吃呀？可是南疆虎一定逼着她去伺候那何太太！哪里是伺候何太太呀？简直就是跟了他啦，永远也不能够回去啦！"

吴三低声问说："南疆虎姓什么？他现在哪里住？"

柳老二说："南疆虎名字叫薛杰，他就住在北边的永盛店。他假说是歇息两天，就过沙漠，其实他在前一天过沙漠时遇着了一个使宝剑的人，几乎把他的命要了，他就绝不敢走了。"

吴三又急着问说："那何财东也住在那里了吗？"

柳老二说："哼！大概也是在那儿了吧！反正我的老婆是在那里，那病女人何太太也在那店里；可是店里的伙计也都不讲理，拦着我，不叫我进那店门！"

吴三吃惊地说："那么你要是在这里，命都许难保，待一会儿那几个恶人就许找来害你。你暂忍着痛不要再呻吟，我送你到我那里去吧！到了我那里，你略待一待，我就能够将你的老婆救出来。"

柳老二又哭泣着问说："老爷！你贵姓大名呀？你真是个好人呀！"

吴三说："不必多说了，你快跟着我走吧！"于是吴三就伸手将柳老二负于他的背上，于暮色中出了胡同，回到店房。幸亏有暮色遮蔽着，又因为天寒，街上跟店房的院里都没有人，所以也无人看见他们。吴三把柳老二放在他屋中的炕上，就嘱咐不要出声，他携着刀又走出去了。

外面的天气真冷，这也因是邻近着沙漠的缘故。风又呼呼地吹起来了，吹得街上更不见一个人了。吴三来到那永盛店前，见大门已掩了半扇，可是柜房中还有灯光。吴三向里探了探头，只听见屋里有人说好，院中却没有人，他就走进去了。外院就是马棚，他先跑到那里的马槽下藏了他的刀，然后走出来在院中查看，见许多的单间屋里都已熄了灯了。

马棚的旁边就是厕所，有个人从那里一边系着裤子，一边走出来，向着吴三招呼，说："里边的牌九推得很热闹，你不去看看吗？"吴三摇了摇头，那人说："看看也没有什么要紧，反正咱们赌不起。"说着，这个人就点手叫吴三。吴三隐隐看出来这个人穿着长袍，大概是跟随那和圜县官眷的，他就放了些心，遂就跟着此人进到里院。

原来里院之中还有里院，但在这院里的西房就灯光明耀，里面有笑声、骂声、谈话声、摔牌声和数筹码声，十分杂乱；窗户外面也有五六个人都扒着玻璃往里瞧，可是又都不敢进去。这个人拉着吴三，也近前去瞧了一瞧，吴三也不用推开别人，他就能够看得见里边，就见秦雄也正在这里赌钱了，但秦雄的面上却如附着一层严霜。

吴三并不怨恨他这个兄弟，但见秦雄与屋中的那毛大爷、姓尹的、白额虎苗钧，还有几个也是镖头样子的，全都十分厮熟。秦雄也有很多的钱下大注，输赢他似乎都不计较。旁边还预备着酒跟菜，他不断斟了酒给别人喝，那白额虎苗钧连舌头都短了，直摆手，说："得啦！老弟你别再灌我啦！今儿我喝得酒足够装满一坛子的啦！"可是他又饮下了一碗，笑着又去赌钱。

吴三看了半天，见秦雄并没饮一滴酒，也未露出过一丝的笑容，他就明白了他这个兄弟的用意了。他心中忽然气愤难耐，想要闯进屋，同着秦雄先把这几个人打了，然后再去搜何子成的屋子；但是这时拉着他的那个人，忽又一揪他的衣襟，说："到我屋里歇一会去吧！"吴三点头说："好！"遂就同着这个人去走。

原来这个人的房子是在第三层院落里。他们刚走进去，就都止住了脚步。因为这院里很黑，有两个人正靠着墙根儿悄悄地谈话，见他们进来，就齐都止住话扭头。吴三也不由得扭头去看，夜色甚深，当然看不出那二人的详细模样，但也可以看出来是一男一女，男的似乎比吴三的身躯并不矮，女的却靠着墙儿直笑。吴三猜不透是怎么回事，但旁边那个人又赶紧推着他走，走到靠着墙角的一间小屋，这个人就推了屋门，嚷着说："请屋里坐！咱们谈谈，我一个人可真是闷！"屋中有灯光透出来，吴三已经看清了，这人正是白昼间和马广财在一起的。

他心中略有点迟疑，刚迈步进了屋，不想这个人跟着进来，可立时就插上了门。吴三不由得大为惊讶，握拳问道："你这是什么意思呀？"这个人赶紧推着他说："请坐！请坐！慢慢再说！我姓徐，我是和阗县太爷的亲戚，我叫徐顺。大侠客！我可认识你，从打在安乐镇上你削了崔凹子的一只耳朵，我就晓得你是一位能人了。"吴三不由得不在炕头坐下了，可是惊异得发了呆。

这徐顺又说："现在这店里住的官眷，和阗县吴太爷的二太太，就是舍妹。我们本来都是兰州府的人。吴太爷放了和阗县到任还不到半年，因为初到任未携家眷，家眷都在兰州府；现在觉着南疆这地方也还不错，所以就派了那毛大去接。我本来在兰州开着铺子，可是我见毛大那个人就不可靠，他并雇了两个镖头，名目上是沿途保护，其实是跟他一同商量着坏主意。毛大原来是没怀着好心……"

吴三见他又扯到了旁的事情上去了，自己便不耐烦听了，只问说："毛大如何，我不管，我只问，你晓得何子成现在什么地方吗？"

这徐顺说："我只认得马广财，不认得何子成，你听我详细说吧！毛大那小子从很早就对舍妹存着非分之想，这次在路上，背着我他就向舍妹加以调戏；可是舍妹为人正派，看出他的坏心来，就把他大骂了一顿，因此弄得同行的两位小姐和几位同僚的女眷都知道了。毛大也晓得，他要是到了和阗，事情一定闹穿，吴县太爷不但不能再要他，还得办他，因此他跟那两个镖头，崔凹子和尹黑子，便在一块商量坏主意；大概那天在安乐镇，若不是你削掉崔凹子的耳朵，使他害了怕，他们不定还做出什么事情来！后来往南来，我时时捏着一把汗。幸喜沿途都有人家，我并且遇见了熟人马广财，跟他们搭着伴儿走，觉得才好一点；可是没想到他们带着的那几个镖头，也都不是好人。后来又碰着一个姓秦的，那小子连南疆虎都有点怕他，好容易走在这儿没出事，可是往南去过沙漠就不能走啦！"

吴三听到了这里就又问："为什么不能走？是不是因为沙漠中有个歹人？"徐顺点了点头。吴三说："这可奇怪了！沙漠中只有歹人一个，南疆虎薛杰他们的人并不少，为什么竟不敢过去呢？"徐顺摇头说："这可就不知道了，听说沙漠中的那个人没跟他们打，别的人也都没看见，只有南疆虎薛杰一个人看见了，可是吓得他就赶紧跑了回来。现在他一面与姓秦的等人相商量对付之法，一面又派人请朋友去啦。等到三五日内，必有许多人来帮助他，他护送着何太太再过沙漠，可就怕我们过不去了，毛大绝不敢去和阗县，今天他又请那几个镖头喝酒，又借给他们赌本，我真怕他们今夜就许出歹事。白天我就看见你啦，刚才我上茅房的时候又看见你往马槽下边藏刀，所以我才把你请来。因为我晓得你是一位能人，才求你想个法子救我们这步难！"

吴三慨然说："不要紧！你放心吧！我姓吴行三，是镇河东的门徒，那南疆虎、白额虎等人，一百个我也不怕；那姓秦的是我兄弟，到了时候他能够帮助我，也不能够帮助他们！"又问说："你们的官眷共有多少人，现都住在哪间房内？"徐顺说："这院里的屋子都叫我们包下了，舍妹吴县太爷的二太太同着两位嫡出的小姐是住北屋，东房里是和阗县丞的太太，跟典史的太太，一共是五位女眷。"吴三又问："那何子成没携着女人来吗？"徐顺说："有啊！他的那个女人很怪，说是有重病，连我们这儿的几位女眷想见她都很难得见着。服侍那女人的是个柳妈，就是刚才咱们一进院子来的时候看见的那个风流女人。"

吴三晓得，那所谓柳妈必就是柳老二的老婆，那女人原来不是个好东西，遂又问说："可是刚才在黑暗中跟她调笑的那个男子又是什么人呀？"徐顺又低声说："那就是南疆虎薛杰呀！除了他跟毛大，没有事谁也不能到这里院来。毛大一进来，当着我，当着两位小姐，他也敢跟舍妹说那些不三不四的没规矩的话；南疆虎是一进来就找柳妈，他跟柳妈简直是丑态百出，唉！真难说了！我今天求马广财给想个办法，可是他也不敢惹那南疆虎！"吴三问："柳妈住的是哪一间房？"徐顺指着说："这后边还有一个小院，里边只有两间房，一间是另一个仆妇住，一间住的就是那何财东新买的女人，听说叫什么锦娥。"吴三听到这里，把肺儿乎气炸了。

徐顺又说："马广财聪明，他一个人在南边的小店里，他说嫌这个地方住着官眷，不方便；其实他也是躲南疆虎，他也知道现在暗中有高人跟着了崔凹子，既能够丢了耳朵，薛杰就也许丢头。"吴三觉得已把话听够了，就说："我要出去看看，你把屋门关严了吧，待会儿，外边无论出了什么事，你也不要出头。"说着，他就自己开门出了屋，向前院去走。经过那有人赌博的院子，见那屋中还有灯光和搓牌的声音，可是外面偷看着的人一个也不见了。他到了前院，更觉得岑寂，连柜房里的灯都熄了。他就从马槽的下面取了刀，钢刀在手，他的煞气倍增，重进到里院，脚步略一踟蹰，就想：暂且让这几个小子赌吧！待一会儿再来结果他们，还是先去救锦娥要紧！于是他提刀一直走进了最里边的那个小院。

这里果如徐顺所说，是只有两间房。只有一间屋内有灯光，也很惨黯，屋中是悄然无声，吴三满怀悲痛之情刚要去见一见这个同胞妹妹，走到了窗前，他忽然又惊愕住了，只见门未关严，隔着门缝看见了室中的情景：原来是秦雄在这屋里了，只见他一只手秉持双钩，高举起来，威吓着那柳妈已经匍匐跪在地下；床上坐着的锦娥是正在哭泣，秦雄低着声说："你不要哭，我这就送你去见大哥。"吴三这时心中更为怆痛，就先叫了声："秦兄弟！"秦雄惊得一转脸，吴三人已经跨步进屋，他还未发言，那床上围在锦被中坐着的蓬首垢面、衣服极脏的锦娥，就放声哭了起来，说："哥哥！我就等着见你的面了！我告诉你，何子成抢来我这些日，我并没有……"吴三也不禁流下泪来，说："不要多说了，你快跟着秦雄走吧！"

不想秦雄却摇头说："还是大哥带着她走吧！我还有些事要办。"说着双手提钩向外就走。吴三横臂将他挡住，瞪起眼睛来大声说："你为什么不带她走？我已把她许配了你；难道为何子成抢了她的事，你就不要了吗？"秦雄沉着脸摇头说："不是！是因为我……我已不是早先在河东时你的那个好兄弟了!"

吴三的心一阵酸苦,却低声说:"此刻咱们不要争论,虽不能够立时把锦娥救到别处,也得赶紧换换屋子,不然前面的那些人不见了你,必定找来!"秦雄说:"我抵挡他们,大哥,你就带锦娥,并不要惊动了前院住着的官眷。"吴三说:"我想先将锦娥藏在那官眷的里屋!"秦雄说:"也好!"正在说着,窗外又听得脚步声响。吴三疾忙摆手,秦雄却把他向旁一推,身子立时如豹子一般就蹿出了屋子,同时他的双钩齐下;就听外面的人啊呀一声,并有刀落于地下的声音。

吴三托着灯到屋外一看,见白额虎苗钩已倒在地下了,连动也不动了。秦雄又进屋来,要以钩柄的利刃,要结果了伏在地下的柳妈。吴三却揪住了他的手说:"不可枉杀人!你听我的吩咐!"当下吴三一手提刀,一手夹起来他的胞妹,就出了屋。秦雄又踢了柳妈一脚,喝了声:"不许动!"

他们出了这小院,吴三先悄悄地吩咐秦雄去叫那徐顺出来,遂后由徐顺又将官眷的门叫开,吴三将他的妹妹放在地下。这时秦雄就手持双钩飞往前院,吴三也没看清楚官眷是什么模样,就推着锦娥进了那间屋。斯时前院里就打起来了,有人怒喝说:"秦雄!原来你是这么个小子!"秦雄却没有答话,刀和钩骤然相击,相杀正紧。吴三想去帮忙,但他又离不开这里,正在急,忽然由墙的那边跳过了一个人。吴三将身一跳横刀去拦,问了声:"你是谁?"这个人却哼的一笑,说:"原来秦雄小辈还有帮手!"刀向吴三砍来,吴三也以刀迎杀,这个人身材也很高大,正是那南疆虎薛杰。

两个大汉两口刀相杀正紧,外面的秦雄已钩倒了好几个人,没得人可钩了,他就跳进来里院喝声:"大哥!让给我!"当时他也舞双钩来取南疆虎,吴三在那边仍未住手。南疆虎左迎刀,右迎钩,又抵挡了七八合,他就脱身到了那小院里。吴三向里去追,并大声说:"兄弟你不要离开这屋!"他直到了那小院,屋中的柳妈正在喊："救命呀！"南疆虎刚要进屋，去救他的情妇，但吴三已经赶到，从身后就是一刀。南疆虎薛杰的身手却极快，觉得后面的刀来了，疾快闪身向旁去跳，躲开吴三的刀同时也把刀扬起，当时两条大汉在这小院中又相拼起来。

在外的秦雄也舞双钩冲进院里来，那南疆虎薛杰嗖的一声上了房。吴三生着气向秦雄说："叫你去看守前院，你如何也进来？"南疆虎在房上却一声冷笑，就由房一跳，越了墙头，仿佛是要往前院的样子，秦雄提着双钩去钩他脚，他果真跳了下去。秦雄便越过墙去追，吴三也追出门外。而那南疆虎并未闯进女眷的屋，他又虚晃一刀，便嘿嘿冷笑了两声，转身向外去跑。秦雄依然不舍，紧追了出去。吴三却不敢也向外追，耳边就听见屋中的女眷有人惊慌哭泣起来，那徐顺隔着闭得很严的门，向外问说："怎么样了？怎么样了？"吴三说："不要紧，你们放心吧！"

他提刀站在院中，向房上东瞧西望，但都没有人影，秦雄也不回来，他真是着急。过了些时，外面就有人说话了，还有脚步声，灯光渐渐照到了里院，原来是店掌柜跟几个伙计。他们看见了这院前横躺竖卧的人，就齐都惊讶着说："哎呀！哎呀！这是怎么回事？"这里吴三就叫着说："店家！店家呀！"当时几个店伙计随着两只灯笼进到这个院里，一见了手提着钢刀的吴三，他们就都更是惊讶变色。吴三却先说明白了："你们不要多疑！我是保护这里的官眷的。"然而这几个店伙全都没见过他，就依然不敢近前来，提着灯笼的手都发抖。

此时屋中已点上了灯，那徐顺走了出来，指着吴三向店家说："这是一位大侠客，我找来的，要不是人家这位，那几个匪人今夜里得闹出事来；这屋里的官眷倘若出了舛错，你们开店的也担当不起呀！"

店伙们听了这话更是害怕，有一个可是说："这外院地下可躺着几个了，一个是那个长耳朵的镖头，耳朵还没好，疼得他睡不着觉，他可来赌钱；还有那位毛大爷，那也是跟着官眷的呀，可也躺在外院死啦！那三个都是何财东手下的人，何财东要是不依，你们哪位当呀？"

吴三拍着胸愤然说："有我当！何子成现在哪里？你们快告诉我！"店伙说："自从前天他们从南边沙漠折回来，我们就没再看见他。"吴三听了这话，心中不禁觉得失望。

他同徐顺借着灯光又到院里去看了看，见地下果然卧着五个都是死于秦雄双钩之下的人，那店掌柜还猜疑着说："他们大概是赌钱赌得急了，才闹出来的人命案吧？"

吴三指着地下躺着的几个死人说："他们都是罪有应得，毛大虽是知县派去护家眷的仆人，可是他与那几个强盗镖头勾通，想劫他的主人。你们就报官去吧！我吴三去打官司！"

徐顺拦着手过来说："不必不必！这地方属我们和阗县管，这里只驻着一个千总的官儿，他也做不了主。店家们！你们快找人来收了尸，有什么事等我见了我们亲戚吴太爷，三句话两句话就能了事！这位大侠客是行侠仗义，除暴安良；那位现在还没回来的秦雄也是一位好汉，他是假意与这些强盗镖头结交，其实也是为保护官眷，他们都是不但无罪，还有功！"

店掌柜说："徐爷！既有你做主，我们可就要收拾这几个死人了；要是在这儿搁上一天两天，弄得远近的人都知道了，那以后我们这家店可就没法子开了！"吴三说："好！官面由徐顺当！私面有我吴三当！你们就放心吧！只是，后面那小院地上还躺着一个呢！"店掌柜听了，又有些害怕，派两个伙计拿着灯又往那后小院去了。

这时就有个服侍官眷的仆妇出来传递着意思，是徐顺的妹妹，那知县的二太太要请吴三去见一见，吴三倒不由得有些发怯。

斯时，这几个院里的人越来越多了，灯也渐多，因为店里住的一些客人知道外面已没有事了，就都胆子大，披衣起来，到院子里来看热闹；里院的县丞太太跟典史太太也都好奇地去看那个难女——吴锦娥。

柳老二的老婆也跑出来了，哭啼抹泪地在那躺着死人的院里大说特说，她说："我跟着何财东来，是给他服侍他的女人！他那个女人也没什么，不过老拿着一把刀，说要寻死；其实她也不寻死，她就是不叫别人近她的身，干脆是何财东找来的一个麻烦，他花了几个钱雇了我，就把这麻烦推到我的身上啦。他们原来的那个老妈儿是又拙又笨，不能干事。其实我给他看着，麻烦也不要紧，可是那南疆虎姓薛的又……"说到这里，她又跺着脚大哭起来，说："我也真没有脸啦！我没脸见我的汉子啦！南疆虎说他们跟毛大商量着不但要害这里的几位太太，还要逼、抢吴知县跟什么县丞典史的钱，骗我说将来带着我到别处去做他的老婆，跟着他去过好日子。我不愿意，我知道他们一准得惹出祸来，可是我敢惹他们吗？我才冤哪！"这女人才不过二十来岁，长得颇不难看，越哭越招得看她的人多，吸得那些人全都不走了。

此时吴三已进屋去见了那几位官眷，在屋里的吴锦娥已经略略地擦干净了脸，有人给她梳拢了头。吴知县的二太太并怕她冷，给她的身上披了一件绛色的小皮袄。她还在婉转悲啼地倾述她过去的种种苦难和贞节，惹得三位太太、两位小姐，有的点头赞叹，有的陪着抹眼泪。吴知县的二太太也不过是三十岁上下的人，很温柔，也怪不得毛大在路上生心调戏她。二位嫡出的小姐，年长的十五六，年幼的才七八岁，都依偎着锦娥，跟她有如姊妹一般。县丞太太和典史太太也都年纪不老，都很慈祥和蔼，但因为沿途的风霜和数日的忧虑，刚才又受了一阵恐吓，她们的脸上都显得瘦而憔悴。

吴三恭谨地一个一个都见了礼，他不会说什么感谢的话，只说："都不要怕了！事情完了！只有何子成和南疆虎那两个贼跑掉了，可是早晚我也会把他们捉住！"

那位二太太反倒向吴三道谢，并说："我不是拉亲近，我们姓吴，你们也姓吴，以后我不敢叫这位吴姑娘当我的义妹，可也得叫她做我的干侄女；现在我也没有什么礼物能够给她，再说这地方我觉得仍然不怎么稳妥。"

她说到这儿，那锦娥就插言说："我听那柳妈说，那南疆虎勾了很多的人也都快来了！他们打算先对付完了沙漠里的一个人，就去到和阗县抢劫吴老爷，听说何子成早就到了那边去了；那边还有个玉山王，势力比知县都大，听说到时也能够帮助他们。"

那位典史的太太在旁也说："玉山王是和阗县的绅士，平日那个人实在是很难惹，可是他跟县太爷也有来往，大概不至于帮助强盗，也去做犯法的事。"那位二太太又说："一天不过沙漠，我总是一天不得安心！"

吴三便说："太太们放心吧！明天或后天，我一定能够保护着太太们回和阗县，我不怕沙漠里的那个人，更不怕南疆虎勾来多少强盗！"将话停顿了一会儿，他又躬身说："太太们放心吧！"他就退身出屋去了。

徐顺还要请他回那屋里去歇一会儿，他却摇头，又拿起刀来，在院中来回地走。他最不放心的是秦雄，不晓得秦雄追赶那南疆虎到什么地方去了，更忧虑秦雄抵不过那南疆虎，心中又计议着如何急速渡过沙漠的事，如此直到了天明。

到太阳出来的时候，吴三就到了前边。那柳妈在柜房里坐了一夜，跟几个好事的店伙也足谈了一夜，现在他们都挺熟的了。吴三叫了这女人，就带着她去见了寄放在那店里的柳老二。她一见她丈夫身上的那些伤，可又哭啼不止。吴三觉得这个女人既可恨，又可怜，便问说："你们现在打算怎么办？"这女人哭着说："我还是要跟我这男人回家里过日子去……"

外边，这个镇上的人都纷纷地乱了起来，因为这几日，一些商人旅客，都因听说了沙漠中有歹人的话才停在这里，在这里天天看那南疆虎、白额虎几个镖头横行，也都担着个心。现在知道了昨夜出现了一位姓吴行三的能人，赶走了南疆虎薛杰，并杀死了白额虎、崔凹子等镖头，这使得大家都缓了一口气，纷纷谈述着昨晚的事情之后，现在又都挤到这里来见吴三；要各个出资，共同请吴三给他们保镖，好渡过前面的那遍沙漠。

吴三的心中颇费了一些斟酌，一是因自己昨天一夜未眠，精神有点疲惫；又因秦雄未归，自己还想在这里等着。可是细一想，可也实在不必再留在此地了，因为自己实在孤掌难鸣，倘若南疆虎将那伙盗贼勾来，自己一人难以保护得周到，说不定众官眷和锦娥就又许出来舛错。当下他就将心一横，振奋了起来，应道："好！立时就过沙漠！谁愿意随我们走就都由我保护，绝保没有闪失！"当下许多的人都赶忙着去收束行李。吴三又嘱咐柳老二说："你伤成了这样，也不能够动弹，无论是你们往北去，或留在这里，倘若被南疆虎知道了，他必不能饶你们，不如你们也随着走吧！到了那里也缺不了你们的吃喝，等我们几时将南疆虎薛杰那恶贼剪除了，几时你们再还家！"当时那柳老二是感恩不尽，连连叩头称谢，他那老婆也一边梳着头发，一边答应。

吴三就又到那永盛店里，见那徐顺已经得着信息了，正在吩咐着人，备马套车，又催着官眷们快些收拾行李。如今是都要准备着往和阗县去，只有这里还留着个何子成由迪化带来的老妈子。吴三命人去找那马广财，可是马广财也跑了，不知哪里去了；吴三只得叫人给了那老妈子些钱，让她自己去投依靠。不想那个老妈子还几乎把钱摔在地下，说："我跟了何财东多少年，我也见过这钱！"这话传到了吴三的耳里，吴三倒不怎样地生气，只疑惑何子成在这一带还有很大的势力，为此更应当急速将官眷和妹子送到和阗，然后自己再折回来，单个与他们拼命。

这时外面纷乱之声已渐息止，吴三出店门一看，街上摆了二十多辆车，还有许多载着货物的。少时官眷和锦娥都已上了车，那柳老二夫妇也有车容纳下了。吴三就上了马，吩咐了一声："走吧！"他腰横钢刀，手挥丝鞭，赶在最前。当时马蹄嘚嘚，车轮辚辚，向南赶直去走，不到十里，便又走进了沙漠之中。

现在这二十多辆骡子车上，有男女共七十多人。女的是官太太、小姐跟锦娥，都是紧掩着车帘，连面也不向外露；只有柳老二的那个老婆，借了别人的车辕，她跨着坐着，谈着她的那些事情，她倒似乎是津津有味的，无论对谁都说。男人们虽也有几个年轻的，但不是绸缎商，便是玉器行的客人，他们对于路径都熟，可是胆子又都极小。如今这一干人的生命、财物，就全都依托在吴三和他的那口刀之上了。

吴三这时反倒一点也不觉得疲倦困乏，他纵目看着这沙漠中的景象，见这里却与黑沙海及自己迷过路的那沙漠又有些不同之处。这里当中是有一道玉龙河，河的南岸都生着草，可是河是干的，河中只有些巨大的石卵；草也早已枯了，风一吹便断。

天地依然无边，车马不停地前进。霞光云影渐渐转移，不觉得天色又晚了，大家便找了一个沙阜的后边，把车辆都围了起来。有带来的许多干柴，就在当中燃起来一堆熊熊的烈火，一来是为大家来取暖，还有的趁这时候就烤肉吃，烧开水喝；二来是因为有人说，这沙漠里有狼，都比驴子还大，点上了火，狼一看见就害怕，就不敢来啦！

此时吴三也下了马，他吃毕喝完，就手提钢刀来回地走。只见各位官眷都仍在车里不下来，可是那个柳老二的老婆还在说；她又说起那南疆虎来了，当时就把几个买卖人吓得连水都喝不下了。

天渐黑，沙漠中的晚风今天不太大；星光稠密，耿耿地映着下面的那堆火光。初冬的天气，比天山北的七月天气似乎还暖一点，听不见更锣，只有那燃着的干柴必必剥剥地响着。

过了一些时，忽听由北边传来喳喳喳喳的马蹄踏在沙地上的声音，这里在地下坐着的许多人就都惊慌着站起来。有人说："强盗来了！强盗来了！"有人又说："人许不多，大概是那南疆虎一个人来了，吴三爷你可预备着点！"那柳老二的老婆又哭似的嚷嚷着：

"都不要怕！南疆虎若是来了，我去跟他说，我跟他去还不行吗？绝累不着你们众位！"她的丈夫在一辆车上呻吟着叫她，此时车圈里又乱极了。

但吴三十分镇定，他牵了马骑上出了车圈，可不远走，只横刀勒马，眼望着北边。他猜想着，或许是那个"沙漠中的歹人"来了，但他认为那个"歹人"也必定是一位侠客，他觉得见了那人讲上几句话，那人便不会与他们为难。

此时蹄音越来越近了，这里的人有的就惊呼起来。吴三已望见了来的马影，便迎了上去，问声："是谁？"对面的人未来到临近，就高声地叫道："大哥！"吴三听出声音来了，不仅立时放下了心，还十分欢喜，就先回首大声告诉了车圈里的人，说："你们都不要慌了！来的是咱们自己的人，是我的兄弟！"

说话之间，圈里的一些人还正在发怔，那匹马就已来到了。有人举起火来照看，可又惊诧起来，叫着说："哎哟……"原来这个人满面浑身都有血迹，简直跟个鬼似的。吴三可认出来确是秦雄，他就要上前去搀扶，秦雄却一跃就下了马，连连摇头说："不要紧！我的腿脚和双手都没受伤！"他仍然提着双钩，不住地喘气。

吴三也下马问道："兄弟你从哪里来？"秦雄说："我从昨夜就追赶南疆虎，且杀且追，因为我知道若不杀了他，你们都难以过沙漠；我直追出了八十里地，倒是叫他逃进了四虎庄。"吴三问说："四虎庄中也有强盗吗？"

秦雄点头说："都是南疆虎的徒弟，现在都在那里种着庄稼，可还做歹事。我追进了庄去与他们打，又杀了他们一条虎，但那南疆虎仍然没伤也没死；我到底抵不过他们的人多，中了两镖、几箭，可是都不要紧！妨害不着我的手脚。我并且得知他们从西边勾来的强盗，在今晚或明天就能够来到，因此我赶紧回到镇上；又知道你们已经往这边来了，我才又追来，叫你们快些走，不要歇！"

吴三说："怕什么？南疆虎薛杰如再来，由我一人去挡！兄弟你且歇一歇，你吃过饭了没有？"秦雄摇头说："我不吃，我劝你们还是快些走好！他们再来时，至少也有二百人，都是惯在沙漠里打劫的强盗；除了神剑魏父女之外，他们是谁也不怕！"吴三冷笑着又说："神剑魏父女的本领，又能比我们兄弟俩高强得多少？他们能驱贼，难道咱们反倒怕贼？"

秦雄说："因为神剑魏父女二人当年曾在南疆将他们那伙贼铲除过不少，所以至今他们想起来仍觉得胆寒；你我却不行，他们不怕，假使他们追来了，一齐下手，只你和我，如何能抵得过？"

他的话说到这里，就惊得圈子里的一些人也不等听吴三的吩咐，就纷忙地去套车。吴三想拦也无法拦阻了，少时间车声辚辚，又一齐向南去走。黑天沉沉，大地茫茫，背后遗下的那一堆柴的火光，也渐渐看不见了。秦雄在前领路，吴三殿后，二人也没法子交谈。

如此行了一夜，已经马疲人倦，到天明时，气候却转为寒冷，风卷着狂沙又刮起来了。现在大家实在不能够再走了，车马就又在一座沙丘的后边围起来，可是还避不住风卷着沙仍旧向众人的身上猛击，女眷们在车里更都不敢下来了。有人就焚烧起黄表，说是祭风神；但那黄表纸才经点着，立时就为风所刮走，刮得极高极远，天地也跟黄表是一样的黄色。在中间围着蹲着的人又燃烧干柴，可是半天才将柴燃着，也看不见火光，烟才升起来便被风吹散。

这时每个人的头上、脸上、衣上全都沾着沙；尤其难看的是秦雄，因为他的身上和脸上还都有血迹，也不知他的伤究竟有多重，只见他躺卧在沙上，不能动弹。吴三把热水和干粮给他送去，他都摇头说："不用！"吴三心中甚是难过，就说："兄弟，你可要保重你的身体！你想，我们为锦娥，万苦千辛方才把她找到，倘若你有个好歹，她岂不是更命苦了吗？"但是秦雄不言语，吴三才一转身，他就暗暗叹气。

他自觉得伤势是极重，但他不甘心就死，一来是他觉得还没有对得起义兄，没有尽毕生的力量去救锦娥；二来是他尚希望再与那位侠女魏芳云见上一面。他想向芳云道歉认罪，然而若许他说出心里的话，他就要说：吴三那实在是他的义兄，但吴三将胞妹许配给他，可并非他心中所愿；那不过是大哥的一番好意，他不能够推辞。而他的确是爱慕芳云，假使他没有跟锦娥订过婚，也没有失足当过那几天强盗，芳云若是也喜欢他，那才是他终生的乐事，然而现在却无可奈何了！当下秦雄这短小的汉子就卧在沙上，后来大概是吴三命锦娥下了车，喂了点水给他，他才喝下去。

风势才过去，大家算是死里逃生一般，都喘了喘气，扫了扫身上的沙子。刚要套车，但这时从北边可就来了马蹄之声，这阵马蹄声真如洪水一般"哗……"，又似刚才那阵大风一样"呼……"，但其中还杂有铜铁相磨的铿铿之声，大约是刀剑鞘触在马镫上发出来的音响。

这里的众人又都慌忙起来了。吴三大声嚷说："不要慌！"可是大家哪里管他一个人的话，立时车全套好。马也备齐，就杂乱走了。秦雄早已曜然而起，骑上了他的马，舞动着双钩就迎着那边的马群而去。吴三赶过去拉他，说："你这不是自己找亏吃吗？我们还是保护着那些客商和官眷要紧！"秦雄说："大哥你去招呼她们，我来跟这些人斗斗！"吴三说："你一个人如何能斗得过那许多人？再说我一个人也护不住那边，快走快走！"

此时那客商和官眷的车辆都纷乱地急逃，连招呼他们也顾不得了。秦雄只得又依从了吴三的话，拨马往南，他手提双钩，时时回头去望，吴三倒是十分镇定，提刀压护着前边的车辆。可是向前行走了不远，北边来的人马就愈逼愈近，只见那南疆虎薛杰和那外号叫尹黑子的人领头，一共是三十多个人骑着马，五六十人都在步下跑，手里拿着单刀、板斧、扎抢、木棍，使什么家伙的人都有，个个也全都是一身的沙，气势极为汹汹。

秦雄这时怒起，无论谁也拦不住了，转马舞钩，就奋勇地迎了上去。吴三也自知躲避是不能够了，便也拨转了马头，抢刀反赶到了秦雄之前。他大声喝问道："薛杰！你们这伙人真是目无王法了吗?"尹黑子赶上前来说："什么叫目无王法？官眷本来是由我保护，你们杀了我的伙计，劫走了官眷，你们就是没王法!"南疆虎薛杰却说："跟他们废什么话？只这两个人，把他们结果了就完了!"当下他就喝手下的人一拥上前，同时围住，同时就刀枪齐递。

吴三抡刀东杀西砍，前遮后拦。最奋勇的便是秦雄，他的双钩飞如雪片，一霎时被他钩倒了十多个人，连那尹黑子也死于他的钩下了。但是他身上又受了数处创伤，血流不止，他却仍然不倒。他仍然舞钩乱杀。吴三连自己的身子都不顾，过来护他。可是被一个强盗以长枪将秦雄挑下马来，吴三一刀将那强盗杀死，同时跃下马来要救起秦雄，但南疆虎盖顶一刀向吴三就砍，吴三横刀去迎，并将他的马头抓住，刀又向马上去砍，南疆虎也跳了下来，两个人就在沙上相拼，而同时秦雄已在沙上惨死了。更有些强盗舍了吴三，却跑向南边，追截那些官眷跟商客的车辆去了。吴三心中又痛又急，他就拽刀向南去跑，南疆虎仍抡刀紧追，吴三跑向前面追着了一个骑着马的强盗，他从后面跳起来一刀，便把那强盗砍下马来，同时他可也跳到鞍上。于是催马紧走，赶到最前，以单刀横护住了前面的车辆。

如今吴三是且杀且走，他的刀法尽展开了老师镇河东的真传，但是南疆虎率领着的那些人，马还有十多匹呢，步下呐喊帮着进杀的人也还有三四十。而且这又都是惯在沙漠里驰骋的盗贼，他们不怕沙子不怕风，个个虽是武艺不高，却脚步儿健，力气猛，南疆虎薛杰的刀法更是不弱，因此吴三一人颇难以招架。跑了些时，那群官眷和客商的车辆，已惊逃得很远了。吴三在这里却又被群盗围住，他使尽了力量将一口刀前遮后护的，好容易才又杀出了重围，向南去跑，还没有赶上那边的车辆，却又被群贼将他赶上了。

这次是南疆虎出了特别的主意，南疆虎同着两个都是使着长矛的人，从正面与他杀斗，其余的人不管是刀是棍，齐从背面杀来，这个办法使得吴三越发难以脱身。吴三时时要一方面抡刀东拦西档，一方面还要时时地拨转马头，他总要使这些贼在他的左右，却不敢使贼在他的前后。但是他转，人家也转，因此他又跳下马来索性以身抵挡，他那长大的身躯往来跳跃，一道刀光遮护着他的身，如此，虽暂时不至于被伤，但要想再逃开，却不能够。

此时南疆虎薛杰又出了新主意：命几个人跑到了旁边，专由地下抓起来沙子，向吴三的脸上去扬洒。如此，弄得吴三连眼也睁不开了，他的性命已危在顷刻。

可是忽见由南边来了一骑马，马上一人，赶来帮助他，先发来了两镖，就有两个人都受伤倒地，其余的人也都纷纷逃奔。这时南疆虎薛杰已经锐气都无，他惊呼了一声，回身也跑了。来的这人正是这几日来所谓之"沙漠中的歹人"，也正是吴三意想之中的那位侠客，他此时已被沙迷了一只眼，站住身。只见这位侠客娇细的腰驱，反穿着一件狐皮斗篷，骑着一匹健壮的小白马，手抡宝剑，头上也戴着一顶狐皮的帽子。吴三一见，不由得就惊讶极了。

此时那南疆虎薛杰就如同是老鼠见了狸猫，自然就胆怯，自然腿软。这侠客从他背后发了一镖，第一镖没有打着，第二镖那南疆虎薛杰便落马倒在沙上。这侠客催马赶了过去，弯身一剑挥下，当时就结果了那猛悍的贼人。然后，这侠客将剑入鞘，拨转了马头，同时摘下来皮帽子，露出钗环云鬓，向着吴三一笑。吴三第一注意到了的就是这侠客脸上的娇艳的胭脂。

吴三的那被沙子迷了的眼睛也能够睁开了，他确确实实地认出来马上的这位侠女，正是神剑魏的女儿魏芳云。芳云的脸上因有皮帽子跟蝉翼纱遮着，所以人家不但眼睛照旧能睁开，还能够那么聪明地、含情地、衬托着女侠的艳世姿容。狐皮的斗篷里就是缎子的桃红色的小衣裤，而两颊上的胭脂色比桃花更红，尤艳。

吴三想起来那次几乎渴死在沙漠里了，有人喂水救命，后来在手上发现的胭脂印，也正如同人家颊上的颜色一般。当下他就明白了，知道那一次——可以说连第一次送还皮袄，第二次惩治那凶恶的镖头，都是人家；现在又救吴三脱离了危险之境，吴三实不能再看不起人家了。因为钦佩人家却又羞惭自己，伤怜秦雄，就想：我连秦雄的命全都护不住，我还妄称什么英雄？比人家魏姑娘，真是相差得太远了！当下他不由得满面通红，而且流下泪来。

魏芳云已催马来到了临近，推了他一下，笑着问说："你怎么至于成了这个样子了？"吴三说："愧我无能！并感谢你多方对我救助！"芳云仿佛倒有点不好意思了，又笑一笑，脸上更红了一些，说："这算什么？我想你来到南疆这地方，是因为路不熟，在此地又没有威名，所以才吃了亏。我嘛，是因为我跟随我爸爸到这儿来过，所以我对于路都很熟，又有我爸爸当年留下来的威名；他们一见了我，也就疑惑我的爸爸就在不远，所以他们自然先胆寒了！"芳云说的这话才真叫作谦虚客气，同时那话的声音又极为清脆婉转。话灌到吴三的耳里，眼波也就掠到吴三的脸上跟身上，但是吴三仍旧是木然不觉。他跑到了北边，将秦雄的尸身寻获着了，就下了马，抚尸大哭，眼泪都湿了一大片沙子。芳云也随了过来，却不住地冷笑，说："哭他干吗？我也认识这个人，他姓秦，我看他跟南疆虎薛杰一样，早就该死了！"

吴三也没还言，就将秦雄的尸身放在他的马上，他也上了马，遂就往南走去。沿途上他只管流泪，却不知芳云已在后面跟着他了。少时就赶上了前面的官眷和客商的车辆，那里的一些人全都欢呼着说："侠客小姐回来了！把南疆虎那小子打走了吧？"吴三才知道芳云刚才是去救了这些车辆，然后才去救自己，他心中又油然生起了感激之意。但这种感激之意，还不如他悲悼秦雄惨死的情绪来得深而且重。

当吴三将秦雄的尸身放在沙上，锦娥下了车痛哭，更听见旁边的人叹息、谈论，芳云才晓得这姓秦的原来就是吴三的那个未婚的妹夫。锦娥姑娘的清秀、瘦弱、凄态，在芳云看来，她真是可怜，才脱开了那步大难，却又死了未婚夫，这个姑娘既不像李玉兰那样富有产业，又不似自己这样别人都欺负不了，她将来必是更可怜，然而……芳云转又一想：其实也不要紧，我可以替她设法另找一个好女婿，因为我有这责任，只要我将来能够成了她的……芳云想到了这儿，不自禁的就有点颊上发热，更注意去看吴三；就见吴三借了毛毯，将秦雄的尸身裹起来，还不住地流泪。他可又劝慰他的妹妹上了车，他真可谓是朋友的义重，手足的情深。同时因为那几位官眷也都直劝解锦娥，芳云也不断向那边看。

那边的吴知县的二太太，就叫徐顺来请。芳云含着笑姗姗地走了过去，官眷们都把双手搁在前胸，拜了拜，说着对她的感谢之情。芳云也客气地说："唉！你们这样一来，倒叫我觉得心里不安。实在我前几日就到这里来了，我还在那镇上住过一晚，本来我是想独自将那南疆虎薛杰剪除，叫你们平安地过去；可是没想到那薛杰太怕我，他一见了我，就赶紧又逃回那镇上去啦。"

知县的二太太就好奇地问道："那么魏小姐！这几日来，你都住在哪儿呀？"芳云指着说："往南，那河边有一片草地，那里住着两家哈萨克人，他们说是以游牧为生的人，很和气，我就住在他们那儿。反正无论是谁，要过这沙漠就都得从那儿走，我就都能够看见。"几位太太现在都目不转睛地向芳云看着，那些客商跟赶车的人，更都仿佛是销了魂。

在这里又歇了一会儿，芳云就发下了话，叫大家起身，于是大家都遵从着她，就又往南去走。魏芳云也不带那顶皮帽子了，头上只罩着桃红色的纱帕，纤腰挂着宝剑，玉手挥着线鞭，就走。当晚他们是都在"哈萨克"住的那个地方过了夜。夜里听得牛吼声，马嘶声。还有人睡不着觉，就坐起来呜呜地吹着短笛，声音至为哀惨，引得那吴锦娥姑娘痛哭起来了。芳云就赶紧过去劝慰，但也不能够安慰得了锦娥的心，因为这许多人之中，也可以说天地之间最可怜的人就是她了！

她是才脱开了恶人之手，就突然死了未婚夫；她跟着她的哥哥，是枉到了新疆这地方，白受了万千的痛苦，将来仍然是伶仃无主，她不由得不悲泣。魏芳云劝了她半天，她仍旧是哭，芳云可就急了，说："那个秦雄，他死了倒好！他若活着，你跟了他，你也得受一辈子的罪，他不是好人！"

秦雄的尸身就在旁边的一辆车上放着，吴三在那里看守着。吴三的心里是比他妹妹更难过，他的心直、憨厚，对别人的事都不理会，他可专明白秦雄。秦雄到底是好汉，是个好兄弟，尤其他对于魏芳云，他做得对，做得慷慨豪爽。秦雄是喜爱芳云的，但后来知道芳云为救他的未婚妻，颇受辛苦，他就懊悔、烦恼，所以他后来只要遇着与贼人争斗的事情，他就特别的奋勇，他简直故意拼命，故意的舍命，为叫大家，尤其是为叫自己跟芳云看他是一条好汉！然而现在自己已明白他了，芳云可还是不明白他。

少时，芳云由锦娥那边走过来，跟吴三说："你妹妹的心眼儿真是窄，我怎么劝她也是不行！"吴三叹息说："难怪她！即使我没把她许配给秦雄，像秦雄跟我的交情，像秦雄那样的好汉，他死了，她也得难过难过！"芳云却又把嘴撇了撇，说："你可真护着你那个兄弟！谁要是跟你交了朋友，就算是交着了！"吴三说："交情的深浅不说，义气不能不讲，譬如魏姑娘，你跟我……"芳云赶紧低着声儿问："我跟你的交情如何？比秦雄跟你如何？"

吴三连连摇头说："不能并比，因为不是一样的事。"他的话这么一说，芳云的脸真不禁地发热，含羞地故意问说："怎么不一样呢？你说一说理由。"吴三说："秦雄他跟我是生死兄弟，如今他死了，我虽然用不着也去寻死，可是我这一生纵有多少荣华富贵，也不能使我喜欢了；因为我忘不了他，我们兄弟二人应当是有福同享，有难同受！"

芳云对他这话就有点不大高兴听，又问说："那么我跟你呢？"吴三说："你是古今无双的女侠，你是我妹妹跟我的救命恩人。将来我们兄妹纵使肝脑涂地，也要报恩！"芳云却说："我可不叫你肝脑涂地来报我的恩！"吴三说："你是个侠义之人，纵然施恩不望报，我可是绝不能忘了姑娘的恩德！"他沉痛地叹了口气。

芳云的心里也不禁难过了，说："不用客气啦！只要……你看得起我就行啦！"她仍觉着这句话未能表达出来她的衷曲，可是她不能再细说了，不能再具体地说了，她以为吴三总应该明白了。

次日，兼程南去，一路无阻，不到五天，就进了和阗县城，那些随行的客商都向吴三纷纷地致谢，赠送银两。依着吴三是分文不收，但芳云叫他都收下了；芳云是他的恩人，说出来的话，他无一不依从。当日三位官太太、两位小姐都请魏芳云和吴锦娥先至县衙的内宅里去歇息，徐顺也引着吴三去见了知县。吴知县向吴三称谢不止，在内宅里摆了两桌酒席，知县夫妇和小姐、县丞夫妇、典史夫妇，连同吴三兄妹，男女虽然分席，但在一室之内，畅饮欢叙。

魏芳云在女席上是被让在上首，她的华艳美丽压倒了众位女眷，她谈笑风生，温柔娴雅，使知县、县丞、典史这三位老爷都不胜惊佩。锦娥虽经知县夫妇当宴认她为义妹了，大家都向她道喜，她也不得不笑了一笑，但笑过之后仍然是愁容甚深。

吴三跟知县商量的是两件事，第一是如何葬埋秦雄。知县说："那位秦兄弟，是因为保护我的家眷拒盗，才至惨死。备棺、设祭、超度、安葬，我尽皆派人去办，你就放心吧！"吴三又问到何子成的行踪，知县说："我听玉山王说，他可是来了，现就住在玉山王的家中。他说他被盗贼所逼才来到此地，求我派几名干练的捕役，并替他再顾几十名壮丁，以便保护着他。我已答应了，但还没有给他办，也还没有见着他的本人。"吴三听了，立时就连坐都坐不住了，就要去找何子成。知县却把他拦住，低着声音说："兄弟你且不要鲁莽！现在你保护着我的家眷过沙漠的事，已无人不知了。今天我们夫妇既认令妹为义妹，咱们二人也就是兄弟了，这事也瞒不住人。何子成住在本地面，他抢人的事，可以依法治罪，却不至于有死罪。

你若是去找他，把他杀了，那时是不是我也得缉拿凶手？……"

那时的芳云，就也说："这话对！应当秉公办！这地方是县城，不像沙漠里杀了人没人管。"她用眼色去拦吴三，吴三却没有看见，依然愤愤不息。吴知县接着又叹了口气说："这里没有外人我才说，此事即使叫我秉公办理，恐怕一时也难以办成！"芳云由那边席上过来问说："为什么？"吴知县又叹息着，指着那位县丞和典史，就说："请魏小姐问他们两位吧！"可是那两个人也都十分作难，又羞愧，又惊慌，而又不肯说明。芳云就微微冷笑说："莫非那玉山王是本城的一个恶霸吗？"吴知县把头点了一点，说："他还是南疆的首富，他的声势，不要说我这个七品县令，就是迪化的巡抚也比他不了！"

当下话题就都转到了玉山王的身上，原来这和阗县是以产玉而驰名，在城南有一座玉山，那山虽不甚高，可是溪谷萦绕，深不可测，据闻从来也没人能够过得去那座山。又听说山的那边就是西藏了。山上每年春天就发下来洪水，冲出来许多玉石，所以每年约有数千人都来此采玉。玉石都有主人，如同货物一般。

玉的主人就是玉山王，人都称为"山主"。玉山王也是代代相传，因为那玉山，简直就跟他的私产一样，无论是谁，采了好玉，都得先献给他，由他再以贵价卖出。他是嘉峪关的人，那老玉山王也是因为犯罪才逃到此地，与南疆的大盗、豪杰不知相斗了多少次，才踞住了此山。及至传到他的儿子，又结交官府，收纳家丁。到了现在，这第三代的玉山王，年才二十多岁，更是凶悍。在山上盖有庄院二处，养着百余名家丁都会武艺。他本人也是拳、脚、刀、枪、棒全都会使，而且不算低。又有数百采玉的穷汉全都听他的指使，势力极大。向来的和阗县官，就如同是他的奴仆。他一瞪眼就可以杀几个人，但是那该杀的强盗，已经由知县定了罪的，省里也比准了的，他只要叫人来说一句话，当时就得释放。那玉山王就是如此的厉害。现今何子成不远千里投到这里，求他保护，他们两人自然是很有交情了，惹着何子成就必定得惹着了他！

　　吴三听了这话，将脸全都气得发紫，但他这时已看见了芳云向他直使眼色，他也就没说什么话。那位县丞跟那位典史，又不住地向他解劝，说："令妹已经找回来了，而且没失了贞节，就可以把何子成饶过了。"吴三却叹气说："若容许那样的恶人在人世上，我的心里总是不痛快！"知县也劝他："避着点玉山王的锋芒，因为倘若是出了事，连我都许护不住你！"吴三也没有言语。

　　少时酒尽席散，徐顺已给吴三在距离着县衙不远的大街上找着了店房，芳云大概还是跟锦娥同住在衙门的后院。一夜气得吴三也睡不好觉，次日已将秦雄的尸身入殓，设祭在城中的"法严寺"，吴三同着锦娥全都身着孝衣，前去吊祭，各挥热泪。当晚因为有僧人放焰口，他们兄妹也就都没有离开那里。吴三是在院中徘徊，望一望秦雄的棺材，他就叹一口气。锦娥在一间禅堂里，有知县的二太太派了个仆妇服侍着她。她的眼睛都已哭肿了，柔肠回转，自悲身世茫茫。

　　这间禅堂里有后窗，窗外大概还有个小院。至三更后，忽然见那窗自己掀起来了，锦娥大惊，刚要喊，只听咕咚咕咚，就由窗外跳进来了两条大汉。

第五回　玉山头上风云起

　　这时院中的和尚们正放焰口，把钟鼓铙钹敲得乱响，锦娥喊了
声："哎呀！"外面的吴三也没听见。那仆妇是早已被强盗一刀砍倒
了，两个强盗手中都持着刀，一个威吓着锦娥，一个向锦娥耳边说：
"何财东叫我们来请你去享福，可不准你再喊啦！"锦娥仍然大声地
哭，一个强盗用刀向锦娥的头上一击，锦娥痛得就半晕了过去。当
下，一盗将锦娥背起，一盗在后防备着人来。不想那背着接的人才
钻出了窗户，就咕咚一声，连他带锦娥全都摔倒了。后面的这个人
惊问道："怎么啦？你脚下为什么不小心？"话将说完，吴三已闻见
了妹妹的哭喊之声，就赶紧闯进了屋。这强盗大惊，疾忙抢刀向吴
三就砍，吴三飞起来右腿正踢中了贼人之腕，钢刀飞了，当啷一声
碰在了墙上。吴三近前又咚咚猛抢了几拳，将这盗贼打得昏晕在地。

　　此时魏芳云已将锦娥抱进了屋内，就说："亏得我今儿晚上心
里一动，赶紧来了，来得还不算晚，要不然锦娥又得叫何子成派来
的这两个贼抢走了！窗户外还躺着一个，是被我用镖打的。"吴三愤
恨着，跺脚说："魏姑娘你看着锦娥，我这时就去！我本想与何子
成换个地方再算账，谁想到他又欺到我的头上，我不找他去，胸中
的这口恶气如何能出？"说着就从地上捡起那口刀来，先要结果了这

个贼人的性命。锦娥赶紧闭上了眼睛，芳云却拦住他，说："这用得着你办吗？你就快走吧！"

当下，吴三提着刀愤愤地走出了屋，离了庙。街上是岑寂无人，城门都已关了，他就寻着了走道上了城垣，然后手揪着城垣外面斜生着的荒榛乱树，爬下了城垣，仰面看了看北斗星，辨别出来方向，他就向正南去走。夜深，人静，风紧，天寒，他胸中却燃烧着一把愤怒的烈火就去走，顺着道路走了很远，可也没看见什么山。

这时就听远远之处，有人叫着："吴三！吴三！"吴三就也大声问道："是谁叫我？"他站住了身向四下去望，星月之下，忽见由北边飞跑来了一条黑影，并传来了咯咯的娇笑之声。吴三就定住身问道："是魏姑娘来了吗？"说话之间，芳云已跑到了临近，就把吴三的胳臂抓住了，身躯也来依恋着吴三，并且连笑带喘。吴三可觉得不应当这样，赶紧将胳膊夺开，身躯也躲到一旁，他就恭谨地问说："魏姑娘！你也来了？可是你将锦娥怎样安置了？她那里不至于再出什么舛错吗？"①

他们继续前行，芳云步子很快，吴三只在后面紧跟。少时，芳云忽然停住脚，探手镖囊，掏出三支镖，嗖嗖嗖向坡下打去；原来下面有一条羊肠小路，正有两个轿夫抬着一乘小轿走过，魏芳云这三镖打下，轿子随轿夫倾倒，轿中坐的人也哎哟一声滚出。

芳云、吴三这时已经跑下山坡，轿里滚出的那一个黄面汉子，忍痛抽刀就砍；吴三一个箭步过去，踢落了他的刀，立刻将他结果了性命。这两个轿夫一个是在地下躺卧着，一个是磕头如捣蒜似的说："这不是我们的山主，这是山主由城里请来的！他外号叫黄脸蛇，会配银箭的毒药。"

芳云一听玉山王做毒药箭，她就不由得一惊，赶紧问道："他

---

① 此处缺失民国三十三年五月二十六日或二十七日《京报》连载内容。

的毒药在哪里了？"这轿夫说："在他的身上带着了！"芳云急忙到那死尸的身旁，果然摸出一大包药面子来。轿夫又说："这种药听说要是沾在箭头子上，只用一点，射着了人，就准死不能够活。"芳云咬着牙恨恨地说："你们真狠！"举剑就要将这两个轿夫一齐杀死。

　　此时吴三也来到了，赶忙将她拦住，芳云就把那包药给他看，跺着脚说："他们是这样的狠毒，还不该杀吗？"吴三说："这是玉山王跟何子成的主意，他们都应该碎尸万段；但这两个轿夫，我们给他们个整尸首吧！"遂就将那已死的黄脸蛇，连同两个轿夫全都扔在下面的涧里。芳云又说："把轿上的棉垫子留下，因为你得提防他们的箭。"吴三向着芳云一扔，说："魏姑娘，把这给你用吧！"芳云却抬脚又给他踢回来说："我才用不着这东西呢！"说毕，将药包装在镖囊里，转身提剑又往上去走。吴三也觉着拿着这个棉垫子太是累赘，并且也太不英雄，所以他就连同那顶小轿一并扔下了山涧，然后又疾忙去追芳云。

　　芳云这时已经到了前面的那所宅院，一看，这所宅子并不大，门前站着二十多个人，手中都拿着刀枪棍棒，气势汹汹，可是一见芳云来到，他们都又笑了，互相嘀咕着话。芳云就把宝剑向着他们一指，厉声地问说："玉山王跟何子成全都在这里没有？实说！"有一个胖子，颠顶着走了过来，笑眯嘻嘻地说道："还用瞒您吗？您不是神剑魏的大小姐吗？"芳云说："你们怎么知道的我？"这胖子说："是何财东对我们山主说的，现在他们都在后宅里等着您啦，叫我们几个人在这儿，是先等候着您的大驾！"芳云冷笑着说："哼！何子成好大的胆！他还敢说这些不知死活的话？"胖子说："有钱的人也就有胆子，再说有钱的人也就有娘儿们。我们这所宅子里叫作前宅，这里住着我们山主的两位太太，小姐您要想来到这儿住可也行，里边的房子宽敞极了！"芳云一听，怒气频发，挺剑就向这个胖子的肚皮扎去。

　　这胖子后面有那些个人保护着，他以为芳云不敢和他交手，却不料芳云一剑就扎破了他的肚皮，幸因他也退得迅速，剑尖扎进不过半寸，可是血已淌出来了，痛得他双手捂着肚子，哎呀哎呀地直叫。他后边的那些人就把刀枪棍棒抡举起来，齐声骂道："好泼辣的丫头！……"芳云掏出镖来，吧吧一接连打出了三只，那边就有三个人都中镖倒地，其余的人有的抹头跑开，有的吓得缩头蹲在地下，没有一个人敢再骂，也没有一个人敢近前来。

芳云一手攥着镖，一手举着剑，又厉声问道："快告诉我实话，何子成在哪里了？"就有人恭谨地回答说："真是在后宅里了，这个前宅，他们是轻易也不来，这里的两个老婆也都不是我们山主喜欢的；不过今天清早，山主就叫我们到这儿来，挡着你跟一个叫吴三的。"芳云又问说："他的后宅在哪里？"有人指着说："就在后边，走过一道岭就是！"芳云遂就往后去走，并时时回身，用镖做着要打出的姿势，不许那些人跟着她。

她脚步如飞，顷刻之间又走过了一重山路崎岖的峰岭，就见下面平谷之上，有一溜瓦屋，檐脊相连，不下百余间。这座宅庄确实比那所"前宅"宏大得多了，并且四周围都是高垣，左右侧都是山峰，峰腰漂浮着冉冉的白云，下面是丛生着一溜长青的树木。芳云知道现在已经找着了玉山王的家，寻着了何子成藏匿的窠穴了，她遂奋勇地握剑持镖，连跑带跃，如一只小豹子似的，来到了平谷之前。

然而她望见了那大门，立时她就煞止住了脚步。只见这座门，完全是细砖精工雕刻而成，大门上刷着朱漆，门框还镶着金边，极为壮丽，有如公侯的府第。门前已列有衣服整齐、刀剑生光的健仆五六十人，当中有一个身躯不高而脸膛发紫，留着小黑胡子，年纪三旬上下的人，穿着一身发光的豆青色绸子的衣裤，同样材料的鞋，鞋帮子上还坠着各色的丝穗。芳云觉得这人的服装跟神态很奇特，心里便谨慎了些，瞪着她的双眸，做出很威严的样子，一步一步向前走着，问道："你是谁？"这个人带笑说："我就是本山山主玉山王。"芳云说："你也要找死啦？"玉山王说："什么话？我是预备下了酒筵特意要给你接一接风，只怕你太客气了，不领我的情！"芳云突然一扬手，两旁的人齐都惊喊着说："哎呀哎呀！镖！镖！……"

其实魏芳云并未将镖发出，可是那玉山王已经躲在旁边了，有两个仆人用盾牌保护着他，他还不敢离开盾牌，站在后面大声喊着说："魏小姐！咱们无冤无仇呀！你何必这样儿呀？我知道你是来找何子成，可是那好办呀！"芳云厉声说："把他送出来，就没有你们的事！"玉山王说："容易呀！"话说到这里，忽然那大门里脚步之声杂乱，又跑出来了约二十人，各个的手中全都持着硬弩，装着箭，对准了芳云，芳云就赶紧向后去退步。

这时的玉山王胆子又大了，他又挺身离开了那两面盾牌，面上又带着一种不正经的笑容去先拦住手下的人，说："不要发箭!"

芳云冷笑着说："发箭我也不怕，你们那些箭尖上又没喂着什么药，还比得了我这毒药镖吗?"吓得玉山王打了个冷战，他又连连摆手说："小姐你也不必放镖！早先有一次，我听说神剑魏老侠客带着小姐来到了南疆，我还带着手下的人备办了本地产的美玉，羊毛织花的细毯，哈萨克打的宝刀，俄罗斯出的绸缎，两车的礼物都送到玉龙河边，想去接魏老侠客跟小姐的大驾，可是没见着！这是真事，连吴知县都知道，不过他绝不肯对你实说。他这次把你请来的意思，我也晓得，就是要借着你们的力量，把我除掉，玉山归他；以后他又做县官，又开着玉山，他可就发了大财啦！更得派人去给他办小老婆了！"

芳云说："这些事与他不相干！你在此作恶多端，我们也不知道详细。只是昨夜又有两个人到庙里去抢吴姑娘，今天你们又请来黄脸蛇给喂毒箭……"

玉山王的面色发白，指着门里边说："那都是何子成办的事！他都背着我，我连做梦也没想到，干脆你进去找他问去吧！"他将身子向旁一闪，让开了路。

芳云提剑走进了大门，又转进了屏门，却就吃了一惊。原来这里有二十多个人也都手持着弩箭，都向她比着，房上也有人，身后是呼啦一声，外面的人过来了多一半，个个手中都拿着弩箭，肩上挂着箭囊；大门也关上了，就把芳云围困在院中。玉山王这时可变了面孔，露着洋洋的骄傲之色，向芳云说："你可上了当了，哈哈！你只是一个人会打镖，但我们这里，你看一看，有多少支弩箭？假如我发一句话，可怜呀！你就乱箭攒身，跟刺猬一样的难看了！小罗成多么勇武？被箭射死在淤泥河，杨七郎是黑虎星转世，也被射死在芭蕉树。有本事的人千万不要卖弄，老实一点！听我玉山王跟你说说道理！"

芳云一见这种情形，确实也有些畏惧，但绝不服气，哼哼地冷笑着。玉山王又说："请大厅里去坐吧！"芳云看那南房是一座过厅，有高大的屏风挡着，大概可以通往后院，芳云就想："到了那个地方或者还可以突出重围。"于是就不待玉山王再让，她就一直走往那大厅里。玉山王被许多持弓箭的保护着，也走了进去。厅中的陈设都十分华丽，玉山王又让着说："请坐！请坐！"芳云却并不坐。

玉山王站在芳云的对面五步之外，他就说："魏小姐你不必着急，今天我准能叫你见着何子成，可是他是我的好朋友，我这山上出产的美玉，一向是由人送到迪化，再交他转手去卖。他是我的老大哥，他的脾气跟我一样，没有旁的，只是喜好你们这长得美的娘儿们！"气得芳云又要发镖打他，玉山王却摆手说："别发！别发！你若是发出镖来，也未必打得着我，可是我手下的人这些弓箭就都发出来了，那时连我都许拦不住。我预备这些弓箭，本来是为对付吴三的，叫我拿来对付你，我可是实在不忍！"芳云听到这里，气得她手握宝剑向前又逼了一步。玉山王又连连摆手说："不要急！你先听我把话讲明白了！"芳云挺剑对准了他的胸膛，相离着不过两步，玉山王手下的人也都用弓箭比着她。

玉山王沉下来脸，就又说："子成他受那吴三的欺负，连我都生气！子成要他的妹子是抬举他，他却不识抬举。还有你们父女，竟帮助吴三那穷汉将子成逼到南疆来，子成本来已把那没福气的丫头扔下了，事情也就算完了。你们可还不饶，直逼到我这山上！"芳云厉声说："不饶就是必须要你们两人的命，因为我们是行侠仗义，在人间专剔除你们这些横行不法的东西！"玉山王又哈哈大笑，说："我们这些东西就是专爱好看的娘儿们，吴三的妹子，白给咱，咱也不要！可是我今天见你，嘿！果然是名不虚传，头儿是头，脚儿是脚……"

芳云忍不住就一镖向玉山王打去，玉山王吓得一伏身，镖倒没有打着他，他旁边嗖嗖发来了几支弩，都被芳云用剑拨落在地，玉山王又摆手说："不要发箭！不要发箭！谅她也不敢再放镖了！"芳云听了这话，却又由囊中掏出来一支镖，并将那包毒药也掏了出来，打开，就在镖上沾了一点，药包又收进囊中，把镖向着玉山王一指。这时可把玉山王连同那些拿弩弓的人全都吓得惊慌失色，咕隆咕隆都又跑到了院中。

芳云趁这时就急转在屏风后，屏风后正有两个人，手中拿着刀，芳云疾挥剑，铿铿交战数合，她就将两个人全都砍倒，向后院去走。后院的屋里有妇人惊呼道："贼娘儿们跑进来了！"芳云一镖打进了窗，里面的妇人就哎哟了一声，芳云以为何子成也在这屋内，遂就闯进去一看，这屋内的一切什物特别华丽整洁，有一个满身金珠绫罗的少妇已经中镖，倒地身死；两个仆妇都正惊慌地要往后窗外去爬。芳云一进来，她们扭头一看，全都又咕咚吓得坐在地下，身躯乱抖，央求着"饶命！"芳云就问说："何子成在哪里了？"两个仆妇都摇头说："我们不知道！"芳云又指着已死的妇人问说："这是谁？"仆妇哭丧着脸回答着说："这是山主最宠爱的人。"

芳云哼了一声就跳出后窗，却见这院里有不少的女人全都乱逃乱奔，仿佛逃往哪里她们也都觉着不合适似的。芳云也不逼她们，只大声地问说："你们谁晓得何子成藏的地方？"然而没有一个人回答她。她就又飞身上了房，脚踏着屋瓦，到了那大厅屋脊之上。这个地方很高，向下一看，见前面又乱了起来；那大门外有许多人围住了吴三，刀棍齐上，乱箭俱发。芳云实在觉得心痛，大喊着，在房上步履如飞，往前去救；可是吴三已突破了重围，往西去飞跑，如同一匹大鹿似的，就匿往那边的山里去了，芳云才放下了心。可是那些人又望见了她，就奔来向房上发箭，芳云却连镖都舍不得用，只揭下房上的瓦，吧吧地向下去砸，砸得一个个血流头破。芳云伏着身，蹿房过脊就又向后跑去，由庄院的后墙，她跳了下去，也直跑进了山里。

这座山峰极高，路径极为回曲，树木甚多，下面处处是深壑、幽涧。芳云向山里走了多时，就听乱草的丛中有人叫着："魏姑娘！魏姑娘！"芳云听出是吴三的声音，心中就一喜，当时脸上就现出笑容儿来了。她寻着声音找到了，就见吴三面色苍白，坐在乱草中，正从臂上往出拔箭。她这一惊，非同小可，哎哟一声，赶紧跑进草丛，坐在吴三的身畔，就握住了那只长大的胳臂细细地看，连问道："怎么啦？怎么啦？咳！咳！"吴三却微微地笑，说："不算什么！只中了四支箭，还都射得不深。来到新疆，不过这只膀子受了些委屈，可是也因我的技术不高；到如今，我才真佩服了你们父女，不愧人称为侠义！"

芳云倒脸红了，说："你不用损我们啦！傻……"她抿着嘴笑着把话噎下去，又仔细地看吴三的箭伤，皱着眉关心地问说："箭尖上可千万别喂着毒药啊！"

吴三摇头说："没有！若是毒药箭，我的胳臂必定觉着麻木，如今只是微微有点痛，如同被蜜蜂蛰了一下似的。"抡了抡胳臂，更傲然说："这不要紧！我照旧能够跟他们拼，照旧能要了何子成跟玉山王的两条狗命！"

芳云却拦阻说："你先别急躁！我看玉山王手下的恶奴太多，

弩弓又实在令人难防。再说咱们要找的第一个还是何子成，现在还不知他在哪儿，光跟那些个人瞎打乱打，岂不是白费力？我想他们若是敢进山来，那另说；如若是他们也不进来，咱们就且在此等到深夜再去。你的胳膊不利便，你也不用动手，看我一个人的；我准叫何子成跟玉山王都不能活到明天！可是咱们也不能在这和阗县住了，别叫吴知县为难，我们明天就应当走！"

吴三点头说："连锦娥也还是带走，我要到迪化去！"芳云说："对啦！由迪化再去看李玉兰，到了那里……"吴三此时也忽然又想李玉兰来了，便说："好！只要今天我不死在他们的乱箭下，我必定回北疆，必定回李玉兰那里，我们将来纵不是走一条路，可是我们一定在那里见面就是，我们兄妹在那里再重重地谢你。"

芳云摆手说："我可不受你们的谢，我也不稀罕你们的谢，不过……"她低下头去摆弄着她的镖囊，含羞地说："在玉兰姐姐那儿见，可也好！我有几句话要叫她告诉你——那是我心里的话，可不能够当面跟你说！"她把头低了半天，觉得一阵烧已从脸上飘了过去，这才慢慢地抬起头来。再去看，见吴三正由地下抓起来乱草叶子，擦那由衣裳里箭伤上浸出来的血；芳云再跟他说什么话，他也像是都不注意，都没听懂似的。气得芳云就也不说了，但心里很原谅他，知道他是没找着何子成，心中的气还没有出，所以就什么都不顾得；因也默默地不语，并将身就倒于草里，歇息着。

如此直等到了天黑，二人方才慢慢地又走出山来。芳云可又向后推了一把，说："你还是在这里边等着我吧！我一个人去办，倒还能办得利落！待一会儿，我办完了事，再回来找你！"说着，她就连头也不回，匆匆地走去。

由那庄院的后墙，飞身进内，过了两重院落，她就又上了房。再向前走，却不禁地惊疑，因为有好多的人全都在前边的大厅里，那里灯光照耀，有如白昼。

原来现在是那玉山王因魏芳云搅闹了他的家宅，并镖杀了他的爱妾，他又气又心痛，发誓非得跟魏芳云斗一斗，令他的手下五十多人全都预备着硬弩；他猜着魏芳云晚上一定还来，来到时必定更凶。他的宅院广大，婢妾众多，五十支硬弩也难以护庇得到，所以他就将全家的人叫到大厅，并由偏院里请出来那畏缩如鼠的何子成。在院中，在大厅里燃烧起来数十支红烛，厅里并摆上酒筵。令他的婢妾都换上他素日最喜欢的那种豆青色的衣裳，都是缎子的，光艳夺目，又都漆着金线，垂着丝穗；更兼他这十几个婢妾都是新梳得的头，脸上擦着非常厚的脂粉，所以长得虽没有什么好看的，现今在灯光里往来着侍酒，倒都像是天仙了。

玉山王本来每年办寿辰时才这样做，那种豆青色，他认为是玉中最美的的颜色，他是倚着玉发的财，所以这种颜色便成了他的癖好。他并且吩咐手下的人说："今天晚上没有月亮，可是黑天之下，也能够看得出来豆青色，遇着这颜色就不许放箭，以免伤了自己的人。除了这种颜色，只要看见一条影子，不管他是谁，就把箭怔射，不要客气！"他手下的人全都答应着。除了那五十多名弓箭手之外，还有几十个人拿着刀棍在各处巡查，并有十几个打更的，借着山音，把锣敲得十分的响亮。至于里面那几个院落，除了厨役往来送菜，婢妾们三个五个的结成伴儿去上毛房，简直就没有什么人出入了。各屋中也都昏黑，没有灯光。那前厅上，有的人是兴奋，大家壮着胆说："不怕！"女人们都知道姨太太中镖身死之事，全都有点身子发抖，可又都不敢不勉强作笑，应酬"山主"。

玉山王连饮了几杯酒，就拍着桌子说："妈的！我倒愿意魏丫头再来，她打死了我的人，她就来补上吧！我疼她比疼那个死的还厉害！"又哈哈地怪笑，向何子成说："老何？你见过那姓魏的丫头没有？"何子成点头说："见过的！见过的！"玉山王指着他的脸说："你见过她，为什么不把她弄到手里呢？那也还不冤呀？你弄了个吴三的妹子，长得还能迈得过她去？你也没得着手，倒惹出来这些麻烦，我看你可是弄得不值得呀！"

何子成叹了口气，这个好色胡为的大财东本来是个胖子，如今却瘦得多了，他心中并不懊悔，只觉着是倒霉，并想："只要把神剑魏的女儿收拾了，剩下的那个吴三就好办了。可是这里的弓弩都安排好了，神剑魏的女儿怎么还不来呀？咳！快来吧！快射死她，我好安心。"

正在着急，就见由后边有三个女人笑着跑来了。这都是几个既胆小害怕，可偏偏又爱上毛房的女人，都是玉山王买的或抢的丫头，一个个都穿着豆青色的缎衣，远看着还都不错，烛光越暗，她们都像是嫦娥。玉山王喝一声："不准再出去了！人家也是个娘们儿，你们也都是娘们儿，你们一群……"他嘴里胡骂着说："平常吃我的饭，花我的钱，还在背地里怪我不把你们看上眼？如今，有个小娘们儿欺负到我的头上来了，你们不但不能帮我，还笑，笑什么？等待会儿，把那娘们射死，光留下个整整齐齐的脸给你们看，看你们谁比得了？"婢妾们全都挤在一块儿，不敢说话了。玉山王真烦恼，又大喝一声："过来！都过来！斟酒来！"于是众婢妾全都上前，给斟酒，夹菜！可是这座房间只有玉山王和何子成二人，哪用得着这些人服侍。女人们又都没有规矩，一阵乱挤乱抢，长袖子扇起风来，把桌旁的两支烛都扇灭了。

何子成这时已饮下了六七杯酒，越发醉了，看着这些莺莺燕燕，这个强给他斟酒，那个忙着给他夹菜，他倒乐不可支，胖脸上浮起笑容来，就对玉山王说："老弟！我实告诉你，我生平没有像今天这样害怕过，可也没有像这时这么乐过！"说着，他也不知由哪一只的纤纤玉手中又接过来一杯酒，一仰脖，咕嘟咕嘟就咽了一下，遂就又笑着，用筷子夹菜。但忽然他觉得有一阵难过，手把筷子也扔了，喊叫了一声："不好……哎哟！"他当时连椅子都摔在了平地，身子乱滚。婢妾们吓得不知所措了，惊慌乱奔。

玉山王突然抽刀向桌上一拍，喊道："都不许走……快来人！"当时那些弓弩手都拥了过来，个个都把弩弓绷紧。玉山王又喊叫说：

"把灯拿来照！看看何财东是什么缘故？把我这些女人也都……"

他的话还未说完，只觉得后面有人将他手中的刀夺了过去，并且用手紧紧揪住了他的后腰。他吓得啊的一声叫，刚要回身，可是身后的人已将钢刀架住了他的脖颈，他就只好缩脖。身后的人还是一个女人，发出了极严厉的声音，说："你们……"她眼瞪着那些持弩弓的人，这些人也都惊讶极了，看见了她虽然穿的是豆青色的衣裳，跟旁边的众婢妾一样，然而她实在不是别人，正是神剑魏的女儿！

当时众人就要发箭，玉山王却怪喊着说："哎哟！千万不要放箭呀！我的命可快完了！"这时魏芳云是毫无惧色，就向那些人冷笑，说："你们要放箭，可就得先射死他！放吧！我不怕！"对面的众人如何真敢动手，此时那恶人何子成已经倒在地下身死。

魏芳云本来是见玉山王的手下弩箭环列她无法下手，所以才想出来妙计，趁着有两个丫头上茅房的时候，她将其中之一用剑砍倒，将另一个身上的衣服剥掉，推在茅坑里，不许出来喊叫。她就穿上了那豆青色的衣裳，杂于众婢妾的行列。室大烛昏，谁也没看出她。当玉山王呼她们侍酒之时，她就也随众走了过去，她已经将白昼得到的那黄脸蛇的毒药取出一点，藏在指甲里，搀在酒中递给了何子成，何子成就饮了下去，一命呜呼了。

如今芳云将玉山王当作了一面盾牌，遮挡着众人的弩箭，同时她揪扯着玉山王向外去走，玉山王怎敢不依从她！她的刀时刻放在玉山王的颈间，但是一走出了大厅，那些人全都张弓扬弩喝道："狗丫头！快些将我们山主放了！"芳云却将手中的刀向前一推，那玉山王就连喊叫都没喊叫，身子向前倒去。芳云将他撒了手，就疾忙飞身上了房，下面的众弩箭如雨一般，嗖嗖向上来射，芳云却脱了那件青豆色的衣裳抖了起来，就见箭都射在这件衣上，她身上却一点也没受伤。

此时前面锣声齐鸣，门前也有许多的人都乱行了起来，芳云大惊，知道必是吴三又来了。她深恐吴三中了他们的弩箭，于是就步履着屋瓦向前飞跑，下面虽仍然有人用箭追着射她，她依然抖着衣裳挡，到了前面她就越墙而下，弃了衣裳，高声喊着说："快走！吴三哥快走！事情我都给办完了，咱们快走吧！"一面喊叫，一面向着那有灯笼火把之处，连施了几镖。本来刚才还是锣声震耳，她把镖发了出去，只听锣声尽停，且有的哎哟哎哟地直叫唤，于是芳云的喊声越发清亮，直飘入了夜色深沉的云霄之中。听见有人回答着说："魏姑娘你先走！我就去！"因是芳云心中一喜，知晓吴三并未出什么舛错，她就更喊了一声："往西，往上去走！"喊毕转身就往西跑去。

她上了高峰，下面却未见有人追来，并且见那门外稀稀的几点灯光，全都进那门里去了，门里的院中倒很纷乱。芳云就知道是因何子成与玉山王都已身死，他们这些家丁也都胆寒了，都顾不得跟人打了，于是她就又高声呼着："吴三！吴三！吴三哥！"此时四遭岑寂，她的尖锐声音借着空谷的回音，更易为远处所闻见。

只喊了两声，就听到吴三的回答了。她就又说："我在这儿啦！你来吧！"说了几声，吴三便顺着她的声音，也来到了峰上。她又问说："你这次没受伤吧？"吴三说："没有！姑娘你呢？怎么样了？"芳云却笑着说："我若是受了伤，还能先来到这儿叫你？"

吴三一步一步向上来走，芳云就一句一句将自己施用妙计，使何子成与玉山王全都毙命的事情说了。说出来的时候，她是十分得意；吴三听了，却觉得惭愧异常，就想：若论武艺，这侠女并不比我高，但她的心机和她那飞檐走壁的本领，确实在我之上，我真不如她！

少时上得山来，虽然未看清楚芳云的容貌，但已听见了芳云的笑声；吴三可觉得她太不庄重，且太骄傲，但是自己的事情全都没费自己的什么力气，全是人家给办了的，如今还能够对人家说什么呀？只得仍说那几句话，什么"将来必报"。芳云却娇声呵斥着他说：“你这人怎么这样嘴贫？我不爱听！我不愿听一个堂堂的男子汉像老婆子似的说这些贫话！”吴三只得说：“我不再说了！”

芳云又笑一笑，问道：“咱们要是由这儿下去，走不远可就下山了。如今是新疆省的恶霸何子成与玉山王都被剪除，咱们再也没事可做了，咱们到底是往哪儿去呀？”吴三说：“先回城里，等明天将我秦兄弟葬埋了，然后，如若要打官司，我出头……”芳云说：“你放心！绝不能打官司，因为玉山王死了正是大快人心，吴知县寻出他几项罪名来，也就能够免究凶手。”吴三说：“一些事毕我就要回北疆去了。”芳云问说：“李玉兰那里你不去吗？”吴三说：“一定去，不但得告诉她，叫她放心，就连赵老爷爷那些人，我也得叫锦娥向他们道道谢。”芳云说：“这就是了！我也想再看看她去，咱们还是一块儿回去吧。”吴三就答应了。

当下，芳云在前试探着脚步，叫吴三在后紧跟着她，顷刻之间，二人就下了高峰，到了山沟之中。这道沟，就是春天发洪水能够冲出玉石的地方，极为幽深曲折，脚底下踏着的都是大小的石卵，好像行走在沙漠似的。芳云说：“这沟里恐怕有什么野兽！”于是二人就都提着刀防备着，可是芳云仍不断谈闲话。

她此时仍极兴奋，又说她穿上豆青色的衣裳，假扮作玉山王的婢妾，以毒酒毒死了何子成的情形；吴三却觉得此非侠女所应为，简直是玷污了她了，为自己的事使她如此，自己实在对她不起。芳云又不服气，觉得今夜打得还不算痛快，并且剑也扔在他们那儿啦；那虽然不是什么“宝剑”，究竟是很可惜的。回去再取，又得费一回事，不大合算，因此她又埋怨、叨唠，吴三又觉得她的气量太窄。

少时二人走出了山沟，一直往北，到了城墙了，天色尚未交五鼓；他们就又爬上了城墙，潜回至县衙里。两个人都直入县衙的内宅，芳云就去敲锦娥住的那屋子的门。屋里的锦娥惊醒了，隔着窗户问明是芳云，才叫仆妇把门开开。原来锦娥在此是独住在一间屋里，这也并非是吴知县的太太格外优待义妹，却是以为锦娥无论何时都有被人掠走的可能，她们怕，都不敢与锦娥同住一屋，所以只派了个年老的仆妇伺候着。

当下芳云先等着锦娥将衣扣都扣好，灯也点着了，才叫吴三进来。芳云就说："妹妹你不用怕了！那何子成已死了，帮助他，想再把你抢走的那人——玉山王，也叫我剪除了！"锦娥听了，身子反倒直哆嗦。吴三又说："明天我们就要走！你也随着我们去才好，因为把你留在这里，我也不放心！"锦娥点头，他们兄妹也没有什么话可说了。芳云是脱了鞋，连镖囊也没摘，就滚到炕里睡着了，锦娥给她的身上盖了一条绒毯。

吴三等到了天明，知道那吴知县已经起了床，便先叫人去禀报了，然后他才去见，把事情全都说明。吴知县听了，表面上是非常之惊讶，其实心里是十分欢喜，因为魏芳云和吴三剪除了他境内的恶绅，实在是于他有利。可是他又故作难色，嘱吴三今日在这里暂歇，不要出门，到晚间再走；吴三答应了，又拜谢了。吴知县就指定了一间屋子，叫他去歇息；并嘱咐自己的二太太去拦阻魏芳云，今天千万不要叫她出门。

吴知县于是忙了起来，命亲信的人赶快将秦雄葬埋。当日午间就有玉山王的家人和城里那黄脸蛇的老婆来衙告状，指明凶手是神剑魏的女儿和一个叫吴三的。吴知县敷衍着说是："等着把案子访明了之后，才能给你们辑凶。"然而满城中的人，谁不疑惑吴三跟魏侠女就都住在县衙呢？可是都十分钦佩，都说玉山王早就该死，那黄脸蛇死了，还得算是便宜了他呢！至于何子成，本城中的人只晓得他是个有钱的人，倒没评论他是该死或不该死。何子成在这里虽也留着两个人，可都也收拾了东西跑了，没敢出头。

到傍晚时，知县派了个心腹的人将吴三和魏芳云的马匹牵出城去，少时天黑了，才雇来一辆车。这辆车是由兰州送着官眷来的，如今正要顺便回北疆，吴三的事情都不必瞒他，他也被魏侠女救过命，所以他极愿应这趟儿买卖。当时吴三兄妹就都拜别了知县和几位官眷，携带着他们不能不收下的一些礼物和川资，出了县衙的后门，就都上了车。锦娥与芳云坐在车里，吴三是在外跨着车辕。车走到了西城门，门已掩上，仅仅留下了一道小缝，吴知县特派的人早在这里候着了，就放他们的车出了城并交给了他们那两匹马。

出了城，吴三与魏芳云都下了车，骑上了马。吴三曾向锦娥询问那柳老二夫妻是怎样被安置的，锦娥说："因为吴知县看柳老二的老婆不是好人，不愿留她，所以给了她点钱，把她打发走啦。"赶车的却是说："柳老二的媳妇跟南疆虎混了几天，本来挣了几个钱，昨天她就也雇了一辆车，拉着她跟她的男人离开和阗，听说是回家去了。可是那个娘儿们是靠不住，半路上就许把男人抛下。"芳云听了就说："那种事情，我就不愿管！我救的，帮助的，连我剑底下饶恕的，都得是一些好人！像那种不要脸的妇人，我绝不理她！"

马蹄嘚嘚，车轮徐徐，往西走了不远，就转向北去了，那大漠的风就迎面刮来，刮得车后边悬着的一只昏昏的灯笼，都快灭了。吴三是一言不发，他回首向南，望着那一遍茫茫的夜色、荒原，也不晓得秦雄之坟是在何处，但他默默地祝告说："兄弟！我们如今走了，今后恐怕不能再来此地了！你的阴魂，最好也随着我们走吧！"他不住用袖子拭泪，芳云在旁边看见他了，就说："喝！你可真是多情！"吴三也没有言语，冲着夜色又往北去走，沿途也没看见一个村庄。

走到天明时，他们又进了沙漠。在沙漠里停车驻马，歇了半日，他们就打开了吴知县送的礼品食用了，过了午，又往下走。这条路是他们的熟路，不过来的时候是有众盗相逼，如今却是车平马稳，风沙也没有怎么扬起。他们到了那玉龙河边的哈萨克人的家里，备足了牛羊肉和饮水，再往北去，就到了秦雄身死的那个地方了。大漠荒凉，也寻不着当时的血迹了，吴三又不禁悲哀，锦娥也哭泣了一场。

又往北去，路过穆门镇的时候，他们也没有歇住，一直去走，连行了一个多月，就到了沙雅县城。天气极寒，他们在路上都已劳顿不堪，连芳云都主张得在这儿歇一歇了。于是找了店房，芳云与锦娥同住在一间屋内。吴三是本想在大房子里去挤着，芳云却说："你何必又单省这几个钱呢？"所以就也叫吴三找了一间小屋住下。在此一连歇了三天，芳云还不想走，一来是因为她跟吴三越来越熟了，每日谈的话很多，自己总觉得新颖而有趣。她跟锦娥更亲热得和亲姐妹是一样的了，连锦娥心中所固执的"誓欲为秦雄守节"，她都千辟解、万劝说地给说活了心了。芳云认为是：如若锦娥是个富户女子，还得生于诗书之家，也可以终身不嫁；但她是一个流浪的人，她的哥哥将来还要漂流到别处，哪里能够永远带着她呢？锦娥也明白了这种困难。

此时还有一件事情存在芳云的心里，就是在他们对门的屋子里住着两个人，全都生得像貌凶横，来在这里也有两天了，眼睛时时盯着他们三个人，盯着他们住的屋子。吴三没有看出来，芳云可觉出必是玉山王和南疆虎的朋友，潜随着他们来此，都没怀着好意。芳云除了到夜间仔细一点外，全不表示，她安娴地等候着到了第五天，她在此买的材料，叫裁缝给做的几件衣服，都做好了。这都是红绿的绸缎新衣，她自己穿上了，觉得有点像是新娘了。她并给了锦娥一身，锦娥便也屏去了淡素，而着上了艳妆，可是她还是愁眉不展；吴三看着，也有点不高兴。

芳云这时才催着走，此时连骡马的精神全歇过来了，所以向东走得很快。那赶车的人在路上可是十分提着心，他悄悄地对吴三说："大爷！后面可有人跟着咱们啦！起先还是两个，现在不止四五个人了。在沙雅城的时候，我有个熟人知道他们，他们之中有一个是四虎庄中的一条虎，外号又叫'恶煞星'；他们所有弟兄都死在那位秦爷手里了，大爷你跟魏小姐也杀死过他们的人，他们跟南疆虎更是至交。咱们现在走的这个地方，可是南疆，他们还都能够到处啸聚人。我想他们把人聚得多了，也就快下手了！大爷你跟魏小姐，你们都预备着点吧！"

　　吴三听了，当时就勒住马向后去望，望见远远有两辆车追着他们来了。他愤愤着，就要抽刀，芳云却说："干吗呀？不管他们是什么恶煞星，只要没有招惹着咱们，咱们就犯不着先动手！"吴三说："姑娘你不要管，现在的事，你就由我办。我这次离开南疆，就永远不再来了，可是我不给南疆再留下一个恶人！"芳云说："恶人可除不尽，我爸爸神剑魏，他老人家的侠义之名满天下，见了恶人他就不饶，我看结果倒是恶人越来越多了。"吴三听了这话，很觉得惊讶，他不明白这位杀人不眨眼的侠女，为什么忽然变了脾气，变得一点也不急不凶了。

　　当下芳云叫车仍照向前去走，她连头也不回，心里好像一点也没有气。她是温柔的、良善的，吴三看她越来越有点像李玉兰了，也可以说她渐渐像个"女人"了。路上、店中，吴三就对她加了一些注意，觉出她是真真怀着一种情意。锦娥也早就看出来了，背着芳云的时候，就悄悄告诉了哥哥说："魏姐姐的人真不错，哥哥将来再往别处去，也应当有个帮手，不如……我想是叫她做我的嫂子吧！我跟她一说，她准能够答应！"

　　吴三听了妹妹的言语，却不禁发怔，想了半天，便摇头说："不行！那样一来，我们成了什么人？她是我们的恩人呀！"锦娥说："哥哥你要是不娶她，她可就伤了心了！"吴三说："什么话？她是神剑魏的女儿，懂得什么叫伤心？"锦娥说："人家也是个人呀！人家也有一颗心呀！"吴三摆手说："不要再说了！"

　　锦娥说："难道哥哥你就终身不讨嫂嫂吗？"吴三说："现在我们刚得那活命，还没有家业，连一定的去处都没有，能就说到这些话？"锦娥说："我想哥哥你若是找一个保镖的事情必定不难，若魏姐姐能够帮你保镖，将来一定能够兴家立业。"吴三说："我堂堂的一个男子，将来岂能依仗着妇人给我兴家立业，娶妻应当娶贤德的女子。"锦娥说："难道人家魏小姐不贤德？"吴三说："她是侠义，可不是贤德!"锦娥听了，虽不赞成她的哥哥，可是话已经不能再说。吴三由此越发对芳云恭谨，芳云也对他更表露真情；这种真情吴三已深切地感到了，并且已经摇动了吴三的坚硬的心。

这日，他们到了焉耆县，天气很寒，但街上的人却十分多，尤其是皮货行的人，现在都来此收买细毛的皮货，保镖的人聚集在这里的也不少。他们找了店，依着芳云想在此至少也得再歇几天，因为她也要在这里买几件皮货。但是才进去找好了两间房子，忽然那赶车的就惊惊慌慌地来对他们说："趁车还没卸，咱们不如这就走吧！在这儿可是不能够住！"吴三就惊讶着问说："为什么？"

赶车的说："小姐刚才大概看见了，隔壁店里比这儿住的人还多，有些是保镖的，有的——我看着简直就是强盗。那恶煞星带着几个人也去了，原来他们都认识，大概是一家子。现在那里乱极了，磨刀的磨刀，擦枪的擦枪，我看着大概要不好，待一会儿就许跳墙过来。你们虽都武艺高，可只是两个人呀！再说这里又是县城，不是沙漠，有好武艺也不容易施展。"

此时锦娥吓得身体都抖了，吴三是怒气勃起，当时就将刀亮出。芳云却仍然镇定，摆着手说："不要紧！他们之中既然有保镖的，那就更好办了，他们还能够闯到这么多人的大店房里行凶吗？"赶车的吐着舌头说："怎么不能行凶呀？"芳云沉下脸来说："行凶也绝行不到你的头上，你就滚出去吧！卸你的车去吧！我们一定要在这儿住，倒得会会他们！"赶车的不敢再言语，就走了。

芳云又向吴三说："你也不用生气，我们先得商量好了，待一会儿，他们若来找，无论他们是多少人，咱们可只能有一个人出头与他们打，因为还得有一个人保护咱们的妹妹。"

吴三点头说："姑娘说的这话很有理，到时就请姑娘保护着舍妹；他们无论多是少人来了，都由我一个人去挡！"芳云说："这是为什么呀？我看还不如你在家里，我出去。"吴三冷冷地笑着说："那我吴三更见不起人了！"芳云说："并不是我看不起你的武艺，是我觉着我还会打镖，一个人若是会打暗器，就如同是有七八只手，他们虽人多，我也能够一个一个尽皆把他们打伤。"吴三说："姑娘是侠义，我吴三却是一个笨汉，自幼没学过暗器，生平更不喜好那东西。"见芳云的脸上现出不愿意的样子，就赶紧说："因为姑娘保护着舍妹还方便些，我一个男子汉应当去抵挡他人，不然我真愧生在人世间了！"他说这话的时候极为愤愤，芳云怕他真急了，便也就不言语了。

在这时间，忽然就听院中有人叫道："有姓吴的吗？"说话的声音十分粗暴，屋中的人就都愕然吃惊。吴三提着刀迈步出屋，芳云也拿起刀来，护住了锦娥，一面又隔着门窗往外去瞧。就见院中是三个人，全都是短打扮，都年轻悍勇。在前面的那人还客气一点，先抱拳，后才问道："你就是吴三吗？"吴三点头说："不错！有什么事？"那人说："隔壁店里有几个人，都想会会你，你敢去吗？"吴三说："这有什么不敢去？"那三个人都说："走！"吴三也慨然说："走！"当时脚步之声咚咚地响，吴三就随着那三个人出了店房去了。

锦娥害怕得就要哭，芳云却说："你不要急！天色还没黑，谅他们绝不敢公然在城里杀人。"话虽这样说，心里却也十分紧张。她想：那些恶人住的地方，与这里只隔着一堵墙，那边若是交起手来，那刀声、喊骂声，在这里必定听得见。芳云预备着只要听见了那边的杀声，自己就连锦娥都许不顾，就得跳过墙去帮助吴三他们厮杀，她的心实在焦急，为自己的事都没像这样怦怦地的跳过。

可是多了少时，并不见隔壁有什么声音，她想着可是有点怪，莫不是他们惧怕了吴三，不敢打了？要不然就是他们彼此说开了，"出门在外的都是兄弟"，"江湖人全是一家"？又道是"冤家宜解不宜结"，他们真交起朋友来了吗？但又不敢太相信了。

过了些时，可又听那赶车的口中惊慌叫着："小姐！小姐！你还不快去！"他进到屋里，芳云就急问道："怎样了？"赶车的跺脚

x

x

说："唉！吴大爷完了，一定完了！"

芳云急问说："你倒是快说呀！吴三他跟人打起来没有？"赶车的说："还没打起来，可是一出了城就许打起来啦！"芳云惊问着说："怎么？他们出城去了？"赶车的说："现在城门还没有关，他们——好！人家恶煞星的朋友足有三十多人，他吴大爷只是一个，无论他有多大的本领，禁不住一人难抵众手，他能不吃亏？"芳云急得神态都变了，赶车的又说："小姐你快去吧！只有你还行，你施展施展沙漠里的那番本领，他们人再多一些也不怕！"

芳云就要走，可是锦娥又在旁边哭，芳云就向赶车的说："你能替我保护住吴姑娘吗？"

赶车的摇头，向后直退身，说："要是没有事，十位八位姑娘我也敢保；出了事，我可连半个姑娘也护不住。人家不是都跟吴大爷拼斗去啦，人家在城里还留着人啦；倘若来上三条五条的大汉，拿着明晃晃的刀来要抢吴姑娘，我，凭我那杆小皮鞭子，能拦得住人家吗？"

芳云急得鬓边已出了汗，又问说："那么叫店家给看守着？"

赶车的说："这店里全是光身汉，连掌柜的都没家眷，又都知道恶煞星厉害，谁敢答应保护姑娘，担这沉重？这时您就是找到县衙门，人家也是不管，你得先写好了呈子，才能够告状！"

芳云急得真如热油煎着心，又跺脚又叹气，锦娥就哭着说："姐姐快去救我哥哥吧！不必管我啦！"芳云叫着说："那谁来管你？"

此时赶车的又说："要保护住吴姑娘，现在只有一个地方——卢举人家，卢举人，那是本城中第一个有名的人，谁都敬重他，江湖镖头们也都不敢惹他。"芳云问说："她是玉山王那样的人吗？"赶车的摇头说："不！不！他是一位好人，已经是个老头儿啦！新疆地方只出了这么一位举人，所以他是个有名的人，人就都尊敬他！"

芳云此时也顾不得细加斟酌，就赶紧说："你快带着我们去吧！"遂喊了店伙一声，嘱咐给看着屋里的东西，她就手提着钢刀，带着锦娥出了门，并催着那赶车的在前快快地领路；她走得很快，锦娥简直追不上他们了。

少时进了一条深巷，到了一家大门前，赶车的可就说："我可不行了！"芳云拉着锦娥上了台阶，就用刀吧啦吧啦地紧紧敲门，里面有人问道："是谁？"芳云在外笑道："是我！把门开开吧！快开快开！"里边的人本来听见女的声音，就很疑惑，又听她这么急躁，简直吓得更不敢开了，芳云却抡刀向着大门就砍。

此时门里的人不止一个，齐向外急问道："你得把话说明白了，我们才能够开门，到底你是有什么事呀？"芳云说："你们就快开门吧！我不是有什么恶意，就是现在有一个被难的姑娘，得暂且放在你们这儿，叫她待一会儿，绝没有别的事。你们开门一看就能知道了，可是快着点！快点！我还有急事要办呢！"里边的众人听了这话，可更觉得纳闷了，更不敢开门了。

芳云情急，拉着锦娥下了台阶，就说："没有工夫跟他说废话，我背着你过去，我就走，你再跟他们细说，他们绝不能够不收留你！"说着，就将锦娥往她的背上去背。

不料这时来了一个人，呵斥着说："你在这里做什么了？"芳云吃了一惊，赶紧把锦娥放了手，反举起来刀，也向着来的一条黑影，厉声说："你是什么人？不快说出，我可就要杀你了！"

这黑影竟昂然来近，不是怎样的魁梧，手里也没拿着剑和刀，更大声呵斥着，说："你这个不听教训的东西！我找了多日，都没找着你，原来你是在这里逞能了！天都黑了，你还敲人家的门户，你还拿着刀，好个不听教训的丫头！"说着已逼至了芳云的面前。芳云早就听出声音来了，如今更隐隐看出来，这人正是她的父亲神剑魏，她就不由得哭了，说："爸爸！你怎么来了？这吴姑娘人家有多么可怜！她的哥哥是……"神剑魏说："你不用说了，我都已知道。"遂就上前叫门，向里边一说出来姓魏，里边立时就把门开开了，神剑魏叫锦娥进去，并说："在这里住一夜，绝无差错！"又向门里的人嘱咐了几句，门里的几个人全都唯唯地答应。那锦娥惊惊慌慌地望着神剑魏，还要施礼，神剑魏就把她推进去了，大门随也关上。

外面，这时芳云反倒十分欣喜，她就说："爸爸，我真想你！现在咱们快出城去救吴三吧！"神剑魏却怒了起来，说："什么吴三？他是哪里来的那么一个江湖强徒？"芳云说："他不是！他是好人！"神剑魏斥说："少说话！跟着我回去！"芳云又擦眼泪，可是不得不跟着父亲去走，同时仍然关心吴三，急得她一边走去一边顿足。

少时随着她的父亲进了一家大皮货行的后院，这里有一间很雅洁的屋子，屋里无人，灯光却很亮，神剑魏就带着她进去。她将刀立在墙角，又顿脚说："爸爸！咱们快去救救人家吧！你想，三十多人打人家吴三一个，多不公道呀！吴三有多可怜呀！"神剑魏瞪眼说："不许你再提吴三！我有了你这样的女儿，真丧尽了我一世的侠义之名！"

第六回　含泪撮成双鸳侣

芳云低着声儿说："哼！既是侠义，可不去救人？"神剑魏没有听见，就在灯旁一把椅子坐了，那张瘦脸，沉得令芳云害怕。他就指着女儿严加教训，说："你的母亲临终时就曾对我说，说我都已经沦落于江湖，务必使你做一个贤孝有德的女子，不可使你一生也漂流着，所以我在各地行走，带着你，但什么事也不让你办，叫你学着安娴一点。我东奔西跑虽说是为行侠仗义，但实在是为给你寻一门好亲事，咱们并不要攀什么高贵的门第，可也得把你给个正经的人家，念书的人！"

芳云的脸绯红了说："爸爸！你就不是个念书的人，我自幼也只练过武，没念过书，如今忽然你老人家又要叫我看得起念过书的，那如何能够？"神剑魏说："念书的人都是深明礼仪！"芳云说："哼！也不见得吧！"神剑魏又说："念书的人全都有远大的前程，将来都能够治国安民！"芳云说："有的可就做了贪官，有的又变成穷酸。"神剑魏说："无论如何，也比江湖强！像我这一生就颇使我后悔！"并对芳云说："不能再管吴三的事！自从甜水井村你背着我跑出来，就各处胡撞；如今你得跟着我回去了，不能再理吴三！"芳云流下泪来说："爸爸！吴三他是个好人。"神剑魏拍着桌子说：

"即使他是个好人，咱们也不能够理他！"芳云咽哽着，低声儿说："难道……爸爸你不讲理吗？"此时神剑魏的心中似有无限的忧烦之事，在屋中就来回地走，不住唉声叹气。

芳云真觉得此时吴三就在城外，许多的人刀枪齐上，已将他围困住了，他此时已身受数创，流血不止，必在高声呼叫："魏姑娘快来救我！"芳云一想到这里，她简直是心肝尽碎，一咬牙，趁着她的爸爸刚一转身的时候，疾忙就抓起刀来，一跃出了屋，随着就蹿上了房，电也似的，顷刻之间，就跳到了街心。此时天边挂有微月，她可是四顾茫然，不知道吴三与人拼斗的地方是在城东、城西还是城南、城北？她只得又赶紧回到了店房，却见她住的那间屋里灯光很亮，进屋去一看，原来那个赶车的一个人在屋，见她回来，就赶紧欠身说："我在这儿给您看着屋子啦，您没把吴大爷救来吗？"芳云顿足说："我还没有去呢！你快告诉我，吴三跟那些人到底是往哪边去了？"

赶车的说："吴大爷是跟着那些人出东门去了，东门外有一座山，名叫'乱尸山'，向来是有仇的人到那儿去拼命，没法儿的人上那儿去寻死，死了没人埋，仵作也不去验尸，只有老鹰跟野狼，给死人念往生咒。"芳云听了更是心焦，由桌上抄起来了点火的东西，出屋跳出了店房的院墙。她急急地就往东去走，街上两旁的铺户都已关了，也没什么行人，更锣声也在远处，但她极为害怕，——她怕的是爸爸追来，又怕是吴三已经死了。

她越过了城，一直往东，大地茫茫，道途坎坷，她走出约四里，才于微月下望见了一座土岗，这里，大概就是所谓的"乱尸山"了。她来到山下，四处去望，也没见着一人。风摇着枯树，发出来悲惨的声音，忽然她一迈脚步，觉得踏着一具可怕的东西，她疾忙将身向旁去跳，借着微月的微光，向地下审视，见地下原来是躺着个人，连动也不动，大概是死了。她就更吃惊，心说：莫不是吴三吧？但见这具尸身并不很大，绝不是的。

可是她还不放心，她就把带来的打火的东西掏出来，以铁链敲着火石。吧的一声，迸出来火星，但还没有引着火绒过去照看那死尸的脸，此时远处却有人望见了这边的火亮。当时就嗤嗤传来了呼啸，仿佛老鹰的叫声似的。芳云就晓得这必是贼，吴三绝不会吹这个，她就不敢再打火儿了，吧吧地连拍手几下。那边原来是两个人，就悄悄地走来，未到临近，就有一个人说："你是谁？是老褚吗？还不快走？连恶煞星都跑了！刚才来的那瘦子，他救走了吴三，他就是神剑魏！好厉害！咱们不能在这儿待着了，快快跑吧！"

芳云一声也不发，却将两只镖连珠般地打了出去，一个人中镖倒地，另一个人却抹头就跑。芳云飞赶上去，一刀就将他砍倒，但伤得他并不重，只威吓着，向他逼问刚才的情形。这个贼就一面央求着饶命，一面说出原来他们都是南疆的强盗，因为那恶煞星要为南疆虎报仇，并有何子成管账的先生马广财帮助给他们资财，他们便尾随着吴三来此；勾结了四五十人，打算将吴三跟魏芳云全都收拾了，连吴锦娥的性命他们也不饶，所以今天三十多个人才把吴三激到此处。本来吴三孤身抵众，已经不行了，眼看着就要遭他们的毒手，却不料忽然来了一个人将他救走；那人——恶煞星把那个人也认识出来了，晓得他就是天下闻名的大侠客神剑魏。众贼便丧胆惊魂，连城里还留着的那几个，准备今夜下手去害芳云跟锦娥的人，也得快快跑了，都知不跑就性命难保；因为神剑魏本人已经出头了，谁敢惹他呀……芳云听毕，心中突然一喜，觉得自己的爸爸真是一个好爸爸。

当下芳云就饶了这个贼的命，她又问那恶煞星逃往哪里去了，这贼说："不知道，他要跑一定就得跑很远。"芳云又问那马广财现在何处，贼也是说："不知道，反正他没住在这地方，何财东死后，多一半的财产全都归给他了。"芳云也无暇再问了，遂就转身往西去。

越过了城墙，到了城内，她就想到那店里去，看看吴三已经回来了没有。可是正在她顺着街走时，就听身后有人叫道："到这时，你还不跟着我回去吗？"芳云打了个冷战，回身一看，又是她的爸爸神剑魏，她就笑着说："爸爸，您把事情办得真快，真好，可是吴三他现在回店里去了吗？锦娥在那卢家，他也知道了吗？"神剑魏说："都已办完，你就随我进来吧！"原来他们现在说话的地方，就是那家大皮货行的门首。芳云虽仍想要去看看吴三跟锦娥，可是又不敢不依着父亲之命。她的心里仍然不痛快，不高兴。

父女二人越墙进内，一点声音都没有，又到了那间屋中，那盏灯也不像刚才那样的明亮了。神剑魏将女儿手中的刀要过来，随后又教训了一番，他说："今天我要管的这件事，是末一回了。我的年岁已渐老，你也长大了，我们父女都不宜再在江湖飘荡，应当找一个长久居住的家了。"

芳云烦恼地问说："家？把家安在哪儿呢？"神剑魏说："你同我先往伊犁。"芳云噘着嘴说："伊犁那个地方我也不爱！"神剑魏忽然大声说："我叫你往什么地方去，你就得听话！我如今是想带着你到伊犁去，见一个人，给你办完了一件事……"芳云赶紧问说："见什么人？咱们在伊犁有什么亲戚故旧？"神剑魏并不答复她问的这话，依然说："由伊犁回江南，祭一祭咱们魏家的祖坟，再到广州府看望看望你的舅父，然后我再送你到伊犁。"芳云说："来回走，有多麻烦！"神剑魏说："可就完了我一生的事了！"芳云擦擦眼泪，没说什么。她也不明白爸爸到底是什么意思，只觉得爸爸既然这样说，就得依着他，不能不跟着他走，可是就得与吴三暂时分别了。为此，她流了许多的泪，哭泣了半夜，但心中的衷曲无法对着爸爸去说。

次日清晨，有那卢举人就来给他们父女送行，原来卢举人与神剑魏有交谊，这家大皮货行，也就是卢家的资本开的。吴三携带着锦娥，也来叩谢昨晚神剑魏援救的恩德，并且把芳云的那匹马跟行李都送过来了。

芳云的心可真难过，又有点生气，强忍着眼眶里的热泪，吴三却学作书呆子的模样，只管向神剑魏施礼，恭谨而拘束，眼睛一点也不向着芳云看看，他简直像是个呆子了。锦娥拉着芳云的手，倒是恋恋不舍，芳云就悄声对她说："你们千万到李玉兰那儿去等着我，过不了几天我就一定去。"

这时，吴三却在那边对神剑魏说："我是镇河东的弟子，此番我携着舍妹来新疆，若不亏前辈侠义和令媛相救，我们兄妹真没有今天！以后，只要前辈有事，自管召我，我吴三舍死也要报恩！"

神剑魏说："你也不必过分客气了，我们父女帮助人办一点事，向来是不问酬报。何况你又是个好人，我们理应助你，但望你以后要做些正经的生意，少与江湖人接近就是！"吴三唯唯地答应着。

芳云心中却着急，气愤地想，你为什么不跟我父亲说一说，我们一向是有多么好啊？你求求他或者你就托旁边的那卢老头儿给说一说媒，他也许就答应了，也许就不叫我同他走了。她直向吴三使眼色，吴三却没有看见。

卢举人也称赞吴三的相貌不俗，说他将来必定发迹，吴三却叹了口气，说："我自幼学武，没念过什么书，因此前程也就没有！"神剑魏却说："寻找前程不在念过书没念过书，文武都可！"吴三又躬身说："是！以后我一定奔我的前程，我现在是想往黑沙海面，去再和几位恩人叩谢，然后……"芳云这时听见了心中就一喜欢，以为吴三是故意说此话给自己听，叫自己别忘了将来与他相会的地点，就听吴三又说："在那里若能将舍妹安顿下，我就独身去往别处谋前程，不然我先带着舍妹回河东，我再走。我总不能辜负了师长和众位前辈的恩义，更不能忘了人对我的知己之情！"芳云感动得几乎要落泪，因为听这话一定是对着她说的。

此时，外面已有人将他父女的马都备好了，神剑魏便向卢举人作别；芳云又拉了锦娥的手，并且向吴三说："再见！"吴三也向他拱手，说了声："后会有期！"芳云的泪都几乎垂下来了，无奈她跟随着她爹爹就走出了这皮货行。吴三兄妹与卢举人都送出来，神剑魏与芳云就上了马，神剑魏向送的人又拱拱手，就挥鞭走去。芳云是随走随回头，向着吴三兄妹扬鞭，锦娥也抬了抬胳臂，表示着"再见"，只有吴三，那么高的身材却低着头，芳云便猜出，他的心必是很难过了。

他们父女离了焉耆县往西走去，顺着都斯河岸，迎着寒风，踏着荒沙，沿途简直没遇见一个漂亮整齐的人。晚间就在游牧人的庐幕里寄宿，喝的是马乳，吃的是马肉、羊油，闻的是一种骚膻的气味；听的是各种的番语，跟清晨的山雕叫唤，还有黄昏的喇叭鸣声——这是游牧人叫他们放出的牛马归来的信号。天，总是阴的时候居多，地上又落了一场大雪。芳云真难受，沿途上不住地抱怨，她的爸爸神剑魏也厉声呵责她，父女的感情真不如从前好了。

走得快到了天山的时候，迎面又遇着了一群强盗，有二百余骑，可是一望见了神剑魏，就连句话也不敢过来说，当时就都纷纷地乱奔。这种情形，芳云已见过无数次了，然而如今对她的爸爸更是特别的敬佩。她晓得自己若是跑，无论跑到哪里，爸爸也能够赶上；可是爸爸什么都好，就是不知道女儿的心！

过天山时，山上满是积雪，但他们父女策马过山，并未觉出困难。芳云时时惦记着吴三，不知他们兄妹在过天山时是否平安，真盼着这连绵的峰岭能够从远处传来信息。

她随着爸爸过了山，又走了数日，方才到了伊犁河，这条大河已经结了坚冰，他们的两匹马就从冰上踏过，而一直进了伊犁城。伊犁地面本来有城九座，他们父女现在来到这是其中最大的一座城，土名叫作"金顶寺"。这里比迪化繁盛得多，这里驻的"伊犁将军"官位跟职权比巡抚都大。神剑魏来到这里的第一日，就去赴将军设的洗尘宴。但他——这位名闻天下的奇侠，所最开心的却是在这里的一个罪人，即是那官至尚书而被罪远戍的胡大人。他对胡大人的尊敬，是比江湖上那些人对他的尊敬更深。胡公子被他护送到这里，伤势到了现在已经痊愈了。

如今神剑魏就直说明了，他把女儿找回来，是要叫女儿跟胡公子订婚。芳云觉得这如同是在头上响了个霹雳，她坚决地摇头，哭着向神剑魏说："爸爸！我不愿意，我宁可死，也不能愿意！"

神剑魏怒斥着："你不愿意，也得依从着我。我的女儿不能下嫁江湖，也不攀附高门，只像胡公子这样的，是最如我的意，人既老成，品德也好，他家虽已败落，但他的父亲却是一位大大的忠良！胡公子是你的终身依靠！"芳云说："我不依靠他！爸爸，你别再逼我啦！若逼急了我，我可就去寻死！"神剑魏怒说："你就去死吧！"芳云擦着眼睛说："我先杀死了胡公子，我才能去寻死！"因此，父女二人就伤了感情。

他们是住在店房里，父女二人分住两间屋子，芳云那间屋的门几乎就整天也不开，她在屋里，头也不梳，脸也不洗，就躺在床上睡。第一天跟第二天。店伙来送饭，她都不开门，她就水米都不进，原想着她的父亲会因此而可怜，会来叫她的门，跟她说："胡公子的事情作为罢论了，你就去随便嫁人吧！"她争的就是这两句话，自然，如果她的父亲真这样说出来，她也很觉得羞愧。

可是她的爸爸神剑魏就不说，知道她的女儿是这样，可是一概置之不理，每天要请那胡公子过来畅谈。倒是那个胡公子，一来是已看出来这种情形，知道不可强求；二来，自己身上受的伤虽好了，可是身体虚弱，好像已染了痨病，天天听神剑魏的高谈阔论，他的精神支持不住，他简直受不了。所以到第三天，神剑魏虽然派人又去请他，他可也不来了。神剑魏就一个人在屋里发脾气，叹息，顿脚，并抽出剑来向桌上用力地拍。

芳云在屋里倒渐渐地宽了心了，再把茶饭送来时，她也就开了一道门缝接进来了。有时神剑魏不在店里，她也把屋门一开，想要私自远去；但究竟觉着那太对不起父亲了，她不愿因此事弄得父女永绝。

然而又过了两天，又来了两个人，一是鹅头小孟，一是于朗月，他们更是可厌。那于朗月尤其脸厚，见了神剑魏，就呈上了他父亲于抚台书写的一封为儿求亲的书信，遂后他就公然说："我跟芳云小姐在迪化见过，现在听说芳云小姐病了，我快去看看她吧！"芳云在隔壁听了，赶紧将屋门闭得严里又严，并顶上一张桌子。她又不愿叫于朗月看见自己这蓬头垢面的样子，所以躺在炕上用被蒙着头。鹅头小孟把门敲了几下，又推，推也是推不开，隔着门缝向里说："于三少爷看您来啦！"芳云也是不理。只听小孟跟那于朗月在门外悄悄说了几声话，就不再来叫门了。

这个于三少爷确实比那胡公子强得多，相貌既好，神情又潇洒，举止大方豪迈，说话的声音也极为清楚宏亮，不但才学高深，江湖的事迹他也晓得的不少，使得神剑魏也惊讶不止。

当天的晚上，神剑魏就隔着窗来告诉女儿，说："胡家的亲事你既不允，于家现在来求亲，但总可以愿意了吧？他的父亲是巡抚，我本不愿攀这样的亲，可是只是要将你的终身大事办完，我就无挂牵了，也沾不着他们的荣利。再说，我见于朗月那个人也还不俗，你若是应允了，我好去回复他们！"芳云听了爸爸的话，忍不住地伤心，就在被里哭泣起来。

结果，芳云并没有表示可否，她的心里更加难受，因为她也承认，于朗月的为人，不但是不俗，还很多情。可是他到底不是个"英雄"，不像吴三那样的"英雄"，何况自己与吴三还有约呢！约在李玉兰那里见面，李玉兰纵不明白我的心，锦娥也会明白我的心事，他们一定在那里等着自己了，自己岂能负约而不去呢？这时神剑魏在外叹息了一声，就走了。芳云终宵未寐，辗转斟酌，结果她是决定了走。

到了四更时，她就悄悄地起来。她父亲近日是因为心绪愁闷，时常饮酒，所以晚上睡得很沉；于朗月又不在这店里住，因此没有人察觉她的行动。她先出屋到马棚下，备上了她的那匹马，将简便的行囊多放在马上，再悄悄地拿着洗脸盆到厨房去舀了水，回屋来净过面，只在梳头的时候点上了一会儿灯，遂即吹了。她又换了一身干净的衣服，看了看外面的天色已将发晓，就赶紧出了屋，去开那店门。因为门是锁着，她又不愿惊醒了店伙，所以她就用手拧，扭，并拿出一支镖来砸，因此，就发出来两下响声。

原来鹅头小孟也住在店里，他听见门锁的响声，就赶快爬起来，先扒着窗向外一看，他就大惊，当时开了门跑出来，大声地说："小姐……你怎么要走呀？哎呀！你可别走呀？"芳云冲着他一抬手，他就以为是飞镖来了，赶紧将身趴在地下，其实芳云并未将镖发出，却已将门开了，到马棚下就取马。鹅头小孟现在也不嚷了，只蹲在地下说："小姐！你想一想，于朗月那样的人才，天下还能够到哪儿去找？既是小姐，就早晚得出阁。像那样的人，你都不要，你还要谁呢？"芳云说："呸！"策马就出了店门，把那个砸下来的锁头也扔在地下了。

这时天才亮，伊犁的城门才开，魏芳云出了南门，渡过了伊犁河，就往东去，又走向了风沙的大道。天气很冷，然而她的心里是有一点温暖，她急着要去见她那心目中的英雄，理想中的一生伴侣。她急急地走，恐怕她的爸爸能够追她，她又时时回首望去，身后也是一片风沙。

那位老侠客倒未来追赶他的女儿，可是走出了三十多里，再回首时，就见有一骑追来，仔细一看，原来是于朗月。她既是诧异，又生气，心说：你一个书呆子，难道还能够骑着马赶上我吗？于是更紧紧挥鞭。又走下了数里，再回首时，于朗月就已不见了，然而前面的风沙愈高。

天色还没太晚，她就不得不找了个市镇而投宿，因为风实在大。在店里，风撼得这土屋、板壁都几乎要坍塌。天又实在冷，炕里面燃烧着驼粪，外面还抱这个炭盆，并且是才吃完一碗热汤面，可是也暖和不过来她的肢体。待了些时，屋中已黑，窗外可更是发亮，风沙也似乎息了，只听外面喳喳喳有一种微细的单调的声音，她推开门一看，原来遍地已白，空中仍飘荡着成团的雪花。连次走过冰雪天山的她，对此是一点也不觉着畏怯，反觉着雪的颜色好看，雪花好玩，可是她想起来随在后面的于朗月，"那个书呆子，不！他不呆，他只是个情痴。"他那样的文弱的身体，又不大会骑马，岂不要死在半路上吗？其实那样的人死了，也不怎么委屈；不过他若是为我而死，我可有一点对不起他！因此就有点关心。

待了会儿，伙计进屋来点灯，芳云就问说："随在我后边，有一个也骑着马的人？"伙计就问："是个爷们还是个婆娘？"芳云说："是一个爷们。"说出这话，脸不禁有些发红，又说："是一个年轻的人，读书的人。"伙计摇头说："没看见！"芳云就不再问了。

伙计出屋之后，她就将门闭紧，想一想父亲，觉得心里很难过；但又一想远处的吴三，却又欢喜，她就盼着这场雪不要下得太大。熄了灯就睡，想一觉就到天明。天明就走，好快些见着吴三。

一夜过去，次日还没到五更，她就醒了，窗上已然很亮，扒着窗一看，外面的雪依然飘洒着，处处都成了白色的，地下的都没过了土阶，可见至少也有二尺厚了。芳云不由皱了皱眉，心说："这样可怎么能够走呀？即使勉强走，也绝走不出多少里路，白受苦！"同时天又冷，这些日自己又觉得懒恹恹的。因此，就懒得起床，一直睡到吃午饭的时候。

午后，她在屋中寂寞无聊。店中也很清静，可是过了些时，忽听见外面有车轮响，又有客人来了，她心里就想：人家是怎么走来的，我反倒不能够走？我真懒，吴三在那儿不定怎么盼望着我啦！可是今天已经到这时候了，只好等明天，无论风雪多大，就也动身吧！

此时外面的人，说话的声音不断，说着说着，并且说到这房前来了。她很觉得诧异，就见伙计自外面硬把门开开，她就问说："什么事？"伙计叫她说："太太，你不是等这位老爷吗？"芳云生着气说：“什么话？”

外面一听见了她的声音，当时就另有一个男子回答，带笑说：“魏小姐……是我，我因知小姐仓卒出来，未多带着随身的什物，所以我才冒昧地前来。”芳云一听，就知道是那个于朗月，暗暗地哼了一声，心说：难道你还能够送给我什么东西吗？

她带着气就跳下了炕，向门外一看，只见于朗月虽立于雪中，然而衣冠整洁，态度文雅，满面的春风。芳云立时就沉下脸儿来，那于朗月往近来走，微微打躬，又笑着说：“实在是对不起！实在是欠礼！”芳云仍然不言语。

于朗月是自己骑着马，同时原来还带着车，还有一个小厮。当下他就命小厮把东西拿来，送到屋中，当着店里的伙计，芳云也不好意思闹翻了脸。就见是两只包袱，于朗月就走进屋来，又说：“好大的雪！天气可是真冷！”随之就将屋门带上。芳云向后退了一步，双颊微红，而面上泛出来怒色。于朗月却又恭谨地拱着手，说：“魏小姐！这次我来得实在唐突，但我由迪化到伊犁确实是奉着父命，有一封信，我已呈上了令尊大人，其中的大意，谅小姐必已知道了。”芳云摇着头说：“我不知道！”于朗月说：“既是这样，想小姐此次出游，还不是为了那封信的缘故，也不是为我到了伊犁，才使小姐离开！”芳云说：“你去你的，我来我的，两不相干……”

于朗月又躬身说：“诚然如此！小姐本是一位钗裙的奇侠，巾帼英雄，此番冒着寒风大雪出游，必定是有为人间不平之事，去救忠义良善之人，我也不敢多问。只是听说小姐离开伊犁之时，随身的行李甚简，天寒，恐怕在路上不太够用，我现在带来一些，或者是小姐所需，小姐也是一位慷慨豪侠的人，想当不以我之此举为冒昧。”

芳云的眼光也没向那包袱上去投，只点了点头说：“好啦，我就收下吧！”她连一个“谢”字也没有提，于朗月倒又向她拱了拱手，并说：“我也是要往东边去走一走，倘能和小姐一路同行，更是欣幸!"芳云没再理他,他便退出屋去了,并给轻轻地关上了屋门。

此时芳云倒直向窗外去看,并侧耳静听,就知道于朗月带着那个仆人也在店里找了房屋。芳云觉得这个人很是奇怪,耐性还真不小,于是打开那两只包袱看了一看,见里面都是妇女穿用的皮棉衣裳,都十分的艳丽、奢华,而且完全是新做的,看了看那肥瘦与长短,还都很跟自己的身体差不多;另外有两只首饰匣,上面贴着红色的双喜字,又有两封银子,也用红绫包着。

芳云这时可真生了气,她心说:这不是当着面给我下订礼吗?这么看他许有婚书没有交来呢!但是又一想,连自己所骑的那匹马,也是上次在迪化他送还我的。我若都拒绝、退回,跟他赌气,那自是合不着,同时也显出来我不慷慨豪侠,不如我就给他一个干收,反正决定不理他就得了。于是就把包袱系好,扔在一边,又倒在床上,冥想着吴三。可是一阵阵地不由想起来于朗月,而且渐渐觉得于朗月仿佛也有许多的好处为吴三所没有的。这种思绪就绕在她的心上,有些撕不开,扯不断,同时又听那屋里的于朗月在朗诵诗文,声音益是引她的注意。

芳云觉着不大好,觉着这种读书的人都会行使诡计,都能够用他们儒雅的仪表,深奥的诗文,客气、送礼、撩逗,而使他们所爱慕的女子入于他的网罗。如今,芳云就觉着自己受了人的这些好处而不理人家,太有点不对了,她不愿这种柔弱多情的心滋生出来,她就决然说:"走!雪大算得什么!我屋里有人送的礼物,跟人家抚台的公子同住在一个店里,算是怎么一回事?"于是,她就唤来店伙,付清了钱,收拾了行李,骑着马走了。

此时,雪虽不大,可是路极难行,地面皑皑的白雪之上,连一点马蹄和人的脚印也没有。她只走了约二十里,就又找了一处小镇店住下了。这里没有了于朗月,她才放了点心。次晨雪住,又往东行。因为道路雪多,马上的行李又重,所以无法赶路。行走二十几天才来到迪化，但她没有进城，又往东去。这时越走就越离李玉兰的家近了，也跟吴三会面的日期近了，她心中又喜又急，不过她反倒不能快走了。因为她不愿风沙吹伤了她的颜面，使玉兰和锦娥见笑；又不愿过劳了她的身体，怕吴三见了关心。有时是一阵阵地悲伤，是一种将嫁的女儿特有的无端的悲伤。

这日走在奇台县，使她意外地惊讶：同店里住着一个人，携着两个仆人，还有车马跟随。这个人衣服雅丽，举止豪华，店家特别殷勤地招待他，同店里住的客商和妇女，对此人都悄悄地谈论，偷偷地观看，仿佛都是羡慕极了，敬仰极了。这人又正是于朗月，他走得可真不慢，也许因为他有的是钱，所以到处都能够换好车，选好马，结果是追上了芳云。并且他的仆人多添了一个，衣履又换的更新，可见他路过迪化的时候还回了一趟家。因为有他的吩咐，所以店家对芳云招待得也特别殷勤。晚间，于朗月命店家先来通知了，递来了他的名帖，又待了一会儿，他才来到芳云的屋里。他就仿佛是拜访尊贵的客人似的那么恭谨，使得芳云不但不能发脾气翻脸，反倒有点羞涩涩的，自己倒恨自己不大方了。

于朗月对芳云并没有说别的，只是又陈述其敬仰、钦佩之情而已，芳云也淡淡地回答了他两句话，他就退出了。但因此使得芳云又思他，感激他，并细细揣测他的为人，还拿他跟吴三两个人权衡了一下，结果芳云是对自己冷笑了一声：对于这么个花花公子，风流自赏的大少爷，何必关心呢？由他跟着我好了，最好能够叫他跟着我到黑沙海西，见见吴三；大概也不用吴三打他，他一看见了我同吴三的情形，他也就知难而退了。对于一个妄想攀高的人是应当如此对付的，不能够叫他高兴了。因此芳云就把于朗月从心里抛开，次日仍往东去，又行数日，就来到了黑沙海面，又见了李玉兰的那片村舍。

芳云来到这里的时候是在午后，天晴风定，这地方大概最近几天没有见雪，所以地下没有冻着冰。雪还在远林之外飘着，真如一

第六回　含泪撮成双鸳侣

一七九

幅妙笔画出的冬景图。铃铛声叮当啷当地响，一大串驮着货的骆驼由对面走来，拉骆驼的几个人都惊讶看着她；她也走过去，一回首却见那几个人也都回首还向她笑。芳云就心里想：这些人很讨厌，以后我还是得叫吴三离开这儿，在这儿住长了，不但我爸爸容易找到，还能够把他的壮志消磨了，谁能像李玉兰那样庸庸碌碌，跟骆驼打半辈子的交道？

一霎时，她就催马进了村，村里都是十分清静，她在李家的门前下了马，解开了头上和脸上罩着的纱帕，将马拴在门前的一块石头之旁。她又摸了摸头发，弹弹衣上的尘土，这时她却听见门里说话的人很多，还有笑声，她就也笑，心说："你们倒都挺乐的，可知道我在路上受了多么的苦！"但并不恼。走进了门，听北屋里的笑声还未断，那赵老爷爷正在说："我打算今天就喝你们喜酒！"芳云一怔，心说："他们怎么知道我要来了？"屋中正有一个人要出来，门一开，里边的很多的人都看见芳云了，可是都惊讶，没有一个迎出来的，只有那赵老爷爷哈哈大笑地走了出来，说："魏姑娘，你真是一个女神仙。你怎么会来了呢？怎么就知道李大姑娘跟吴三爷今天订喜事呢？请！请！请进屋来看看吧！"

这时候芳云的感觉就如同是一盆冰水从头上直浇到心上，有如做着梦一般，而且做的是怪梦，她呆默默地进了屋，见屋中果然摆着天地桌，还贴着李氏与吴氏三代宗亲之位的条子，屋中的香烟还没有散，可见是才行过了礼。吴三那大个子穿着新做的兰缎面子的大皮袄，还戴着一顶好像官员的帽子，李玉兰更简直是个新娘子。吴三先向芳云拱拱手说："我还以为魏姑娘不能来了呢？"芳云瞪起眼睛来说："我为什么不能来？"李玉兰这时才过来，拉着她的手笑说："你看你，还没喝我们的酒啊，你的脸就先紫啦！"旁边也有人笑着说："外面太冷，多半是姑娘在风里冻的，快到炉旁边来暖一暖吧！"芳云这时的心如被烈火焚烧着，此时她若是身边带着利剑，她真能够抽出来，结果了吴三与李玉兰的性命。但她转而又一想：

"我何必要露出生气的样子呢？以我堂堂的一个侠女，为什么要叫这些俗人看不起？"于是她就粲然一笑，说："我不但是从千里之外特来给你们贺喜，我还带来了价值万金的礼物！"

说着，她自己咚咚咚跑到门外把马牵进来，解下来包袱就拿进了屋，笑得更厉害，说："玉兰姐姐你快来看吧！不管你穿着合适不合适，我给你做的这些东西，你看了就一定喜欢。"说着，把两只包裹在桌上全都打开，一班来贺喜的女人都挤过来看，都惊羡得目瞪口呆。李玉兰也是从来没有见过这么华贵的衣裳。

赵老爷爷在旁更大声说："哎呀！这至少不得值上几千两银子吗？能买二三十只骆驼吧！这可真了不得！魏姑娘你怎么花这么些钱呀？"啧啧两声又说："可也是！吴姑爷是个有志气的人，没定亲的时候就先说明白了，定了亲之后先去谋出身，几时有了前程，几时再迎娶过门；那时把这里的房产、地业连骆驼，全都给兄弟，他们一个也不要。刚才我还说，何必这样呢，可是现在魏姑娘一送来这些东西，喝！这简直都是官太太用的东西，李大姑娘早晚非得当官太太不可！明天就许有敲锣贴喜报子来啦！说吴姑爷放了阔差，中了武举！"

芳云起初还鄙视吴三，以为他是贪图这点财产才要娶李玉兰，如今知道不是，吴三并不图什么，只是要李玉兰一个人。于是芳云的心就更加难受，更腾起来怒气，又把那堆衣裳一掀，露出那两只首饰匣，匣上贴着红喜字，更显出是特为贺喜的礼物，她就说："这些也是我给你买来的！"打开一看，金光灿然，一盒里是一对双股金钗和两对耳坠、四只镶珠嵌翠的戒指，另一盒里却是两对金镯。一些女人们却更惊羡，有的还把眼睛挨在匣边，问说："这是真金的呀，还是包金、镀金的呀？"芳云瞪了这个女人一眼，说："都是我在迪化省城订打的，会有什么假货！"

吴三过来说："魏姑娘，你不但救了我的性命，使我得以跟李大姑娘成全这件亲事，你还送这样的厚礼，真叫我……说什么感谢的话才好!"芳云哼了一声,把吴三上下打量说:"想不到你这时候也学得会说话了!真是福至心灵!你们这样的大好亲事,我为什么不贺?"吴三说:"我上次在这里时,就有意求亲,可惜那时我正在危难之间,又正穷困!"芳云瞪着眼睛说:"你现在还算穷困吗?"吴三说:"但我吴三不愿享受什么富贵荣华,将来魏姑娘就晓得了。我要娶李姑娘,是因为她贤德、能干,而且她说她将来能够跟我受苦,同着我去流浪江湖!"芳云说:"好啦!不用说啦!等将来你要再遇着南疆虎,李大姐姐也遇见何子成或者更厉害的人,那时我必去救你们!"芳云以后便不再说什么,表面上看她是欢天喜地的,其实她也暗自弹泪,只有锦娥看见。

晚间,芳云和锦娥睡在一起。锦娥明了芳云此时的心情,含泪说了许多安慰的话,但芳云仍佯笑不理会,一直等到锦娥睡熟。屋中静寂寂的,芳云感到自己异常孤单,想到白天吴三和李玉兰的情景,她越想越气。她知道今晚吴三仍住在赵老爷爷的家中,李玉兰住在北屋,他们现在终身已订,但还没有成为夫妻,真要是成为夫妻,那可更气人了!芳云现在真想要先到赵老爷爷的家里,一镖打死吴三,然后再回来用镖打死李玉兰,最后携带着锦娥走去,这样仿佛才能使得自己的心中稍平妒恨。

她都已经走出了屋,忽见月光清朗,李玉兰的那屋里灯光也很明。她悄悄地走过去扒着窗隙一看,就见李玉兰正在灯下,一件件的细细检点那两只包袱里的东西,仿佛喜爱得她连觉都不得睡了,芳云就不由对她更为轻视,说:"这么一个眼皮子浅的女人,我也犯不着跟她争什么!更不值得一镖打死她!"就跳出了墙,又到赵老爷爷的家里去。

原来这里也还没有睡觉,吴三的屋中灯光微明,纸窗上隐隐有赵老爷爷的影子,他正在说:"……我瞧那些东西总有些来历不明吧?神剑魏纵便是有钱,可是也不能都由着他的女儿随便花用。那两包袱东西,连那两只首饰匣,不值一万,也得值几千,我总觉着那不是好来的，别是她在什么伊犁、迪化，跳墙进到财主的家里偷出来的吧？假如那样，这可就是贼赃，你娶亲的那天可千万别显露出来，可了不得！……"这赵老爷爷因为自己的耳朵聋，所以说话的声儿特别大。芳云听着气极了，若不是想到这个老头子曾经对她也有过好处，就掏出镖来打死他。

此时却又听吴三感慨地回答，连说："赵老爷爷你不要多疑，魏姑娘她虽会武艺，会越墙蹿房，但她为人尚义任侠，绝非盗贼可比，绝不能做偷窃的事。我知道她手中没有太多的钱，但她认识的人很多，有许多的人都是受过她的救命大德，想报都无法报；那两包袱东西也许是旁人送给她的，她自己不喜使用，才拿来送给我们，来历一定是光明正大，老爷爷您就放心吧！我看这村里的人对魏姑娘都永存着疑惧，其实不必，她真是一位侠女，实实在在是个好人！"

赵老爷爷还摇着头，说："好人坏人都先不必说！她是侠女，咱们就惹不起她，以后我劝你们还是少跟她来往！"吴三叹气说："老爷爷你还有些不知道！本来我可以与她定亲，但我没有那样做，因我自己有主张，是娶妻当娶淑女，交友不妨结侠客……"窗外的魏芳云听到此处，已掏出镖来。

听吴三接又说："娶妻是为共甘苦，将来我有荣华，要与玉兰姑娘同享；我受穷苦，当与玉兰姑娘同受。但交友是要同生死共患难的，她日若是魏姑娘在别处遇有危难，那时即使我在千里之外，我也要赶去救她、助她，那时也许就是我死日到了！"

赵老爷爷惊讶着说："你怎么胡说起来！你还没办大喜事，怎么就说出这样丧气话来，让我这个老头子当媒人的听了，心里有多么打鼓呀！"

吴三却笑，笑声之中带着悲惨，说："这话在前天我已经对玉兰姑娘说了，她不拦阻我，她可也不信魏姑娘武艺那样高强的人，能遇着什么危难。但万一有事，将来我因报恩而送掉性命，她是无怨的！所以将来老爷爷你还得多照应她！"

赵老爷爷急了说："这是什么话！唉！这是什么话！早知道你们都有这个想头，我不给你们做这个媒！可是我也活不了几年啦，但愿意你们白头到老呀！魏丫头那个人还靠得住？说不定几时，她就能够跟几十个强盗在大漠打了起来，她一打不过，你就许去上手；你一上手，你就许完，玉兰她不成了小寡妇了吗？你妹妹也没有人管啦，都得托我照应？我这个老头子！唉！依着我说，干脆你连魏姑娘也娶了吧！那两包袱衣裳也足够她们两人穿戴的，别叫她们分什么大小，你将来做了高官，若有两个太太，那更显得够谱儿！"

吴三说："老爷爷的话说得太错了，太污蔑了芳云那样的女侠！"赵老爷爷说："女侠难道就不嫁人吗？"吴三说："她嫁人也要嫁那武艺比她高超，生性比她磊落，英名比她还远大的人，我是个庸人、愚夫！如何配得上她？"

此时窗外的芳云蹿上了房去走了，她出了村，无目的地走，走到远处的寒林间，徘徊了半天，心中一阵一阵凄楚，却又一阵宽慰、自矜，直到月向西坠，天已渐明，她才回到了李玉兰的家里。进屋时，锦娥一点也不觉得。芳云就将镖囊收起来，拉了一条被倒身睡下。

昏昏然，直到次日，她的觉还没有睡足，可就被外边的嘈杂声音吵醒了，好像村里出了什么大事，外面又是车轴响又是马蹄声，听那拉骆驼的傻子说："来了大官啦！"又听另一个人说："不要慌！这是迪化抚台大人的公子，上次魏姑娘骑到迪化没骑回来的那只小骆驼，就是人家派人给送回来的；现在来了，要见魏姑娘，魏姑娘起来了没有？"芳云听于朗月又追到这儿来了，就不由得生气，急跳下炕，手挽着发，骂道："讨厌死人！"

这时锦娥忽上前来拉住了她；锦娥的意思是怕她出去，把人家抚台的公子打了。可是芳云忽然回眸一看，她觉出锦娥的模样实在胜过李玉兰，不然，也不会使得何子成把她抢去。当时，芳云的心思忽然一转，就笑着说："你拉着我干什么？"锦娥说："我是想，这位抚台的公子来找姐姐，不定是有什么用意，姐姐你若是愿意见他，就可以把他让进来；不然就叫我哥哥跟赵老爷爷应酬他们，就得啦！免得姐姐出去惹气！"芳云说："我跟他惹什么气？他叫于朗月，上次在迪化，我们两人就认识了，他对我很好，我正盼着他来，有点事还要求他，有什么气可惹呀？"说着，拿过来镜子，整了整头发，又忽然往脸上涂了一些胭脂，她就走出了门去。

原来这时，那翩翩风采的于朗月刚被让到赵老爷爷的家，这才谈完了话出来，赵老爷爷、吴三恭送着，村子各家各户的人也都出来了，少妇长女们全都偷眼往外瞧，都表现着惊异之色。实在，像于朗月这样衣饰阔绰的俊俏少年，村里的人一辈子也没见过，何况又跟着有两辆簇新的车，几匹鞍辔鲜明的马，简直是天官降临了凡世。一些人早把骆驼赶走拉走，地下扫得干干净净，连李家的台阶都给扫得毫无尘埃，现在就见这位公子到李家看那位侠女魏姑娘去了。

但是，这位公子倒背着手，含着微笑，还没有走到李家门前，就见魏侠女已自门中走出。这位公子当时敛住了步，拱拱手，恭恭谨谨地说道："我知道魏小姐必在这里，上次，小姐自迪化走后，我就叫人去访问。有见过小姐的两个客商就说过，这里的李小姐和吴三兄全是小姐的好友。前些日，这里的李少爷娶亲时，小姐就在这里，所以那只小骆驼我早就叫人给送回来了，那时小姐还在南疆！"

芳云微笑说："我真没法谢你，你真是一位热心的人！"于朗月又拱手说："不敢当！此次我是一来拜访侠女，二来是见一见吴三兄，因为久闻吴三兄也是一位侠义之人。"芳云说："吴三兄昨天定的亲，有大喜的事，你没有给他贺喜吗？"

于朗月一怔，回过身去向吴三说："是真的吗？吴三兄是才定的亲事吗？小弟理应道喜！"吴三是干拱着手，脸通红，却答不出一句话来。赵老爷爷替他说了："定的就是这村里的李玉兰姑娘。"于朗月这才大笑，连向吴三作揖贺喜。

芳云却在那边笑着说："得啦！你就先别给人贺喜了，我这儿还有一件喜事，要跟你商量商量呢，你就来吧！"

这位侠女现在真是千娇百媚，她点着手儿，叫于朗月随着她到村外去，一般看见了的人，全都不知道是怎么回事。但于朗月态度从容，挂在面上的笑容愈深，他连一个仆人也不带着，就跟芳云出了村子；愈走愈远，已走到那远林之外青山之间了。四顾无人，芳云才回转过来，正色向他说："你知道我把你带到哪儿去？"于朗月摇头说："我也不问，随小姐把我带到天涯海角，我都乐意去！"芳云说："我是会杀人的！"于朗月笑着说："死在美人的刀下，胜如这样寂寞着度过一生！"芳云又问说："你为什么寂寞？你不会找个好看的……你娶了她吗？"说出了这话，自己也不由得脸红。于朗月却一点也不变色，仍然大大方方地说："天下的女子，再也没有比侠女好看的。"芳云的脸更红了，问说："侠女是可以娶的吗？"于朗月不言语了。芳云索性问说："你也不想想，你既是钦佩侠女，难道就能叫侠女嫁你……做你的老婆吗？"于朗月仍不言语，只是微笑。

芳云说："我告诉你，连吴三他都没有这胆子，他不敢娶我。我既是侠女，就如同是鸟中的凤凰、兽中的祥麟，叫我去当你的少奶奶，你不是亵渎我吗？"于朗月连连打躬说："不敢！不敢！我实未做此想，我仰慕小姐正如仰慕祥麟威凤一般；但我愿抛去富贵，抛去身家，从我所仰慕之祥麟威凤，遨游终生！"芳云说："这也不必！现在倒是有一个姑娘，虽然不会武艺，不是侠女，但长得模样比我还好；她的性命是我救的，我的心情，唯有她知道。"于朗月说："莫非是吴三的妹妹锦娥姑娘？"芳云说："对了，正是她，你不要以为她配不上你这样高贵的身份，她的出身并不比我低，她还是和阗县正堂夫人的义妹！"于朗月说："这全是末节，只是……"

芳云拦住他的话说："你先别言语！还听我说，我实在已被你这个多情的人感动了！可惜不能，我这一生，不能再做谁的妻子了。现在我给你做媒，将我做她，娶了她就如同娶了我，我将与你身隔千里，但心如在一处。"说到此处，芳云竟不禁悲哽起来。于朗月却喜欢得直笑，说："即承小姐这样错爱，我如何不允？"

芳云听于朗月把这件事情答应得这么痛快，她倒觉得很骇异，同时更加喜爱这个不同凡俗的公子。当下于朗月就特别喜欢，同着芳云直回到村里，不待芳云说话，他先叫赵老爷爷给他去求亲，赵老爷爷呆得胡子都垂了下来。吴三也说："我们卑贱的人家，况舍妹又曾经许配过人，虽那人已死，但怎能攀高枝呀？"芳云却向他瞪眼说："连这么点事，你都违背我吗？都不肯答应吗？"吴三便不敢再言语了。当时芳云高兴极了，进去告诉了李玉兰，又去跟锦娥说，锦娥感激，不禁抱住她哭了，她也不住地对着锦娥流泪。

当日，村子里的人连正事都不干了，骆驼也没人管了，那个傻子嚷嚷着说："咱这村子快跟抚台的大爷定亲了！"于朗月即被赵老爷爷让在村中一家房屋比较宽大的家里暂住，他写了信，派人回迪化去征询他父亲的同意。在此住了十几天，他就与吴三、李玉兰全都很熟识了，他也见了锦娥的面，认为确有芳云那般的美，同时芳云天天与他见面，慷慨潇洒，有笑有谈，彬彬不拘。十日以后，迪化的巡抚不仅有了回书，儿子的婚事都听儿子自主，并且着人带来了贵重的聘礼；芳云就将锦娥也打扮得跟新娘一般，叫她纳礼受聘，等待着吉期，于是这个幸福的小村里又出了一件喜事。吴三与李玉兰，于朗月与吴锦娥，两对鸳鸯，谱订了终生之好，并择日就要同往迪化去成亲。

在这时忽有迪化来的人说："神剑魏老爷几日前到了迪化，与抚台作别，携带着鹅头小孟往东去了，并曾言以后恐不再到新疆来了！"芳云一听，就说："我也应当走了！"于是她就收束行囊，李玉兰和锦娥对她都恋恋不舍，于朗月与吴三共同设宴饯别。她虽然面上是很高兴，但心里很是凄惨；她流过眼泪，但是背着人，只有锦娥一个人知道。现在村里的人不再像早先了，简直没有一个不对芳云佩服、尊敬的，说这真是一位女侠，是个高人。

这一日，天气晴朗，北风已停，远山远林，渐转春意，芳云就走了。于朗月、锦娥、吴三、李玉兰、赵老爷爷，连同很多的人，全都把她送出了村子。她上了白马，拊手令众人回去，看了看吴三，她的脸儿只沉着，并无一语；又望了望于朗月，她倒是一笑，说了一声："后会有期！"说毕，她就策马东去，连头也不回，少时间就走入了那辽远无垠的黑沙海。她忽又想起秦雄来了，忽觉得那人才是一条好汉，才是一个男子，比吴三跟于朗月都强，但这种思绪不过在她的脑中一现，她疾疾地就给掠开了；同时马也疾进，过了黑沙海就一直往东。

芳云走后，已是岁暮，于朗月同锦娥，吴三同李玉兰，都赶往迪化去成亲；在双双办喜事的时候，迪化城里很热闹了一回。接着就是过新年，元宵节闹灯笼，巡抚衙门也摆出了"鳌山灯"来，衙门内外的人全都非常高兴。过了几日，那位吴二太太也自和阗县赶来认亲。锦娥真是苦尽甘来，她没有想到她竟会做了阔少奶奶，并且她的哥哥也在衙门做了班头，嫂嫂玉兰也同她在一起居住。夫婿待她更是恩爱，只是有一样，她不大了解，于朗月叫她出去会客，是穿戴得像个少奶奶的样子；可是在屋里，尤其是晚间灯下，新夫妇相对，于朗月总叫她换上短的衣裤，而且不是红的就是紫的，把她打扮得简直也像个侠女子。同时于朗月给她改了名字，叫她为"芳云"。她起初觉得太不好意思了，后来也略略察觉了夫婿的心，就也依着他，而不把他的心点破。于朗月并且将那间书房"郎月斋"改名为"亦云精舍"，在壁间悬上宝剑，终日在其中苦读。

至于吴三与李玉兰也琴瑟甚得，一年之后，他们就得了个小孩。但吴三不愿再倚顺着亲戚做事，他先往和阗，至秦雄的坟上吊祭了一番，随后他又返迪化，辞别亲友，携妻子还往故里，由河东又转往江南，他到处寻访魏父女，思报昔日之恩，连访了数载，倒是听说神剑魏已经病故，而他的女儿魏芳云却无下落。

　　如此又是数载，吴三在江湖上名声渐盛，兼有贤内助李玉兰把他累年保镖所得的钱除了饮食必需之外多一个也不花；积少成多，凑成资本，他们就在山东临清开了一家大镖店。临清地濒运粮河，在彼时原是个著名的大码头，商业繁盛，镖店的生意尤其兴隆，这时要提起吴三爷吴大镖头来，是无人不知；吴家镖店的内掌柜，精明干练，写算精通，远近更都晓得。只是吴三爷有两个儿子，现在已都在习学拳脚了，大的名叫"吴忘恩"，这个名字很特别；二的却叫"秦小雄"，据他自己说是过继给人了，可又不知道那个姓秦的在哪里。吴三见儿子俱将长成，他就又时常出外，有时自己押着镖走远路，有时还只身去走，年余不归。他的心是总想要寻一寻芳云的下落，找一个机会，好报她昔日的恩德。在外面，他济贫扶倾，也总称奉侠女之命，做此等之事。可惜，历遍了山川，过了十余载之久，也未得重见芳云之面！

　　这时，那迪化的于抚台也已去世，当年神剑魏所崇拜的那位胡大人放了新疆的巡抚，胡公子可已因痨疾而死了。这位胡抚台因为知道当年于抚台在任时，一切的公事全是由他的三公子代办，至今人民还盛道那位三公子的种种好处。现在于朗月，是做着江西永新知县，颇不得意；这位胡大人就向朝廷保奏，得蒙破格提升，命于朗月去做迪化省城的皋司。于朗月携着夫人吴锦娥北上晋京，路过临清，就去看了看大舅吴三；吴三就愿为妹婿保镖赴任。李玉兰也想回娘家去看一看，于是就一同先赴北京，然后转道西去。吴三自诩在江湖多年，同时新疆是他的熟地方，有他一人保镖，沿途必无阻碍，于朗月也很是放心。锦娥与玉兰姑嫂二人一路闲谈，更忘记了疲倦。

　　却不料这时甘新之间道途不靖，他们的车马走到了猩猩峡，便被数十名强盗围困住了。吴三抽刀去迎杀，不料越杀，强盗越来得多，而且强盗的武艺还都十分厉害，有的还大声喊着，要替南疆虎报昔日之仇。吴三又身被数创，好容易才突出重围，保护住妹夫和妹妹和自己的妻子，再往西走。这猩猩峡地势极险恶，两旁都是高峰，当中只有一股羊肠小径，不能容车马并行。时已薄暮，后面的群盗仍在紧迫；对面忽又来了三十余骑马贼，将他们截住，前来夹攻。吴三的一口刀哪里敌得过？眼看着刀枪都已逼到了眼前，他们夫妇连同一干仆从的性命都已危在顷刻。

这时忽然不知从哪里来了一位侠士，骑着骏马，手挥宝剑，并且发着飞镖，只见剑光抖处，贼众纷逃，钢镖发出，强人落马。这位侠士真如自天降下一般，就保护着于朗月夫妇和吴三夫妇等人，平安过了这道深峡。时新月已升，于朗月自车中向外去看这位侠士。却见是一个道姑，年岁不过才三十余，他就惊叫着说："莫非是魏小姐吗？芳云……"他不叫还好，他这样一叫，那侠士竟抛了他们，而催马直往西去了。吴三、李玉兰、锦娥也都直叫，叫着："魏小姐！芳云姑娘！魏大妹妹！姐姐！"他们是越叫声音越急，而那侠士的马却越走越远，霎时即没有踪影。这些人都叹息张望，还盼着往西去将来能再见着她；却不料到了黑沙海，又到了迪化府，后来又遍处托人寻访，也是杳无那魏芳云侠女的下落。这部"大漠双鸳谱"写至此处，即告终结。

为《王度庐武侠言情小说集》而作

张赣生

　　我第一次读度庐先生的作品，是四十多年前刚上中学的时候，做梦也想不到今天为《王度庐武侠言情小说集》写序。

　　度庐先生是民国通俗小说史上的大作家，他的小说创作以武侠为主，兼及社会、言情，一生著作等身。最为人乐道的，自然首推以《鹤惊昆仑》《宝剑金钗》《剑气珠光》《卧虎藏龙》《铁骑银瓶》构成的系列言情武侠巨著，但他的一些篇幅较小的武侠小说，如《绣带银镖》《洛阳豪客》《紫电青霜》等，也各具诱人的艺术魅力，较之"鹤一铁五部"并不逊色。

　　度庐先生以描写武侠的爱情悲剧见长。在他之前，武侠小说中涉及婚姻恋爱问题的并不少见，但或作为局部的点缀，或思想陈腐、格调低下，或武侠与爱情两相游离缺少内在联系，均未能做到侠与情浑然一体的境地。度庐先生的贡献正在于他创造了侠情小说的完善形态，他写的武侠不是对武术与侠义的表面描绘，而是使武侠精神化为人物的血液和灵魂；他写的爱情悲剧也不是一般的两情相悦、恶人作梗的俗套，而是从人物的性格中挖掘出深刻的根源，往往是由于长期受武德与侠道熏陶的结果。这种在复杂的背景下，由性格导致的自我毁灭式的武侠爱情悲剧，十分感人。其中包含着作者饱经忧患、洞达世情的深刻人生体验，若真若梦的刀光剑影、爱恨缠绵中，自有天道、人道在，常使人掩卷深思，品味不尽。

度庐先生是一位极富正义感的作家，这在他的社会言情小说中表现得格外鲜明。《风尘四杰》《香山侠女》中天桥艺人的血泪生活，《落絮飘香》《灵魂之锁》中纯真少女的落入陷阱，都是对黑暗社会的控诉，很能引起读者的共鸣。度庐先生自幼生活在北京，熟知当地风土民情，常常在小说中对古都风光作动情的描写，使他的作品更别具一种情趣。

度庐先生是经受过"五四"新文化运动洗礼的人，他内心深处所尊崇的实际上是新文艺小说，因而他本人或许更重视较贴近新文艺风格的言情小说和社会小说创作。但从中国文学史的全局来看，他的武侠言情小说大大超越了前人所达到的水平，而且对后起的港台武侠小说有极深远影响的，是他创造了武侠言情小说的完善形态，在这方面，他是开山立派的一代宗师。几十年来出版的中国现代文学史，无例外地排斥通俗小说，这种偏见不应再继续下去，现在是改写中国现代文学史的时候了。

已知王度庐小说目录

1926—1937

作品名称	始载时间	连载报刊/署名/备注
半瓶香水	1926.9之前	小小日报/王霄羽
黄色粉笔	1926.9之前	同上
红绫枕	1926.9	小小日报/王霄羽/同年报社出版单行本
残阳碎梦	1926.12	小小日报/王霄羽
侠义夫妻	1927.1	同上
琪花恨	1927.3	同上
媾母孤儿	1927.4	同上
飘泊花	1927.5	同上
红手腕	1927.8	同上
护花铃	1927.8	小小日报/霄羽
青衫剑客	1927.10	小小日报/王霄羽
蝶魂花骨	1928.3	同上
疑真疑假	1928.4	小小日报/葆祥
双凤随鸦录	1928.7	小小日报/王霄羽
战地情仇	1929.6	同上
自鸣钟	1930.4	同上
惊人秘柬	1930.4	同上
神獒捉鬼	1930.6	同上
空房怪事	1930.7	同上
绣帘垂	未详	同上
玉藕愁丝	1930.7	小小日报/香波馆主
烟霭纷纷	1930.7	同上
鳌汉海盗	1930.8	小小日报/霄羽
缠命丝	1931.8	小小日报/王霄羽
触目惊心	1931.8	同上
燕燕莺莺	1931.8	小小日报/香波馆主
黄河游侠传	1936.10	平报/霄羽
燕赵悲歌传	1937.4	同上
八侠夺珠记	1937.7	同上

作品名称	起止时间	连载报刊署名	出版时间、出版社/署名
河岳游侠传	1938.6–1938.11	青岛新民报 王度庐	
宝剑金钗记	1938.11–1939.7	青岛新民报 王度庐	1939年青岛新民报社，1948年上海励力出版社（改题《宝剑金钗》）/王度庐
落絮飘香	1939.4–1940.2	青岛新民报 霄羽	1948年上海励力出版社，分为四册：《落絮飘香》《琼楼春情》《朝露相思》《翠陌归人》/王度庐
剑气珠光录	1939.7–1940.4	青岛新民报 王度庐	1941年青岛新民报社，1947年上海励力出版社（改题《剑气珠光》）/王度庐
古城新月	1940.2–1941.4	青岛新民报 霄羽	1949–1950年上海励力出版社，分为四册：《朱门绮梦》《小巷娇梅》《碧海狂涛》《古城新月》/王度庐
舞鹤鸣鸾记	1940.4–1941.3	青岛新民报 王度庐	1941年（？）青岛新民报，1948年（？）上海励力出版社（改题《鹤惊昆仑》）/王度庐
风雨双龙剑	1940.8–1941.5	京报（南京） 王度庐	1941年南京京报社/王度庐，1948年上海育才书局/王度庐
卧虎藏龙传	1941.3–1942.3	青岛新民报 王度庐	1948年上海励力出版社（改题《卧虎藏龙》）/王度庐
海上虹霞	1941.4–1941.8	青岛新民报 霄羽	1949年上海励力出版社，分为二册：《海上虹霞》《灵魂之锁》/王度庐
彩凤银蛇传	1941.5–1942.3	京报（南京） 王度庐	
虞美人	1941.8–1943.10	青岛新民报 霄羽	1949年上海励力出版社，分为数册：《琴岛佳人》《少女飘零》《歌舞芳邻》等/王度庐
纤纤剑	1942.3–1942.10	京报（南京） 王度庐	
铁骑银瓶传	1942.3–1944.?	青岛新民报 王度庐	1948年上海励力出版社，改题《铁骑银瓶》/王度庐
舞剑飞花录	1943.1–1944.1	京报（南京） 王度庐	1949年上海励力出版社，改题《洛阳豪客》/王度庐
大漠双鸳谱	1944.1–1944.7	京报（南京） 王度庐	

（接上表）

寒梅曲	1943.10-？	青岛新民报 霄羽	1948年（？）上海励力出版社，分为数册：《暴雨惊鸳》等/王度庐
紫电青霜录	1944-1945	青岛新民报 王度庐	1948年上海励力出版社，改题《紫电青霜》/王度庐
春明小侠	1944.7-1945.4	京报（南京）王度庐	
琼楼双剑记	1945.4-1945（？）	京报（南京）王度庐	
锦绣豪雄传	1945.5-？	民民民 王度庐	
紫凤镖	1946.12-1947.7	青岛时报 鲁云	1949年重庆千秋书局/王度庐
太平天国情侠传	1947.5-？	民治报 鲁云	
清末侠客传	1947.4-1948.？	大中报 鲁云	1948年上海励力出版社，分为二册：《绣带银镖》《冷剑凄芳》/王度庐
晚香玉	1947.6-1948.1	青岛时报 绿芜	1948年上海励力出版社，分为二册：《绮市芳葩》《寒波玉蕊》/王度庐
雍正与年羹尧	1947.7-1948.4	青岛时报 鲁云	1948年上海励力出版社，改题《新血滴子》/王度庐
粉墨婵娟	1948.2-1948.7	青岛时报 绿芜	1948年元昌印书馆，分为二册：《粉墨婵娟》《霞梦离魂》/王度庐
风尘四杰	1948.2-？	岛声旬刊 佩侠	1949年上海励力出版社/王度庐
宝刀飞	1948.4-1948.9	青岛时报 鲁云	1948年上海励力出版社/王度庐
燕市侠伶	1948.7-1948.10	青岛时报 绿芜	1948年上海励力出版社/王度庐
金刚玉宝剑	1948.9-1949.2 1949.2-？	青岛公报 联青晚报 王度庐	1949年上海励力出版社/王度庐
香山侠女			1949年上海励力出版社/王度庐
春秋戟			1949年上海励力出版社/王度庐
龙虎铁连环	1948.9-1948.10	军民晚报 王度庐	1949年上海励力出版社/王度庐
玉佩金刀记	1949.1-1949.？	民治报 王度庐	

王度庐年表

徐斯年　顾迎新

说明：

1.本表曾在《西南大学学报》刊出，此为补订本，包括增补史料及其说明、考证，并订正了个别疏误。

2.本表包含许多新发现的资料，特别是在辽宁省实验中学档案室发现的王度庐档案，从而补正了徐斯年《王度庐评传》的一些误判和部分欠缺。

3."度庐"实为1938年启用的笔名，为了统一，本表用为表主正名。

4.由于史料不全，历年行状、著述依然详略不一，有待继续挖掘、补充史料。

5.表中所记日期，阳历用阿拉伯数字，清、民国年份及旧历日期用汉字。

6.表中所系年龄均为虚岁。

7.由于旧报缺失严重，所以连载作品肯定不全。表中所录者，始载时间和结束时间多难确认，一般仅记月份，有线索可资考证者在按语中加以说明。

1909年（清宣统元年，己酉）　1岁

正月，清帝爱新觉罗·溥仪改元"宣统"。清廷决定消除"旗""民"界限，旗人不再享受"俸禄"。是年七月廿九日（9月13日），王度庐生于北京

"后门里"司礼监胡同四号一户下层旗人家庭，原名葆祥（后曾改为葆翔），字霄羽。父亲"在清宫管理车马的机构里当小职员"。家庭成员除父母外还有一位姐姐、一位未嫁的姑母和一位叔祖父。一家六口，全靠父亲薪金维持生计。

　　按：后门即地安门，后门里位于地安门内，属镶黄旗驻地。司礼监胡同，得名于明代位于该地之司礼太监署；后改称"吉安所左巷"，则得名于清代宫中嫔妃、宫女卒后停尸之"吉祥所"（后改"吉安所"）。毛泽东青年时代曾租寓于本胡同8号。

　　关于父亲职务的记述引自王度庐手写简历，其父任职机构当系内务府下属之"上驷院"。内务府为管理皇家事务的机构，成员均为满洲上三旗（镶黄、正黄、正白）"从龙包衣"。"包衣"，满语，意为"自家人"，一定语境下也指"奴仆""世仆"。据此，王氏当属编入满洲镶黄旗的"汉姓人"（不同于"汉人""汉军"），这一族群不仅属于"旗族"，而且也被承认为满族。

1912年（民国元年，壬子）　4岁

　　1月1日孙中山宣誓就任中华民国总统。2月2日，清宣统帝宣告退位。根据清室优待条件，宫内各执事人员照常留用，王度庐父亲依然可以领受部分薪金，家庭生计勉得维持。

1916年（民国五年，丙辰）　8岁

　　1月，王度庐父亲病故。2月，遗腹弟出生，名葆瑞，字探骊。家境日蹙，主要靠母亲为人缝补浆洗维持生计。

　　是年2月2日，王度庐夫人李丹荃生于陕西周至。

　　按：葆瑞出生时间据人民日报社1991年1月3日印发之《谭立同志生平》。葆瑞（即谭立）为遗腹子，由此可知其父当卒于1月份。周至，离西安甚近。

1918年（民国七年，戊午）　10岁

　　是年王度庐始入私塾读书。曾与姐、弟同染重症，母亲变卖家当为之治

疗，终得转危为安，而家庭经济更加贫困。

1919年（民国八年，己未）　11岁

五四运动爆发。王度庐仍在私塾就读，至1920年。

1921年（民国十年，辛酉）　13岁

是年王度庐入景山高等小学就读，至1924年。

1925年（民国十四年，乙丑）　17岁

是年1月，宋心灯在北京创办《小小》日报（后改《小小日报》），自任社长、主笔。王度庐从景山高等小学毕业，先在精精眼镜店当学徒，后在《平报》和电报局任见习生，可能已经开始向《小小》日报投稿。

按：宋心灯（？—1949），字信生，原籍河北大兴（析津）。新闻专科学校毕业，也是北京早期足球运动和羽毛球运动的发起者之一。《小小》日报即注重刊载体坛信息，后来发展为综合性小报。

又按：辽宁实验中学所存退休人员档案中的王度庐登记表，"文化程度"一栏填为"九年"，当系虚数。

1926年（民国十五年，丙寅）　18岁

是年《小小日报》先后刊载王度庐所撰侦探小说《半瓶香水》《黄色粉笔》和"实事小说"《红绫枕》，均署"王霄羽"。《小小日报》馆印行《红绫枕》单行本，标类改为"惨情小说"。12月，《小小日报》连载社会小说《残阳碎梦》，亦署"王霄羽"。12月24日，《小小日报》刊出宋信生所撰《本报改版宣言》，"将旧有之八小版易为四大版"。

按：由于存报缺失严重，《半瓶香水》《黄色粉笔》未见，不知确切发表时间。因《红绫枕》内文提及它们，故知连载于《红绫枕》之前。由此亦不排除其一已于上年开始见报的可能。又据李丹荃女士回忆，早期作品还有《绣帘垂》《浮白快》两种，均未见。《残阳碎梦》，现存第十次载于是年12月20日，由此推知当始载于12月1日；现存第三十三次载于次年1月21日，末注"（未完）"。

1927年（民国十六年，丁卯） 19岁

是年王度庐始在宽街夜授计民小学任职，先当会计，后任教员，直至1929年。同时继续卖稿和自学，包括到北京大学旁听，往三座门北京图书馆、鼓楼民众图书阅览室阅读。

1月，《小小日报》连载武侠小说《侠义夫妻》，署"王霄羽"。3月，《小小日报》始载社会小说《琪花恨》，署"王霄羽"。4月，《小小日报》连载社会小说《孀母孤儿》，署"王霄羽"。5月，《小小日报》连载社会小说《飘泊花》，署"王霄羽"。6月，《小小日报》连载侦探小说《红手腕》，署"王霄羽"。8月，《小小日报》连载侠情小说《护花铃》，署"霄羽"。10月，《小小日报》连载武侠小说《青衫剑客》，署"王霄羽"。

按：《侠义夫妻》，现存第八次载于1月31日，当始载于《残阳碎梦》结束后；连载结束时间当在《琪花很》始载之前。《孀母孤儿》仅存5月2日第十一次，由此推知始载时间在4月（《琪花梦》结束之后）。《飘泊花》，现存第六次载于5月30日。《红手腕》，现存第十一次载于7月9日，可知始载于6月末。《护花铃》仅存十四、十七次，载于9月2日、5日，是知始载于8月，标类"侠情小说"，写当时题材。《青衫剑客》，第四次载于10月9日，至11月9日犹未结束。

1928年（民国十七年，戊辰） 20岁

是年北京改称"北平"。3月，《小小日报》连载侦探小说《疑真疑假》，署"葆祥"。3月，《小小日报》连载社会小说《蝶魂花骨》，署"王霄羽"。5月，《小小日报》连载社会小说《揉碎桃花记》，署"王霄羽"。7月，《小小日报》连载"讽世小说"《双凤随鸦录》，署"王霄羽"。

按：《疑真疑假》，第四次载于3月12日，当始载于8日。《蝶魂花骨》，第三十四次载于4月11日，当始载于3月9日，与《疑真疑假》同时，故用两个笔名。《双凤随鸦录》，第四十二次载于8月21日。

本年存报缺失严重，当有不少连载作品至今未知。以下类似情况不再逐一说明。

1929年（民国十八年，己巳）　21岁

6月，《小小日报》连载社会小说《战地情仇》，署"王霄羽"。

按：《战地情仇》，仅存7月4日一次（序号未详）。本年几无存报。

1930年（民国十九年，庚午）　22岁

是年王度庐离开宽街夜授计民小学，改任家庭教师，不久认识李丹荃。

按：李丹荃在所遗手稿《王度庐小传》中说："我在北京读中学时，在一个同学家里认识了王度庐。那时，他正给我的同学的弟弟补习功课。记得他曾送过我两本书，一本是纳兰容若的《饮水词》，另一本是《浮生六记》。我不喜欢《浮生六记》，却很喜欢那本词，有些句子至今仍能记得，如'摇落尽，有发未全僧，风雨消磨生死别，似曾相识只孤灯；情在不能醒……''瘦狂那似肥痴好，任他肥痴好，笑他多病与长贫，不及衰衰诸公向风尘……'"（按文中所记纳兰词句与原作略有出入。）

3月，《小小日报》连载侦探小说《自鸣钟》，署"王霄羽"。

按：《自鸣钟》残存连载文本至三十一次告"全卷终"，次日接载《惊人秘柬》第一次。故暂系于3月。

是年，王度庐始用笔名"柳今"在《小小日报》开辟个人专栏"谈天"，每日发表短文一篇，纵论国事、民生、世态、人情、风习、学术、艺文等。"柳今"在这些短文里经常述及"自己"的"经历"，多属杜撰；但是，这位论说者的心态、性格、气质又与当时的王度庐十分相符。

按：因存报缺失，"谈天"开栏、终结时间未详。所载杂文均署"柳今"，以下不作逐篇标注。

4月1日，《小小日报》"谈天"栏刊出杂文《世态》。4月4日，《小小日报》"谈天"栏刊出杂文《荒芜的青年》。

按：4月2日、3日报纸缺失，或漏杂文两篇。以下类似情况不再加注按语。

4月5日，《小小日报》"谈天"栏刊出杂文《中等人》。4月6日，《小小日报》"谈天"栏刊出杂文《架子》。4月7日，《小小日报》"谈天"栏刊出杂文《性的广告》。4月8日，《小小日报》"谈天"栏刊出杂文《笑》。4月9日、10日，《小小日

报》"谈天"栏连续刊出杂文《永垂不朽》(一)(二)。4月11日,《小小日报》"谈天"栏刊出杂文《女性的教育与生育》。4月12日,《小小日报》"谈天"栏刊出杂文《一位平民文学家》,赞赏满族鼓词作者韩小窗。文中说:"世界本来是平民的世界,尤其是文学家,更要有一种平民化的精神,他才能够用文学的力量,来转移风化,陶冶民情;否则琢句雕章,自以为是,至多不过只能得到少数的文蠹的几遍诵读罢了。"韩小窗"这人确实是位有天才、有词藻、有思想的文学家。他能把他这种才学,不去作八股,不去批试帖,而能用来编大鼓,他的平民思想可见了,他的环境可见了,而他的清高也可见了。"

　　按:韩小窗(约1828—1890),辽宁开原人,满族,子弟书(即鼓词)作家。其代表作有《露泪缘》《宁武关》《长坂坡》《刺虎》《黛玉悲秋》《红梅阁》及影卷《谤可笑》《金石语》等。

　　4月13日,《小小日报》"谈天"栏刊出杂文《绝顶聪明》。4月14、15日,《小小日报》"谈天"栏连续刊出杂文《道德》(一)(二)。

　　4月17至23日,《小小日报》"谈天"栏连载杂文《伦理与中国》。全文分为五节:一、伦理的产生;二、伦理的优点;三、伦理被利用以后;四、伦理存亡与中国之存亡;五、伦理的蟊贼。

　　4月25日,《小小日报》"谈天"栏刊出杂文《小难》。4月26日,《小小日报》"谈天"栏刊出杂文《女招待》。4月27日,《小小日报》"谈天"栏刊出杂文《落子馆》。4月29日,《小小日报》"谈天"栏刊出杂文《麻醉剂》。4月30日,《小小日报》"谈天"栏刊出杂文《万寿寺》。

　　4月,《小小日报》连载侦探小说《惊人秘柬》,署"王霄羽"。

　　按:《自鸣钟》残存连载文本至三十一次告"全卷终",次日接载《惊人秘柬》第一次,具体日期均难考定。

　　5月1日,《小小日报》"谈天"栏刊出杂文《赘泽品》。5月2日,《小小日报》"谈天"栏刊出杂文《童子军》。5月3日,《小小日报》"谈天"栏刊出杂文《女腿》。5月4日,《小小日报》"谈天"栏刊出杂文《颠倒雌雄》。5月5日,《小小日报》"谈天"栏刊出杂文《歌舞剧》。5月6日,《小小日报》"谈天"栏刊出杂文《招与待》。5月7日,《小小日报》"谈天"栏刊出杂文《恢复北京》。5月8日,《小小日报》"谈天"栏刊出杂文《野鸡》。5月9日,《小小日报》"谈天"栏刊出杂文《女招打》。5月13日,《小小日报》"谈天"栏刊出杂文《署名》。5月14日,《小小日报》"谈天"栏刊出杂文《迷》。5月15日,《小小日报》"谈天"栏刊出杂文《恶五月》。5月16日,《小小日报》"谈天"栏刊出杂文《送春》。5月17日,《小小日报》"谈天"栏刊出杂文《哭》。5月18日,《小小日报》"谈天"栏刊出杂文《雨天》。5月19日,《小小日报》"谈天"栏刊出杂文《名士派》。5月20日,《小小日报》"谈天"栏刊出杂文《小算盘》。5月21日,《小小日报》"谈天"栏刊出杂文《自行车》。5月22日,《小小日报》"谈天"栏刊出杂文《穷北京?》。5月23日,《小小日报》"谈天"栏刊出杂文《服从》。5月24日,《小小日报》"谈天"栏刊出杂文《奴隶性》。5月28日,《小小日报》"谈天"栏刊出杂文《澡堂里》。5月29日,《小小日报》"谈天"栏刊出杂文《安慰》。5月30日,《小小日报》"谈天"栏刊出杂文《中国剧》。5月31日,《小小日报》"谈天"栏刊出杂文《游民》。5月,《小小日报》连载侦探小说《触目惊心》,署"王霄羽"。

　　按:《触目惊心》未见,据《空房怪事》前言列入,连载时间在《神獒捉鬼》之前,故系入5月。

　　6月1日,《小小日报》"谈天"栏刊出杂文《端午节》。3日,《小小日报》"谈天"栏刊出杂文《打麻雀》。4日,《小小日报》"谈天"栏刊出杂文《谋事》。5日,《小小日报》"谈天"栏刊出杂文《无聊的北平》。6日,《小小日报》"谈天"栏刊出杂文《病》。同日开始连载侦探小说《神獒捉鬼》,署"王霄羽"。

　　按:《神獒捉鬼》共连载二十五次,当结束于6月30日(7月1日始载《空房怪事》,参见《空房怪事》引言)。

　　7日,《小小日报》"谈天"栏刊出杂文《造化儿子》。8日,《小小日报》"谈天"栏刊出杂文《疯人》。9日,《小小日报》"谈天"栏刊出杂文《阔事》。10日,《小小日报》"谈天"栏刊出杂文《骗术》。11日,《小小日报》"谈天"栏刊出杂文《财神　阎王》。12日,《小小日报》"谈天"栏刊出杂文《画中人》。13日,《小小日报》"谈天"栏刊出杂文《醉酒》。14日,《小小日报》"谈天"栏刊出杂文《夫妻间》。15日,《小小日报》"谈天"栏刊出杂文《不开壳》。16日,《小小日报》"谈天"栏刊出杂文《憔悴》。17日,《小小日报》"谈天"栏刊出杂文《伤心人》。18日,《小小日报》"谈天"栏刊出杂文《情书》。

19日，《小小日报》"谈天"栏刊出杂文《琴声里》。20日，《小小日报》"谈天"栏刊出杂文《❀》。21日，《小小日报》"谈天"栏刊出杂文《什刹海》。22日，《小小日报》"谈天"栏刊出杂文《凶杀案》。23日，《小小日报》"谈天"栏刊出杂文《关于裤子》。24日，《小小日报》"谈天"栏刊出杂文《三件痛快事》。25日，《小小日报》"谈天"栏刊出杂文《诗人》。26日、27日，《小小日报》"谈天"栏连续刊出杂文《贵族学校》（一）（二）。28日，《小小日报》"谈天"栏刊出杂文《穷　住》。29日，《小小日报》"谈天"栏刊出杂文《妙影》。30日，《小小日报》"谈天"栏刊出杂文《罪恶场中之未来者》。6月，《小小日报》连载社会小说《烟霭纷纷》，署"香波馆主"。

按：现存《烟霭纷纷》第三十六次连载文本复印件上有副刊"编余"一则，云"今天这版算作'七夕特刊'"。查1930年七夕为阳历8月30日，由此推知《烟霭纷纷》当始载于6月27日。

7月1日，《小小日报》"谈天"栏刊出杂文《吃饭问题》。5日，《小小日报》"谈天"栏刊出杂文《平民化》。6日，《小小日报》"谈天"栏刊出杂文《面子》。7日，《小小日报》"谈天"栏刊出杂文《醋　忌讳》。8日，《小小日报》"谈天"栏刊出杂文《文士与蚊士》。9日，《小小日报》"谈天"栏刊出杂文《人品与装饰》。12日，《小小日报》"谈天"栏刊出杂文《消夏》。13日，《小小日报》"谈天"栏刊出杂文《财神爷》。同日，《小小日报》始载惨情小说《玉藕愁丝》，署"香波馆主"。

按：《玉藕愁丝》始载日期据预告图片背面报头推知。

14日，《小小日报》"谈天"栏刊出杂文《妓女问题》。15日，《小小日报》"谈天"栏刊出杂文《杨耐梅　朱素云》。

按：杨耐梅，生于1904年，中国早期影星，曾出演《玉梨魂》《奇女子》《上海三女子》《空谷兰》等无声片。当时北平讹传她已"香消玉殒"，作者故撰此文悼念。实则杨在1960年卒于台湾。朱素云，京剧小生演员朱沄之艺名，生于1872年，卒于1930年。

16日，《小小日报》"谈天"栏刊出杂文《难民返国》。17日，《小小日报》"谈天"栏刊出杂文《灯下人》。18日，《小小日报》"谈天"栏刊出杂文《捧》。19日，《小小日报》"谈天"栏刊出杂文《快乐人多？》。20日，《小小日报》"谈天"栏刊出杂文《西游记》。21日,《小小日报》"谈天"栏刊出杂文《火警》。22日,《小小日报》"谈天"栏刊出杂文《人体美》。23日,《小小日报》"谈天"栏刊出杂文《穷　光　蛋》。24日,《小小日报》"谈天"栏刊出杂文《抵抗力》。25日,《小小日报》"谈天"栏刊出杂文《香艳文章》。26日,《小小日报》"谈天"栏刊出杂文《雨夜柝声》。27日,《小小日报》"谈天"栏刊出杂文《爱河》。28日,《小小日报》"谈天"栏刊出杂文《调戏》。29日,《小小日报》"谈天"栏刊出杂文《"嫁"的问题》。30日,《小小日报》"谈天"栏刊出杂文《阎罗王》。31日,《小小日报》"谈天"栏刊出杂文《知音》。7月,《小小日报》连载侦探小说《空房怪事》,署"王霄羽"。

按:《空房怪事》共连载二十九次,残存文本图片均无报头,难以确认具体时间。(第一次疑载于7月3日,见图片背面;结束于第二十九次,当为8月1日。)

8月2日,《小小日报》"谈天"栏刊出杂文《战》。

3日,《小小日报》"谈天"栏刊出杂文《时髦》。4日,《小小日报》"谈天"栏刊出杂文《人遛人》。5日,《小小日报》"谈天"栏刊出杂文《跳舞场里》。6日,《小小日报》"谈天"栏刊出杂文《奸杀案》。7日,《小小日报》"谈天"栏刊出杂文《阴阳电》。8日,《小小日报》"谈天"栏刊出杂文《办白事》。9日,《小小日报》"谈天"栏刊出杂文《眼光》。10日,《小小日报》"谈天"栏刊出杂文《无与偶　莫能容》。11日,《小小日报》"谈天"栏刊出杂文《喜新厌旧》。12日,《小小日报》"谈天"栏刊出杂文《洋化的话》。13日,《小小日报》"谈天"栏刊出杂文《发财学》。14日,《小小日报》"谈天"栏刊出杂文《儿童　成人》。15日。《小小日报》"谈天"栏刊出杂文《英雄难过美人关》。16日,《小小日报》"谈天"栏刊出杂文《交际》。17日,《小小日报》"谈天"栏刊出杂文《呻吟》。18日,《小小日报》"谈天"栏刊出杂文《枇杷巷里》。19日,《小小日报》"谈天"栏刊出杂文《捕蝇》。20日,《小小日报》"谈天"栏刊出杂文《殉情》。21日,《小小日报》"谈天"栏刊出杂文《人死不值钱》。22日,《小小日报》"谈天"栏刊出杂文《癞蛤蟆　天鹅肉》。23日,《小小日报》"谈天"栏刊出杂文《作时评》。25日,《小小日报》"谈天"栏刊出杂文《马路》。26日,《小小日报》"谈天"栏刊出杂文《女朋友》。27日,《小小日报》"谈天"栏刊出杂文《跳楼者》。28日,《小小日报》"谈天"栏刊出杂文《蟋蟀》。29日,《小小日报》"谈天"栏刊出杂文《古城返照》。30日,《小小日报》"谈天"栏刊出杂文《惹气》。31日,《小小日报》"谈天"栏刊出杂文《活得弗耐烦》。8月,《小小日报》始载武侠小说《鳌汉海盗》,署"霄羽"。

按:《鳌汉海盗》连载文本基本完整,但原件图片无报头,难以确认日期。共连载四十二次,当结束于9月间,时《烟霭纷纷》仍在连载。

9月1日,《小小日报》"谈天"栏刊出杂文《由线订书说起》。2日、3日,《小小日报》"谈天"栏连续刊出杂文《"娶"的问题》(一)(二)。4日,《小小日报》"谈天"栏刊出杂文《罂粟味》。5日,《小小日报》"谈天"栏刊出杂文《忏悔》。6日,《小小日报》"谈天"栏刊出杂文《想当然耳》。7日,《小小日报》"谈天"栏刊出杂文《标奇与仿效》。8日,《小小日报》"谈天"栏刊出杂文《复古》。9日,《小小日报》"谈天"栏刊出杂文《野草闲花》。同日同报又载影评《看了〈故都春梦〉》,署"柳今投"。10日,《小小日报》"谈天"栏刊出杂文《倡门》。12日,《小小日报》"谈天"栏刊出杂文《乞丐》。13日,《小小日报》"谈天"栏刊出杂文《心》。9月15日,《小小日报》"谈天"栏刊出杂文《短 小 经济》。9月16日,《小小日报》"谈天"栏刊出杂文《性的文章》。9月17日,《小小日报》"谈天"栏刊出杂文《逢场作戏》。9月18日,《小小日报》"谈天"栏刊出杂文《浮云变幻》。9月19日,《小小日报》"谈天"栏刊出杂文《敲钗小语》。20日,《小小日报》"谈天"栏刊出杂文《俗礼》。21日,《小小日报》"谈天"栏刊出杂文《何不当初》。22日,《小小日报》"谈天"栏刊出杂文《醋的考证》。23日,《小小日报》"谈天"栏刊出杂文《劲秋》。 28日,《小小日报》"谈天"栏刊出杂文《柴 米 油 盐 酱 醋 茶》。30日,《小小日报》"谈天"栏刊出杂文《烛边思绪》,叙述阅读《朝鲜义士安重根传》的感受,抒发爱国情怀及对国内现实的愤懑。

10月1日,《小小日报》"谈天"栏刊出杂文《吵嘴》。29日,《小小日报》"哈哈镜"栏刊出杂文《团圞月照破碎国家》,署"柳今"。

1931年(民国二十年,辛未)　23岁

是年,王度庐应聘担任《小小日报》编辑员。5月,《小小日报》连载哀情

小说《缠命丝》，署"王霄羽"。同时连载社会小说《燕燕莺莺》，署"香波馆主"。9月18日，沈阳发生"九一八"事变，日本加紧侵华。

按：《缠命丝》仅存第九〇次，内文曰"全卷终"，图片有"31, 8, 1"标注，据此倒推，当始载于5月；《燕燕莺莺》仅存第六二次，未完，图片注"31, 8"。

又按：耿小的在《我与〈小小日报〉》中说，自己进入《小小日报》任编辑是在"1933年后"，"之前似乎赵苍海编过很短时期"，却未提及王霄羽。若其记忆无误，则王之去职，当在赵前。

1934年（民国二十三年，甲戌） 26岁

是年，李丹荃随父亲离北平去西安。不久王度庐亦往西安，任陕西省教育厅编审室办事员，《民意报》编辑员。

3月10日，陕西省教育厅在西安民众教育馆举办西安中小学讲演竞赛会；28日、29日，又在西安民乐园举办西安中小学第二届唱歌比赛，均派王霄羽任记录。

3月20日，西安《民意报》"戏剧与电影周刊"第一期刊载《中国戏剧生命之革新》第一节"九一八后的中国戏剧界"，署"柳今"。文中慨叹中国剧坛进步缓慢，以至"今日远东国际纠纷之病菌集于中国，而我国之戏剧仍然如沉睡，如枯死，反使他人——俄国——高呼曰：'怒吼吧中国！'"27日，"戏剧与电影周刊"第二期续载《中国戏剧生命之革新》第一节"九一八后的中国戏剧界"，署"柳今"。文中续论中国戏剧的觉醒与"推翻""旧剧势力"之关系。同期又载《电影是应合大众所需要 真不容易利用它》，署"潇雨"。文中说："艺术只要不是'自我'的而是'大众'的，那就当然要被利用成为一种工具。电影尤其要首先被人利用的，不过常常又见人们弄巧成拙，利用影片作某种宣传，结果倒被观众利用，"从而形成与国外影片亦步亦趋的种种题材热，当前已由伦理片、武侠侦探片演进为民生片。当局于"九一八"后号召影界多制作"关于唤起民族精神的片子"固然不错，但是"现在的民众，只是恐慌他们的经济穷困，生活惨淡，实在没有充分的力量去供给到民族上。或者，现在的电影也只走到了替穷人呼吁，次一步，才是民族精神"。

4月3日，西安《民意报》"戏剧与电影周刊"第三期未见，当续载《中国戏剧生命之革新》第二节"新旧戏剧之检讨"。10日，"戏剧与电影周刊"第四期续载《中国戏剧生命之革新》第二节"新旧戏剧之检讨"，署"柳今"。文中认为，"中国旧剧虽然不能追随时代，但确能利用科学，亦缘近代科学文明多供给于资产阶级之享乐，旧剧靡靡之音当愈适合于人之享乐。新剧□□□□，自难免在比较之下落后也"。（原件有四字无法辨认。）同期并载《伦敦公演〈彩楼配〉的问题》，署"潇雨"。文中认为，在伦敦由中国人与外国人用英语同演旧剧《彩楼配》，只能像《蝴蝶夫人》那样，迎合一部分外国人的扭曲了的东方观，"但是歪曲的东西在现代剧坛上实在没有它的地位，何况这《彩楼配》国际性质的公演"。

按：（1）王度庐档案中的履历表填："1934—1935年 西安民意报 编辑员"，"1935-1936年 陕西省教育厅 办事员"。而从文章刊出情况判断，任《民意报》编辑员应该在后（报馆编辑不可能受厅长派遣去任竞赛记录），或者同时兼任二职。

（2）西安《民意报》"戏剧与电影周刊"仅存一、二、四期，日期据打印稿说明（周刊第四期为4月10日）向前推算而得。4月3日报缺失，内容可据前后两期推知（不排除3日还有其他文章刊出）。4月10日以后报纸缺失，当有其他未知史料。

5月，《陕西教育月刊》第五期发表《陕西省教育厅举办西安中小学讲演竞赛会经过》和《陕西省教育厅举办西安中小学第二届唱歌比赛会经过》记录，均署"王霄羽"。

10月，《陕西教育旬刊》第二卷第廿九、卅、卅一期合刊"论著"栏刊出《民间歌谣之研究》，署"王霄羽"。全文五章：第一章"歌谣之史的发展"；第二章"歌谣的分类法"；第三章"歌谣价值的面面观"；第四章"歌谣技巧的研究"；第五章"结论"。文中有这样的论述："贵族化的文学在'五四'时就已被人打倒，现在一般人都提倡大众文学。真正的'大众文学'在哪里？我们离开了歌谣，恐怕再没有地方寻找了罢？"

1935年（民国二十四年，乙亥） 27岁

是年，王度庐与李丹荃在西安结婚。婚后李父卒于三原，王度庐前往料理丧事，曾遭歹徒劫持。

按：王度庐后来在《〈宝剑金钗〉序》中写及"频年饥驱远游，秦楚燕赵之间，跋涉殆遍"当有所夸张，实则未离陕西。

1936年（民国二十五年，丙子） 28岁

是年王度庐夫妇返回北平。10月13日，《平报》刊载《献于〈平报〉——十五周年》，署"王霄羽"。同日，《平报》开始连载武侠小说《黄河游侠传》，署"霄羽"。12月12日，发生"西安事变"。

按：李丹荃在遗稿中回忆返京前后的生活说："我有晕眩症，那时常犯，昏迷中常听到王叨念：'谢家有女偏怜小，自嫁黔娄万事乖……'后来我知道了这是元稹的悼亡诗。我就说：'你老叨念什么，我又没有死呀！'现在回想当时情景，如在目前。"

1937年（民国二十六年，丁丑） 29岁

是年春，王度庐夫妇应李丹荃二伯父伊筱农召，同赴青岛。4月17日，《平报》连载《黄河游侠传》结束。18日，《平报》开始连载武侠小说《燕赵悲歌传》，署"霄羽"。4月末，王度庐回北平料理"文债"，于端午节后返青岛。不久，弟探骊与北平进步青年同来青岛，王度庐夫妇送他们取道上海奔赴陕北参加革命。

按：李丹荃在所遗手稿中说："弟弟到了青岛，我们大家分析了当时的形势，都赞成他去内地找出路。他们兄弟一向感情很好，分手时不无留恋。最后王度庐慨然说：'你就放心走吧，我们以后会团聚的，母亲的生活，家里的一切，有我呢。'他把自己的怀表给了弟弟。"

7月7日，卢沟桥事变爆发。9日，《平报》连载《燕赵悲歌传》结束。10日，《平报》开始连载武侠小说《八侠夺珠记》，署"霄羽"。30日，北平、天津失守。

12月底，青岛守军撤离。

按：伊筱农（1870—1946?），广东法政及警察速成学校毕业。1912年来青岛，创办《青岛白话报》（后改名《中国青岛报》），在当地颇有影响。"伊"为满族所冠汉姓，可知李丹荃家族亦有满族血统。

《八侠夺珠记》殆未载完。

1938年（民国二十七年，戊寅）　30岁

1月10日，日寇全面占领青岛。伊筱农博平路宅第被日军作为"敌产"没收，王度庐夫妇与伯父同往宁波路4号租屋居住。生计陷入极度困难之时，王度庐偶遇在《青岛新民报》任副刊编辑的北平熟人关松海，应约向该报投稿。

5月30日、31日，《青岛新民报》发布《本报增刊武侠小说预告》，称"已征得名小说家王度庐先生之精心杰作长篇武侠小说《河岳游侠传》"，即将刊出。是为"度庐"笔名首次见报。

按：《青岛新民报》和后来的《青岛大新民报》在刊出王度庐作品之前都先发布预告，下不一一列载。

6 月1日，《青岛新民报》开始连载武侠小说《河岳游侠传》，署"王度庐"。2日，《青岛新民报》刊载散文《海滨忆写》，署"度庐"。

11月15日，《河岳游侠传》连载结束。共20回，未见单行本。16日，《青岛新民报》开始连载武侠悲情小说《宝剑金钗记》，署"王度庐"。配图：刘镜海。

按：刘镜海，时在海泊路23号开设"镜海美术社"，除为王氏作品配插图外，在生活上与王度庐夫妇也经常互相照顾。

1939年（民国二十八年，己卯）　31岁

是年春，王度庐长子生于青岛。4月24日，《青岛新民报》开始连载社会言情小说《落絮飘香》，署"霄羽"。配图：许清（刘镜海笔名）。7月29日，《宝剑金钗记》在《青岛新民报》载毕。30日，《青岛新民报》开始连载武侠悲情小说《剑气珠光录》。

是年，青岛新民报社印行《宝剑金钗记》单行本，前有王度庐自序，谓

"频年饥驱远游,秦楚燕赵之间跋涉殆遍,屡经坎坷,备尝世味,益感人间侠士之不可无。兼以情场爱迹,所见亦多,大都财色相欺,优柔自误。因是,又拟以任侠与爱情相并言之,庶使英雄肝胆亦有旖旎之思,儿女痴情不尽娇柔之态。此《宝剑金钗》之所由作也"。

　　按:《宝剑金钗记》自序仅见于青岛新民报版单行本,也是至今所见王度庐为自己著作所写申述创作意图的唯一自序(其他著作连载时虽或亦加引言,均系说明性文字,出版单行本时皆被删除)。

1940年(民国二十九年,庚辰)　32岁

　　2月2日,《落絮飘香》在《青岛新民报》载毕。3日,《青岛新民报》开始连载社会言情小说《古城新月》,署"霄羽",配图:许清。22日,《青岛新民报》刊载《〈落絮飘香〉读后》,作者傅珝琳系关松海之夫人。文中介绍霄羽"曩在北京主编《小小日报》时,以著侦探小说知名",并且透露"霄羽""度庐"实为一人。

　　4月5日,《剑气珠光录》载毕,随后亦由报社印行单行本。7日,《青岛新民报》开始连载《舞鹤鸣鸾记》,署"王度庐",配图:刘镜海。此日所载为该书"序言",出单行本时被删却,全文如下:"内家武当派之开山祖张三丰,本宋时武当山道士,曾以单身杀敌百余,因之威名大振。武当派讲的是强筋骨、运气功、静以制动、犯则立仆,比少林的打法为毒狠,所以有人说'学得内家一二,即足以胜少林。'此派自张三丰累传至王咸来,咸来弟子黄百家,又将秘传歌诀,加以注解,所以内家拳便渐渐学术化了。可是后因日久年深,歌诀虽在,真功夫反不得传。自清初至近代,武当派中的侠士实寥寥无几,有的,只是甘凤池、鹰爪王、江南鹤等。甘凤池系以剑术称,鹰爪王专长于点穴,惟有江南鹤,其拳剑及点穴不但高出于甘、王二人之上,且晚年行踪极为诡异,简直有如剑仙,在《宝剑金钗记》与《剑气珠光录》二书中,这位老侠只是个飘渺的人物,如神龙一般。而本书却是要以此人为主,详述他一生的事迹。又本书除江南鹤之外,尚有李慕白之父李凤杰,及其师纪广杰。所以若论起时代,则本书所述之事,当在李慕白出世之前数十年了。"

　　8月16日,南京《京报》开始连载《风雨双龙剑》,署"王度庐"。配图:

刘镜海。

按：南京《京报》为汪伪时期出版的四开小报，原系三日刊，1940年8月16日改为日报，终刊于1945年8月16日。该报约得王度庐文稿，当亦出诸关松海之绍介。

介绍王度庐去市立女中代课的是潘思祖，字颖舒，河北邢台人，1930年毕业于河北大学国文系，时在青岛市立女中任教。李丹荃在回忆手稿中说："潘先生常来我家，一坐就是半天。他善谈吐，知道的事情多，打开话匣子什么都说。""潘先生是王度庐那时唯一可以谈得来的人，只有和潘先生在一起，王度庐才肯毫无顾忌地说话。在有些言情小说里，故事情节也是取自潘先生的谈话资料。"王子久则在《王度庐和他的小说》（载于1988年1月9日《青岛日报》）中说，"下课后学生常常把他包围起来"，要求他别把《落絮飘香》《古城新月》里女主人公的下场写得太惨。

1941年（民国三十年，辛巳）　33岁

是年王度庐任青岛圣功女中教员。3月15日，《舞鹤鸣鸾记》在《青岛新民报》载毕，随后亦由报社印行单行本。16日，《青岛新民报》开始连载《卧虎藏龙传》，配图：刘镜海。4月10日，《古城新月》在《青岛新民报》载毕。11日，《青岛新民报》开始连载《海上虹霞》，署"霄羽"。配图：许清。5月9日，《风雨双龙剑》在南京《京报》载毕，共17回。随后即由报社印行单行本。10日，南京《京报》开始连载《彩凤银蛇传》，署"度庐"。配图：刘镜海。8月27日，《海上虹霞》在《青岛新民报》载毕。28日，《青岛新民报》开始连载社会小说《虞美人》，署"霄羽"。配图：许清。

按：《风雨双龙剑》连载本与后来的上海育才书局重印本相比，在回目、内文上都略有差别，后者当经作者修订。

1942年（民国三十一年，壬午）　34岁

是年王度庐曾任青岛市立女中代课教员一个多月。

按：青岛王铎先生之母当年为市立女中教员，他听母亲说，王度庐担任的是培训社会人员的课程，上课地点在市立女中附小（即位于朝城路5

号的今朝城路小学）。

3月1日，《彩凤银蛇传》在南京《京报》载毕，共13回。2日，南京《京报》开始连载《纤纤剑》，署"王度庐"。配图：刘镜海。3日，南京《京报》刊载读者傅佑民来信《关于〈彩凤银蛇传〉鲁彩娥之死》，对《彩凤银蛇传》女主人公因伤重死于中途而未见到自幼失散之生母的结局提出异议。该报副刊编辑在《编者谨按》中说："王先生写鲁彩娥之死，才正是脱去中国武侠小说的旧套……给读者一种'此恨绵绵无绝期'的尾巴……这才是全书的力量。""读者越是这样着急，气愤，越是著者的成功，越见王先生文笔感人之深。6日，《卧虎藏龙传》在《青岛新民报》载毕。同日，南京《京报》又载读者陈中来信，再次对《彩凤银蛇传》写鲁海娥之死提出商榷，以为固然"不必'大团圆'或带'回令'"，而"'见娘'似为必要"。信中还提及"某日路过平江府街，闻一擦皮鞋者与一少年，亦在津津然预测鲁海娥之未来"，可见读者关心之一斑。7日，《青岛新民报》开始连载《铁骑银瓶传》，署"王度庐"。配图：刘镜海。17日，南京《京报》再载读者王德孚来信，认为虽然鲁海娥之死写得好，但是还应加上一些交代后事、劝导爱人走正路的临终遗言。24日，南京《京报》刊出王度庐《关于鲁海娥之死》一文，回答读者批评，说明"在写该书的第一回之前，我就预备着末了是一幕悲剧。""向来'大团圆'的玩意儿总没有'缺陷美'令人留恋，而且人生本来是一杯苦酒，哪里来的那么些'完美'的事情？'福慧双修'的女子本来就很少，尤其是历史或小说里的'美人'。古人云：'自古美人如名将，不许人间见白头。'西施为千古美人，原因是她后来没有下落；林黛玉是读过了《红楼梦》的人一定惋惜的，原因也是她早死。近代的赛金花就不够'绝代佳人'的条件，她是不该后来又以老旦的扮相儿再登台。'好花不常开，好景不常在'，美与缺陷原是一个东西。本此种种理由，于是我更得叫我们的'粉鳞小蛟龙'死了。""因为这样的女人决不可叫她去与人'花好月圆'，度那庸俗的日子；尤其不能叫她跟十三妹一样去二妻一夫的给男子开心。"

10月31日，《纤纤剑》在南京《京报》载毕，共10回。

是年，《青岛新民报》与《大青岛报》合并，更名《青岛大新民报》。

1943年（民国三十二年，癸未）　35岁

　　是年王度庐曾任《治平月刊》编辑员一个多月。1月23日，南京《京报》开始连载《舞剑飞花录》，署"王度庐"。配图：刘镜海。

　　10月5日，《青岛大新民报》刊出《寒梅曲》广告，其中说："名小说家王霄羽先生自为本报撰《落絮飘香》《古城新月》《海上虹霞》《虞美人》等数篇之后，篇篇脍炙人口，远近交誉，百万读者每日争先竞读，投来赞誉之函件无数。盖王君文学湛深，复精研心理学，对于社会人情，观察最深；国内足迹又广，生活经验极为丰富；并以其妙笔，参合新旧写法，清俊流畅，细腻转宛；描写之人物，皆跃跃如生，令人留下深深印象。其所选之故事，又皆可悲可喜，新颖而近情合理，章法结构，亦极严谨，无懈可击。即以现刊之《虞美人》言，连刊二年余，若换他人之著作，恐早已令人生倦，然王君之文，日日有新的描写，故事有新的发展变幻，令人如食橄榄，越嚼其味越长；如观大海，久望而其波澜无尽。是以每日每人争相阅读，并常有向本社函电相询者。此均系事实，凡读者皆能信而不疑者也。故虽饱学之士，极富人生阅历之人，对王君之著作亦莫不称誉，谓之为当代第一流之小说家。今《虞美人》即将终篇，新作已由王君开始动笔，名曰《寒梅曲》。系由民国初年北京极繁华之时写起，先述女伶之生活，但与一般的俗流写法迥异；次叙一好学上进的女子，于艰苦环境之中不泯其志气，不失其天真。渐展为一段恋爱，男主角为一音乐家，于是《寒梅曲》遂写入本题矣。其后则此女主角遭境改变，如寒梅之遇风雪，花片纷落，然不失其皓洁。中间穿插许多新奇而合理之故事，出现许多面貌不同、心情各异之人物，但人物虽多而不杂乱，每个人又都是在前几篇中未见过的，可也就许是读者眼前常见的。写至中段，则情节极为紧张，能不下泪、不感动者恐少；斯时又写一洁身自爱、有为之少年人，排万难立其身，颇富伦理知识，且有教育意味。至篇末结束之时，写得尤为高超，读者到时自然赞佩。并且此书与前几篇不同，王君之作风稍加改变，简洁流丽，不作繁冗之藻饰，不用生涩的字句，更以悲哀与滑稽相衬而写，非但令人回肠荡气，有时亦令人喷饭。总之，王君之作品早已成熟，已至炉火纯青之候，已有挥洒自如之才力，此《寒梅曲》尤最，不待多加介绍也。"6日，《虞美人》在《青岛大新民报》载毕。7日，《青

岛大新民报》开始连载《寒梅曲》，署"霄羽"。配图：许清。

按：因存报缺失，《寒梅曲》连载结束时间未详。

1944年（民国三十三年，甲申）　36岁

是年《铁骑银瓶传》在《青岛大新民报》载毕（具体月、日未详）。1月18日，《舞剑飞花录》在南京《京报》载毕，共19章。19日，南京《京报》开始连载《大漠双鸳谱》，标"侠情小说"，署"王度庐"。配图：镜海。7月3日《大漠双鸳谱》载毕，共6章。4日，南京《京报》开始连载《春明小侠》，标"侠情小说"，署"王度庐"。

按：《舞剑飞花录》后由上海励力出版社印行单行本，改题《洛阳豪客》，被压缩为16章。连载本之章题与单行本完全不同，文字出入也较大。

又，本年上海《戏世界》报曾刊出武侠小说《铁剑红绡记》，署"王度庐"，现仅存4030、4031、4032、4033、4034、4035、4036、4038、4039、4040十期（即十段连载文本，分别属于第一、二章，时间为3月20日至30日）。待辨真伪。

1945年（民国三十四年，乙酉）　37岁

2月18日，王度庐之女生于青岛。25日，《春明小侠》载至第20章。5月1日，南京《京报》连载《琼楼双剑记》第二章，署"王度庐"。同日，青岛《民民民》月刊连载《锦绣豪雄传》，署"王度庐"。是年夏秋之际，《青岛大新民报》停刊。8月15日，日本正式宣布投降。10月25日，青岛举行日军受降典礼。《青岛时报》等老报复刊，《民治报》《民众日报》等新报创刊。

按：《春明小侠》于本年2月25日载至第二十章，改标"武侠小说"，以下报纸缺失，连载结束时间当在4月末。《琼楼双剑记》亦因报纸缺失而不知始载时间；至5月27日，所载内容仍为第二章，以后殆未续载。《锦绣豪雄传》亦未载完。

1946年（民国三十五年，丙戌）　38岁

是年王度庐为维持生计，曾任赛马场办事员，于周日售马票。12月2日，

《青岛时报》开始连载王度庐所著武侠小说《紫凤镖》,署名"鲁云"。

1947年(民国三十六年,丁亥) 39岁

　　5月1日,青岛《民治报》开始连载王度庐所撰武侠小说《太平天国情侠传》,署"鲁云"。19日,青岛《大中报》开始连载王度庐所撰武侠小说《清末侠客传》,署"鲁云"。6月11日,《青岛时报》开始连载王度庐所撰社会言情小说《晚香玉》,署"绿芜"。7月18日,《紫凤镖》在《青岛时报》载毕。19日,《青岛时报》开始连载王度庐所撰武侠小说《雍正与年羹尧》,署"鲁云"。是年王度庐收到弟弟来信,得知中共即将获得全面胜利。

　　按:《太平天国情侠传》仅见一节,未知是否载毕。《雍正与年羹尧》《清末侠客传》当于次年载毕。

　　李丹荃在回忆文中说:"1947年,我们忽然收到分离多年的弟弟的信,那信是经过几个人辗转捎来的。信中大意是:我在外买卖很好,我们不久即可团聚,望你们放心。信虽很短,但却是莫大喜讯。信中真实的含义,我们是明白的,知道多年的战争是将结束了。只是这时他们在北平的母亲已故去,没有来得及知道,是终身遗憾。"

1948年(民国三十七年,戊子) 40岁

　　是年王度庐曾任青岛摊商工会文牍。1月31日,《晚香玉》在《青岛时报》载毕。2月1日,《青岛时报》开始连载《粉墨婵娟》,署"绿芜"。4月29日,《青岛时报》开始连载武侠小说《宝刀飞》,署"鲁云"。6月,上海育才书局出版增订本《风雨双龙剑》。7月10日,《粉墨婵娟》在《青岛时报》载毕。15日,《青岛时报》开始连载侠情小说《燕市侠伶》,署"绿芜"。9月17日,《宝刀飞》在《青岛时报》载毕。9月20日,《青岛公报》开始连载武侠小说《金刚玉宝剑》,署"王度庐"。

　　按:《金刚玉宝剑》之"玉"字当系"王"字之误,参见丁福保主编之《佛学大辞典》:【金刚王宝剑】(譬喻)临济四喝之一,谓临济有时一喝,为切断一切情解葛藤之利剑也。《临济录》曰:"师问僧:有时一喝如金刚王宝剑,有时一喝如踞地金毛狮子,有时一喝如探竿影草,有时一喝不

作一喝用，汝作么生会？僧拟议，师便喝。"《人天眼目》曰："金刚王宝剑者，一刀挥断一切情解。"又：【金刚】（术语）梵语曰缚罗。……译言金刚，金中之精者，世所言之金刚石是也。…… 又（天名）持金刚杵之力士，谓之金刚。……【金刚王】（杂语）金刚中之最胜者，犹言牛中之最胜者为牛王也。……

9月24日，青岛《军民晚报》开始连载武侠小说《龙虎铁连环》，署"王度庐"。10月，上海励力出版社将《清末侠客传》分为两册印行，分别改题《绣带银镖》《冷剑凄芳》。11月，上海励力出版社出版《宝刀飞》。同年，上海励力出版社还出版或再版了王度庐的以下作品：《鹤惊昆仑》（即《舞鹤鸣鸾记》），《宝剑金钗》（即《宝剑金钗记》），《剑气珠光》（即《剑气珠光录》），《卧虎藏龙》（即《卧虎藏龙传》），《铁骑银瓶》（即《铁骑银瓶传》），《紫电青霜》，《新血滴子》（即《雍正与年羹尧》），《燕市侠伶》，《落絮飘香》《琼楼春情》《朝露相思》《翠陌归人》（此为《落絮飘香》连载本的四个分册），《暴雨惊鸳》（此为《寒梅曲》连载本的第一分册，以下分册未见），《绮市芳萐》《寒波玉蕊》（此为《晚香玉》连载本的两个分册），《粉墨婵娟》《霞梦离魂》（此为《粉墨婵娟》连载本的两个分册）。

按：《燕市侠伶》之后集为《梅花香手帕》。后集未见连载，励力版《燕市侠伶》亦未见，该版当不包括后集。

1949年（己丑） 41岁

是年，王度庐之弟谭立（即王探骊）出任中共大连市委副书记。1月1日，青岛《民治报》开始连载《玉佩金刀记》，署"王度庐"。未完。2月，《金刚玉宝剑》改由《联青晚报》连载。4月，上海励力出版社出版《金刚玉宝剑》，共三册。6月29日，王度庐幼子生于青岛。

是年秋，王度庐夫妇携长子、女儿同由青岛迁往大连（幼子暂留青岛）。王度庐任旅大行政公署教育厅编审委员。李丹荃先在市教育局初教科任科员，后任教于英华坊小学和大同坊小学。

本年，重庆千秋书局出版《紫凤镖》。上海励力出版社还出版了王度庐的下列作品：《朱门绮梦》《小巷娇梅》《碧海狂涛》《古城新月》（此为《古城新月》连载本的三个分册),《海上虹霞》《灵魂之锁》(此为《海上虹霞》连载本的两个分册),《琴岛佳人》《少女飘零》《歌舞芳邻》(此为《虞美人》连载本的前四个分册,以下分册未见),《洛阳豪客》(即《舞剑飞花录》),《风尘四杰》,《香山侠女》,《春秋戟》,《龙虎铁连环》等。

1950年(庚寅) 42岁

王度庐在旅大行政公署教育厅任编审委员。

1951年(辛卯) 43岁

王度庐调入旅大师范专科学校任教员。

1953年(癸巳) 45岁

是年夏,王度庐调入沈阳东北实验学校(现辽宁省实验中学)任语文教员,李丹荃任该校舍务处职员。

1955年(乙未) 47岁

5月,《人民日报》公布《关于胡风反革命集团的材料》。在清查"胡风分子"时,王度庐曾经受到无端怀疑。

1956年(丙申) 48岁

1月13日,文化部发出《关于续发处理反动、淫秽、荒诞图书参考目录的通知(56)(文陈出密字第9号)》,其第二条称:"有一些人专门编写反动、淫秽、荒诞的图书,如徐訏、无名氏、仇章专门编写政治上反动的、描写特务间谍的小说,张竞生、王小逸(捉刀人)、蓝白黑、笑生、待燕楼主、冷如雁、田舍郎、桑旦华专门编写含有反动政治内容或淫秽、色情成分的'言情小说',朱贞木、郑证因、李寿民(还珠楼主)、王度庐、宫白羽、徐春羽专门编写含有反动政治内容或淫秽、色情成分的神怪、荒诞的'武侠小说'。为了肃清反动、淫秽、荒诞的图书,请各省市文化局在审读图书时,对于徐訏……徐春羽等二十一人编写的图书特别加以注意。但决定是否处理和如何处理，仍应按书籍内容而定。"（见中国出版科学研究所、中央档案馆编：《中华人民共和国出版史料》第8辑，中国书籍出版社，2002。）

同年，王度庐加入中国民主促进会，并任该会沈阳市第五届市委委员；又曾被选为皇姑区政协委员和沈阳市第六届人民代表大会代表。

按：以上政治身份据辽宁省实验中学所存退休人员登记表及李丹荃回忆文。加入民进当在本年，其他事项或在其后，因无法查实年份，姑均暂系于本年。

1957年（丁酉） 49岁

实验中学也掀起"反右"运动，王度庐没有受到大冲击。

1966年（丙午） 58岁

"文化大革命"爆发。王度庐受到冲击，被贬入"有问题的人学习班"，接受"清队"审查。

1968年（戊申） 60岁

王度庐仍处于"逍遥"状态。

1969年（己酉） 61岁

王度庐当在是年被结束"审查"，获得"解放"，即被宣布没有查出问题，恢复原来的政治身份。

按：依照"文革"程序，"有问题的人"被"解放"之前，仍需召开一次表示"结案"的批判会。李丹荃在回忆文中写道："……开了一个小型批判会。也不知从什么地方找来一本《小巷娇梅》，批判者念一段，批判一番……当批判者念到生动有趣处，听者笑了，王度庐也忍不住笑了，当然要招来申斥：'你还笑？你要端正态度！'批判者们又从我们家拿走了我们的一本相册，里面有两张全家照片。一张中有我抱着1949年初生的幼子；另一张是我穿着在旅大行政公署发的女干部服装，王度庐穿着他兄弟给他的呢子干部服装。批判者举着照片说：'你们穿得这么好，可见你们过去生活多么优越！你爱人还穿着裙子！'……对他的批判只是一种虚张声势的形式。那些老师并未认真对待。"

1970年（庚戌）　62岁

是年春，王度庐以退休人员身份，随李丹荃下放到辽宁省昌图县泉头公社大苇子大队，不久转到泉头大队。

按：王度庐幼子在一封信里这样回忆父母被"下放"的情景："……我在农村'接受再教育'，得知后立即赶回家。前往农村时，年迈的父母坐在卡车顶上，一路颠簸。爸爸当时身体就很不好，加上这一折腾，半路解手时，站了半天也解不出来。妈妈晕车，走一路吐一路。那情景我现在回忆起来都止不住要流泪。"

其女则曾在一封信里回忆到昌图看望父母的情景："听说他们下乡了，我很急，不久就请假找去了。他们一辈子住在城里，父亲更是年老体弱，手无缚鸡之力，忽然到了农村，借住在人家的半间小屋里，怎么生活？""我还没走到家，就远远地看见父亲坐在一棵繁茂的大树下（很像一幅中国山水画），我的心顿时平静下来了。他永远是那么心平气和，不知是怎么修炼的。""我女儿小时候跟我父母在农村住过。有一次闹觉（困了，不睡，哭闹），我很烦，可我父亲说：'世界多美好啊，她是舍不得去睡觉啊。'""有时，父亲用手比成一个取景框，东照一下，西照一下，对我的小孩说：'快来看，这边是一个景，那边也是一个景。'（父亲原本喜欢摄影，在小说《海上虹霞》中曾写到购买'莱卡'照相机，就颇内行。）他还常让母亲下地干活回来时带些野花野草。那时父亲走路已不太方便了。"

1972年（壬子）　64岁

王度庐在昌图。其幼子考入迁至铁岭的沈阳农学院农学系。

1974年（甲寅）　66岁

1月14日，长子突然亡故，王度庐夫妇不胜哀痛。

同年，幼子毕业于迁至铁岭的沈阳农学院农学系，留校任教。李丹荃于下放人员"落实政策"时也被安排退休。

1975年（乙卯）　67岁

王度庐夫妇迁往铁岭与幼子同住。

1977年（丁巳）　69岁

2月12日，王度庐因病卒于铁岭。

按：李丹荃在回忆手稿中这样记述丈夫逝世的情景："儿子工作的学校已放了寒假，这天正是旧历年末。晚上儿子去办公室值夜，女儿远在几千里外工作。我们住在一间很小的宿舍里，暖气不热，电灯不亮，风吹得屋外树枝簌簌地响，偶然能听得到远处一声声犬吠。他病已重危，该说的话早已说完，他静静地合上双眼去了。我不愿惊动他，也不想叫别人，坐在床前陪伴着他，送他安静地走完了人生最后的旅程，时年六十八（周）岁……我遵从他的遗嘱，没有通知很多人，没有举行一切世俗的仪式，没有哀乐，没有纸花，悄然地由他的儿子和几位热情的青年同事用担架（把他）抬到离我家很近的火葬场。"

（承张元卿博士协助查阅南京《京报》并发现、提供有关陕西教育月刊、旬刊资料，特此致谢！）

2016年1月修订

《王度庐作品大系》书目一览表

武侠卷第一辑（2015年7月已出版）
1.鹤惊昆仑（上、下）2.宝剑金钗（上、下）3.剑气珠光（上、下）4.卧虎藏龙（上、下）5.铁骑银瓶（上、中、下）

武侠卷第二辑（待出版）
1.风雨双龙剑 2.彩凤银蛇传 3.纤纤剑 4.洛阳豪客 5.大漠双鸳谱 6.紫电青霜 7.紫凤镖 8.绣带银镖 9.雍正与年羹尧 10.宝刀飞 11.金刚玉宝剑

社会言情卷（待出版）
1.落絮飘香 2.古城新月 3.海上虹霞 4.虞美人 5.晚香玉 6.粉墨婵娟 7.风尘四杰 8.香山侠女

早期小说与杂文卷（待出版）
1.杂文 2.早期小说：红绫枕 鳌汉海盗 黄河游侠传 3.散佚作品精选集：燕市侠伶 虞美人 春明小侠 春秋戟 寒梅曲